아서 코난 도일의 청춘독서

마법의 문을 지나

아서 코난 도일의 청춘독서

마법의 문을 지나

아서 코난 도일 지음
지은현 옮김

꾸리에

차례

1장

나는 여러분의 책장이 얼마나 초라한지, 또 책장을 꾸미고 있는 방이 얼마나 누추한지도 관심이 없다. 여러분 뒤에 있는 그 방의 문을 닫고, 바깥세상에 대한 관심을 모두 차단하고, 마음을 달래주는 위대한 고인 일행들에게로 빠져들면 여러분은 마법의 대문을 지나 걱정도 근심도 더는 따라올 수 없는 환상의 나라로 들어선다. 세속적이고 추악한 모든 것들을 뒤로한 채 여러분은 떠나왔다. 그곳에는 말 없이 고결한 벗들이 줄지어 기다리고 있다. 눈을 들어 목록을 훑어보라. 벗을 골라라. 그런 다음 그의 손을 잡고 함께 환상의 나라로 떠나기만 하면 된다. 그들과 친숙해서 감각이 무디어진 게 아니라면, 빼꼭히 늘어선 책들에선 확실히 뭔가 섬뜩한 느낌이 들 것이다. 가죽이 납포蠟布로 방부 처리되어 인쇄용 잉크가 묻은 책들은 제각기 미라화된 영혼이다. 표지는 저마다 한 사람의 농축된 본질을 자로 잰 듯 정확하게 감싸고 있다. 작가들이란 존재는 희미한 어둠 속으로 사라져가고 육신은 만질 수 없는 재가 되었지만 여기에 바로 여러분 마음대로 해도 좋을 그들의 정신이 있다.

우리가 즐기는 행운이 얼마나 기적적인 것인지를 가벼이 만들어버리는 것 또한 친숙함이다. 셰익스피어가 지상으로 귀환했다는 사실을 갑작스럽게 알게 되었는데, 그것도 모자라 그가 누구에게나 자신의 지혜와 공상을 나누는 시간을 베푼다고 가정해보자. 우리는 그를 찾아내는 데 열과 성을 다할 것이다! 그런데 우리는 그의 작품을─그것도 최고의 작품을─늘 아주 가까이에 두고 있으면서도 좀처럼 일부러 손을 뻗어 책장에서 그의 책을 꺼내지는 않는다. 기분이 어떻든 상관없이 일단 마법의 문을 통과한 뒤에는 세상에서 가장 위대한 이를 소환하여 그 속에서 그에게 공명할 수 있다. 생각에 잠기고 싶다면 여기에 생각의 제왕들이 있다. 공상을 펼치고 싶다면 여기에 공상의 달인들이 있다. 아니면 부족한 게 재미인가? 그렇다면 세상에서 가장 위대한 이야기꾼들 누구에게라도 신호를 보낼 수 있으며, 그렇게 나온 고인을 붙들고 시간을 빼앗을 수도 있다. 고인은 우리가 살아가는 문제를 거의 잊게 해주는 아주 훌륭한 벗이다. 우리 가운데 많은 이들이 자신만의 고유한 생각과 정신을 찾아내지 않고 고인의 것에만 사로잡히는데 이는 실로 위험하다. 하지만 그렇다 하더라도 간접적인 낭만과 간접적인 감정을 갖는 게 대부분의 인류의 영혼을 파괴하는 단조롭고 지루한 삶을 사는 것보다는 확실히 더 낫다. 그러나 가장 좋은 것은 고인의 지혜와 힘이 우리가 분투하는 나날 속에 살아있을 때이다.

나와 함께 마법의 문을 지나 여기 녹색 소파에 앉으시라. 책들이 어수선하게 꽂혀 있는 오래된 참나무 책장이 보일 것이다. 담배는 금지되어 있지 않다. 내가 그들에 관해 말하는 것을 듣고 싶은가? 음, 그게 내가 가장 바라는 바이다. 그들이야말로 하나도 빠짐없이 내게는 소중하고도 친밀한 벗이기에 그들에 관해서 이야기하는 것보다 더 즐거운 일이 무엇이 있겠는가? 다른 책들은 저 너머에 있지만, 여기 있는 책들은 내가 특히 좋아하는 책들로, 읽고 또 읽고 내 팔이 닿는 곳에 두고 싶은 책들이다. 낡을 대로 낡은 표지는 세월이 흐르면서 내게 풍요롭고 감미로웠던 추억을 떠올리게 한다.

그중 일부는 약간의 희생을 의미하기에 소장하고 있다는 사실을 더욱 소중하게 만든다. 맨 아래칸에 있는 낡은 갈색의 책들이 보이는가? 그 책들 하나하나는 점심을 상징한다. 모든 게 풍요롭지 않았던 학창 시절에 산 것들이다. 3펜스는 점심 샌드위치와 맥주 한 잔 값에 해당하는 용돈이었다. 하지만 공교롭게도 수업을 들으러 가는 길에 세상에서 가장 매혹적인 서점을 지나가게 되었다. 서점 문 바깥에는 낡을 대로 낡은 책들이 시시각각 무더기로 어지러이 쌓이고 있었는데, 그 책더미 위에는 거기에 있는 어떤 책이라도 내 호주머니에 들어 있는 돈과 동일한 금액으로 살 수 있는 가격표가 붙어 있었다. 책더미 가까이 다가가자 혈기 왕성한 육체의 허기와 청춘 특유의 닥치는 대로 읽고 싶다는 호기심 어린 마음 사이에 맹렬한 전투가 벌어졌다. 여섯 번 중 다섯 번은 동물성이 이겼다. 하지만 정신성이 팽배했을 때에는 살만한 가치가 있는 책을 발견해낼 때까지 케케묵은 연감과 스코틀랜드의 신학책, 대수對數表 책들 사이에서 5분씩 넋을 잃은 채 미친 듯이 파고들었다. 이 책의 제목들을 죽 훑어보면 여러분은 내가 아주 허튼짓을 하지는 않았다는 사실을 알게 될 것이다. 토머스 고든이 번역한 네 권짜리 『타키투스』(훌륭한 번역본이 있는 한 원본을 읽기에는 인생이 너무 짧다), 윌리엄 템플 경의 수필집, 조지프 애디슨의 작품들, 조너선 스위프트의 『통 이야기』, 에드워드 클라렌든의 『반란의 역사』와 『질 블라스 이야기』, 버킹엄 공작의 시집, 찰스 처칠의 시집, 『베이컨 전기』와 같은 책들로 3펜스짜리 꾀죄죄한 돈통 치고는 별로 나쁘지 않다.

이 책들은 항상 그렇게 서민적인 벗들인 것만은 아니다. 저 호화로운 가죽의 두께와 흐릿한 금박 글자들의 화려함을 보라. 한때 저들은 귀족의 서재의 책장을 장식하고 있었고, 특이한 연감들과 설교집들 사이에서조차도 예전의 위대한 흔적을 품고 있다. 마치 몰락한 귀부인의 빛바랜 실크드레스처럼 연민을 자아내지만 과거의 영광이 깃들어 있다.

값싼 무선제본과 무료 도서관이 있기 때문에 요즘은 책을 읽는 것이 아주 쉬워졌다. 사람은 별다른 노력을 기울이지 않고서 자신에게 오는 것들의 진가를 알아보지 못한다. 에드워드 기번의 여섯 권짜리 『로마제국 쇠망사』를 팔에 끼고 집으로 서둘러 돌아오던 토머스 칼라일이 느꼈던 전율을 누가 지금 느낄 수 있을 것인가? 그때 그의 마음은 먹을 게 없어 굶주리는 사람처럼 하루만에 다 먹어치울 기세였을 것이다. 책은 그 맛을 음미할 수 있기에 앞서 바로 여러분 자신의 것이어야 한다. 책을 소장하려는 노력을 해오지 않았다면 속으로 진정 소유했다는 자긍심을 갖지 못할 것이다.

저 모든 책들 중에서 가장 즐거우면서도 유익했던 책을 단 한 권만 골라야 한다면, 나는 저기 얼룩투성이의 매콜리*의 『역사 비평집』을 가리킬 것이다. 돌이켜보면 저 책은 내 삶을 온통 휘감고 있는 것 같다. 학창 시절에는 동무였고, 찌는 듯 무더운 황

---

*Thomas Babington Macaulay(1800~1859). 영국의 역사가, 정치가. 인도 총독 고문으로 만인의 법 앞에서의 평등, 영어 교육, 인도 형법전 작성 등 인도 통치상 중요한 제언을 했다. 『역사 비평집』은 「에든버러 리뷰」지에 기고한 역사적 인물들을 묶어서 낸 책으로, 여기 수록된 글들로 인해 유명세를 얻어 정치에까지 입문하게 되었다.

금해안*에서도 나와 함께 있었으며, 북극에 고래를 잡으러 갔을 때에도 내 남루한 짐꾸러미의 일부였다. 여러분은 고래를 힘들게 작살로 잡는 순박한 스코틀랜드 사람들이 책 때문에 골치를 썩거나, 이등 기관사가 기름으로 얼룩진 곳에서 『프리드리히 대왕전**』을 붙들고 씨름하는 모습이 눈에 선할 것이다. 낡을 대로 낡고 지저분하고 닳아빠진 모로코가죽*** 테두리에 금박이 입혀진 책은 내 차지가 될 수 없었다.

학문적으로든 역사적으로든 그 어떤 연구 분야로 접근하든 『역사 비평집』은 참으로 숭고한 관문이 된다! 밀턴, 마키아벨리, 핼럼, 사우디, 번연, 바이런, 존슨, 피트, 햄던, 클라이브, 헤이스팅스 등등****—이 얼마나 사유의 핵심인가! 여기에 나오는 인물 저

---

*Gold Coast. 서아프리카 기니만의 북쪽 해안으로, 가나공화국의 대서양에 면한 해안지대. 당시 영국령으로, 1881년 아서 코난 도일은 의학박사 학위를 취득하자 황금해안으로 떠나는 선박의 기내 의사에 서명하였다.
**토머스 칼라일이 쓴 저작으로 총 6권이다.
***부드러운 염소 가죽. 특히 신발 제작이나 도서 장정용으로 쓰였다.
****Arthur Henry Hallam(1811~1833)은 영국의 시인. 알프레드 테니슨을 빅토리아 여왕 시대의 대표적인 시인으로 올려놓은 『A. H. H.를 추모하며』는 바로 23세의 나이에 혈관파열로 사망한 아서 헨리 핼럼을 추모하기 위해 쓴 133편의 장시다. Robert Southey(1774~1843)는 영국의 시인이자 전기 작가. 프랑스 혁명에 열광하여 서사시 『잔다르크』를 썼고 후에 계관시인이 되었다. John Bunyan(1628~1688)은 영국 설교가이자 우화 작가. 『천로역정』으로 영국 근대소설 발전에 크게 기여했다. Samuel Johnson(1709~1784)은 영국 시인, 평론가. 후에 문학상 업적으로 박사 학위가 추증되어 "존슨 박사"라 불렸다. 뒤이어 나오는 본문 참조. William Pitt(1708~1778)는 영국의 정치가, 외교관. 인도 총독을 지내며 제1차 버마전쟁을 일으켜 벵골지방의 지배권을 확보하였다. John Hampden(1595?~1643)은 영국의 정치가, 의회파 지도자. 하

마다를 붙들고 행간 사이를 채워나가는 시간은 얼마나 편안하면 서도 즐거운가! 짧고 생생한 문장들, 광범위한 암시, 정확한 세부 사항. 이들 모두는 주제에 대한 실마리를 던져주며 적어도 독자들로 하여금 더욱 열심히 파헤치고 싶다는 간절한 욕망을 품게 한다. 매콜리의 손길이 우리를 그러한 즐거운 길로 이끌 수 없다 면 우리는 정말로 그 길을 찾아내겠다는 희망을 모두 포기해야 할지도 모른다.

고등학생이었을 때 이 책은 내게 새로운 세계를 열어주었다. 물론 이 책이 바로 그 책은 아니다. 전보다 훨씬 더 낡을 대로 낡 았기 때문이다. 역사는 교훈과 혐오감을 가지고 있다. 그 단조로 운 일이 불현듯 길을 알려주는 친절하고도 지혜로운 안내자와 더불어 다채롭고 아름다운 땅, 마법에 걸린 땅을 습격하게 되었 다. 그이의 멋들어진 문체 속에서 나는 그의 단점까지도 좋아했 다. 그러고 보니 참말로 내가 제일 좋아했던 것은 단점이었다. 화 려하게 윤색된 문장이 넘쳐났으며, 미사여구로 꾸며진 대조법이 가득했다. "타구스강*에서부터 비스툴라강**에 이르기까지 만물

원의원이 된 후 찰스 1세가 의회의 동의도 없이 부과한 선박세의 지불을 거부, 재판 에서는 패소하였으나 이 사건이 혁명의 도화선이 되었다. Robert Clive(1725~1774) 는 영국령 인도의 토대를 마련한 영국의 군인, 정치가. 인도의 영국령 식민지화의 중심인물로 활약하였다. Warren Hastings(1732~1818)는 영국의 정치인. 1773년 인 도 총독의 자리에 올라 영국 농토로서 인도를 빼앗는 데 성공하였다. 인도를 몹시 가혹하게 다스려 후에 영국인들에게도 큰 비난을 받았다.
*스페인에서 발원하여 47km에 걸쳐 스페인-포르투갈 사이의 천연 국경을 형성한

이 환성을 지르며 교황에게 십자군 전쟁의 시대가 지나갔다는 것을 알렸다"라는 구절을 읽는 게 나는 즐거웠다. 또 "저닝엄 부인은 사람들이 어리석은 글귀를 적어놓은 화병을 간직했으며, 대쉬씨는 저닝엄 부인의 화병에 적어두면 딱 좋을 글귀를 썼다"는 사실을 알게 된 것도 무척 기뻤다. 그러한 문장들은 나를 모호하지만 끝도 없는 즐거움으로 가득 채워주곤 했다. 마치 음악가의 귓가에 여운이 오래 남는 화음처럼 말이다. 사람은 나이가 들면서 한결 평이한 문학적 취향이 생기게 마련이지만, 나는 여전히 『역사 비평집』을 훑어보면서 엄청난 주제를 하나씩 계속해서 번갈아 나오게 다루는 능력과 그러한 주제를 눈부실 정도로 상세하게 묘사하는 능력에 감탄과 경이로움을 금치 못한다. 과감하게 붓으로 한 번 쓰윽 훑은 다음 점묘법으로 아주 섬세하게 그려내는 그런 능력 말이다. 그는 그 길로 여러분을 인도하면서 그 길에서 갈라지는 매혹적인 샛길을 보여준다. 다소 구식이긴 하지만 『역사 비평집』에서 슬쩍 내비친 책들을 모두 독파하며 문학과 역사를 공부하는 밤을 보냈다니 실로 경이롭기만 하다. 그가 공부를 끝마쳤을 때 정확히 몇 살의 청춘이었는지 궁금하지 않을 수 없다.

　매콜리가 역사소설을 썼으면 얼마나 좋았을까 싶다. 아마 그랬다면 진정한 걸작이 한 편 나왔을 거라 확신한다. 그가 상상 속

다. 스페인과 포르투갈 두 나라의 식수원이다.
**폴란드에서 가장 긴 강이다.

인물을 끌어내는 능력이 있는지 모르겠지만, 그는 분명 죽은 유명 인사를 놀라울 정도로 재구성하는 재능을 가지고 있었다. 존슨과 주변 분위기에 대해 알려주는 간단한 단락*을 보라. 이토록 짧은 지면에서 이보다 명확하게 묘사한 글이 있었는가.

우리가 문을 닫자 문인클럽의 방이 우리 앞에 펼쳐졌으며, 식탁에는 뉴전트를 위한 오믈렛과 존슨을 위한 레몬이 차려져 있었다. 조슈아 레이놀즈의 화폭에서 영구히 사는 지체 높은 이들이 모여 있었다. 안경을 쓴 에드먼드 버크, 키가 크고 마른 랭턴, 기품 있게 냉소하는 보클레어, 만면에 웃음을 띤 개릭, 기번은 코담뱃통을 톡톡 두드리고 있었으며, 조슈아 경은 귀에 보청기를 끼고 있었다. 우리가 자라면서 익히 보아온 친숙한 모습만큼이나 그 전경 속에는 기이한 모습이 있다. 거대한 몸집, 질병의 상흔이 보이는 큼지막한 얼굴, 갈색 코트, 검은색 소모사 스타킹, 앞머리에 쓴 빛바랜 회색 가발, 지저분한 손, 바싹 깎은 손톱을 이로 물어뜯는 모습. 우리는 눈과 입을 씰룩거리며 움직이는 모습을 본다. 담배를 두껍게 둥글둥글 마는 모습을 본다. 뻐끔뻐끔 피우는 소리를 듣는다. 그런 다음 "아이고, 저런!"이라고 하거나 "그래서 어떻게 됐는지요?"라거나 "설마!"라거나 "그게 아니지요!"라는 말들이 오가는 것을 듣는다.**

*1831년 「에든버러 리뷰」지에 실린 『보즈웰의 새뮤얼 존슨전에 대하여』 중 한 단락이다.
**잉글랜드의 화가이자 말년에 수석 궁정 화가가 된 조슈아 레이놀즈(1723~1792)

이 광경은 여러분의 기억 속에 영원히 새겨진다.

나는 열여섯 살의 나이에 런던을 방문했을 때 짐을 풀어놓은 뒤 처음으로 한 일이 매콜리의 무덤으로 성지순례를 간 것이었다는 사실을 기억한다. 그는 웨스트민스터 사원에 묻혀 있었는데 아주 가까이에는 애디슨*이 있었으며, 그가 무척이나 좋아했던 시인들의 유해 한복판에 있었다. 그것은 내가 런던에 머무는 동안 유일한 관심의 대상이었다. 아마 틀림없이 그때는 그에게 모든 것을 빚지고 있다고 생각했을 것이다. 그것은 단지 새로운 관심사에 대한 자극이나 알고자 함뿐만이 아니라 그 매혹적인 신사다운 어조와 폭넓고 진보적인 관점, 전반적으로 편협함과 편견이 없다는 이유 때문이기도 했다. 당시 그에게 느꼈던 모든 판단을 나는 지금 다시금 확인한다.

는 1764년에 이 문학회를 만든 창립자 중 하나였다. 뉴전트는 내과 의사로 에드먼드 버크의 장인이었고 로마 가톨릭교도였으며 그날이 금요일이라 육식을 금한 것으로 보인다. 뉴전트 박사는 금요일이나 토요일 밤에는 가끔 오믈렛을 주문했다고 한다. 그가 죽자 존슨은 고통에 차 "아, 내 가련한 친구여! 다시는 그대와 함께 오믈렛을 먹을 수 없다니!"라며 절규했다. 베넷 랭턴(1736?~1801)은 작가로 역시 문학회 창립자 중 하나였으며 새뮤얼 존슨과 절친한 사이였다. 토팜 보클레어(1739~1780) 역시 새뮤얼 존슨과 막역한 사이로 재치가 뛰어났다고 알려져 있으며, 여러 주 동안 존슨은 그의 집에서 기거하기도 했다. 데이비드 개릭(1717~1779)은 영국의 배우, 극작가, 연출가로 18세 전반에 걸쳐 연극계에 다방면으로 영향을 미쳤다. 에드워드 기번(1737~1794)은 1775년 이 클럽의 회원으로 뽑혀 활발하게 활동했지만 새뮤얼 존슨과 제임스 보즈웰은 그를 별로 좋아하지 않았다고 한다.
*Joseph Addison(1672~1719). 영국의 수필가, 시인이자 정치가. 「스펙테이터」지를 창간, 계몽적인 논설과 함께 위트와 유머가 넘치는 수필을 발표하였다.

보다시피 네 권짜리『영국사』는『역사 비평집』오른쪽에 있다. 17세기 잉글랜드를 재구성한 그 작품의 3장을 기억하는가? 정확한 사실과 낭만적인 표현이 뒤섞인 그 장은 내게는 언제나 매콜리가 가진 능력의 최고봉을 보여주는 것 같았다. 도시의 인구, 상거래 통계, 평범한 생활상이 모두 거장의 솜씨에 의해 경이롭고도 흥미롭게 전개된다. 여러분은 그가 마음만 먹으면 구구단표에 마법도 걸 수 있을 거라고 느낄 것이다. 내가 의미하는 바가 무엇인지 구체적으로 딱 한 가지만 예를 들어 보겠다. 시골에 있는 런던내기나 런던에 있는 시골 사람이 여행을 하기가 어려웠던 그 시절에는 그들 모두가 똑같이 서로의 고장에서 위화감을 느꼈다는 것은 두말할 필요도 없을 테고, 또 독자의 마음속에도 강렬한 인상을 남길 여력이 전무한 것처럼 보인다. 매콜리가 그것을 어떻게 해냈는지 보라. 백 가지의 다양한 요소들에 대해 논의하는 절節이 백 개를 넘지 않는다.

촌사람들은 런던내기를 마치 호텐토트* 사람들이 사는 촌락에 침입한 것만큼이나 빤히 쳐다보았다. 반면, 링컨셔의 귀족이나 슈롭셔**의 영주가 플리가***에 나타나면, 그는 동인도 선원이나 터키 사

*Hottentots. 남아프리카의 원시인종.
**링컨셔는 영국 동부의 주이고, 슈롭셔는 잉글랜드 중서부의 주이다.
***Fleet Street. 과거 많은 신문사가 있던 런던 중심부.

람처럼 거주민들과 쉽사리 확연하게 구별되었다. 상점 안을 들여다
보는 그의 복장, 걸음걸이, 억양, 태도라든가 도랑 속으로 발을 헛디
디는 모습, 짐꾼들과 부딪히는 모습, 장대비를 맞으며 서 있는 모습
은 협잡꾼들이 작업을 걸거나 놀리기에 딱 좋은 대상이었다. 그가
로드 메이어 쇼*의 장관에 넋을 잃고 서 있는 동안, 불량배들은 그를
하수구로 거칠게 떠밀었고, 전세마차를 모는 마부들은 그에게 머리
부터 발끝까지 흙탕물을 튀겼으며, 도둑들은 그의 외투에 달린 커
다란 주머니를 더할 나위 없이 안전하게 털었다. 짐마차 후미에 살갗
이 까져 아파하고 있을 때, 잔돈을 떨어트려 줍는 척하면서 주머니
를 터는 사기꾼들이 다가와 인사를 나누었는데 그에게는 지금까지
본 어떤 사람보다도 세상에서 제일 정직하고 상냥한 신사들처럼 보
였다. 루크너 레인과 웻스톤 파크의 매음굴에서 온 듯 짙은 화장을
한 여성들이 그에게는 백작부인들과 신부 들러리들로 보였다. 세인
트제임스 파크로 가는 길을 물어보면 사람들은 그를 마일엔드 파크
로 보내버렸다. 상점에 들어서면 그는 즉각 아무도 사지 않을 온갖 것
들을 사는 데 딱 적합한 구매자로 판별되었다. 중고 자수라든가 구리
반지, 작동하지 않는 시계 같은 잡동사니들 말이다. 상류층이 드나드
는 찻집에 들어가려고 어슬렁거리면 번지르르하게 차려입은 무례한

---

*16세기부터 이어져온 전통으로 11월 둘째 주 토요일에 열리는 화려한 행진. 새로
운 시장이 선출되면 길드홀에서 취임 파티가 열리고 시장이 탄 마차가 왕립 재판
소까지 행진한다.

남자들의 조소거리로 낙인찍혔으며, 근엄한 법률가들의 웃음거리가 되었다. 그는 격분하며 모멸감을 느낀 채 이내 시골의 저택으로 돌아왔고, 그곳의 소작농들이 표하는 경의와 마음 맞는 술 친구들과 대화를 나누며 자신이 겪었던 울화와 굴욕을 위로받았다. 그곳에서 그는 또다시 위대한 인물이었으며, 순회재판소*에서 재판관과 가까운 자리에 앉았을 때나 민병대에 소집되어 주 지사에게 거수경례를 했을 때를 빼고는 자신보다 위에 있는 사람은 아무도 보지 못했다.

전반적으로 나는 이 장을 따로 떼어 『역사 비평집』의 정수로 놓는다. 비록 또 다른 책에서 이런 일이 또다시 발생하긴 하지만 말이다. 『영국사』는 대체로 그렇지 않다. 내게는 짧은 신문기사 수준과 똑같기 때문이다. 우리는 『영국사』가 열렬한 휘그당원이 남을 설득하기 위해 자기에게 유리한 주장만 변론하는 탁월한 작품이라고 느끼지 않을 수 없으며, 게다가 책에서 제시된 것 이외의 또 다른 측면에 대해 더욱 많은 것이 말해져야 한다는 점 역시 느끼지 않을 수 없다. 『역사 비평집』 중 일부도 매콜리 특유의 정치적, 종교적 한계를 띠는 것은 틀림없다. 폭넓은 문학과 철학 분야로 곧장 들어간 것이 그중에서 가장 좋은 글들이다. 「존슨」,

---

*예전에는 중대한 민사·형사 사건을 재판하기 위해 정기적으로 재판관을 런던에서 잉글랜드와 웨일스의 각 주써로 파견하였는데, 이를 순회재판소라고 불렀다.

「월폴」,*「다르블레 부인」**,「애디슨」, 그리고 인도에서 맹활약한「클라이브와 워런 헤이스팅스」를 쓴 장도 아주 좋다.「프리드리히 대왕」을 쓴 장도 물론 1순위로 꼽아야 한다. 없애버리면 좋겠다 싶은 게 딱 하나 있다. 바로「몽고메리」***에 대한 악의로 가득 찬 교묘한 비평이다. 우리는 그 글을 읽으면서 그토록 신랄하고 공격적인 글을 쓰기에는 매콜리의 심성이 워낙 상냥하고 마음이 원체 다정했더라면 얼마나 좋았을까 하고 바라게 된다. 나쁜 작품은 그 자체가 가진 무게로 인해 가라앉을 것이다. 저자도 마찬가지로 물에 처넣을 필요는 없다. 그가 그토록 가혹한 글을 쓰지 않았더라면 우리는 그를 더욱 높이 샀을 것이다.

나는 왜 매콜리에 관해 이야기할 때면 늘 스콧****이 생각나는지 모르겠다. 그의 책들은 빛바랜 올리브나무로 등받이를 댄 책장에 따로 놓여있다. 아마 그 둘 다 내 내면에 굉장히 큰 영향

*Horace Walpole(1717~1797). 공포파恐怖派 최초의 소설인 『오트란토성』으로 유명한 영국 소설가. 약 4,000통의 편지를 남겼는데 이것이 바로 그의 문학적 공헌 중 가장 큰 것이다. 이 방대한 편지 속에는 그가 관찰한 사회와 자연과 풍습과 인간관계가 때로는 여실하게 때로는 우스꽝스럽게 때로는 재치 있게 묘사되어 있다.
**Madame D'rblay. 소설가 프랜시스 버니(Fanny Burney, 1752~1840)의 결혼 후 이름. 약 50년간 일기를 썼는데, 궁정 생활에 대한 생생한 묘사라든가, 예민한 감수성으로 관찰한 당시의 사회생활로 후에 주목받았다.
***Robert Montgomery(1807~1855). 영국의 시인. 1830년 4월 매콜리는「에든버러 리뷰」지에 몽고메리에 대한 악평을 쏟아냈고, 후에 이 글은 『역사 비평집』의 한 꼭지로 실렸다.
****Sir Walter Scott(1771~1832). 스코틀랜드 태생의 작가. 일찍부터 스코틀랜드 변두리의 옛 전설과 민요에 흥미를 가져 그들 민요를 채집, 출판했다.

을 미쳤을 테고, 또 그만큼 감탄을 불러일으켰기 때문일 것이다. 아니 어쩌면 그 두 사람의 내면과 성격이 정말로 유사해서일 수도 있다. 여러분은 잘 모르겠다고? 흠, 그렇다면 스콧의『스코틀랜드 변경 민요집』과 매콜리의『고대 로마 민요집』에 대해 한번 생각해보라.* 제품이 그토록 유사할 때는 기계가 동일해야 하는 법이다. 그 둘은 서로의 시를 쓸 수 있을 법한 유일한 사람이었다. 그들의 시는 얼마나 경쾌하고 기운찬가! 시를 사랑하는 그 마음이야말로 얼마나 고결하고 용감한가! 아주 간결하지만 그럼에도 대단히 강력하다. 하지만 그러한 강력함과 간결함을 버려야 한다는 생각들도 존재한다. 그러한 생각을 하는 사람들은 모호하지 않은 한 깊이가 없다고 여긴다. 반면 보통 얕은 개울은 탁한 것으로, 또 깊은 강은 깨끗한 것으로 생각한다. 매슈 아널드**가 저 영광스러운『고대 로마 민요집』을 두고 "이것도 시인가?"라고 외쳐대며 얼빠진 비평을 한 것을 기억하는가? 그는 이 구절***을 인용했다.

---

*시적인 재능도 갖고 있던 매콜리는 어려서부터 스콧의 시를 좋아하여『최후의 음유 시인의 노래』를 통째로 외웠다고 한다.
**Matthew Arnold(1822~1888). 살아 있을 때에는 산문 작가로서 돋보이는 활약을 펼쳤으며, 오늘날에는 시인으로 더 칭송받고 있다. 문예비평가로서 유명해진 것은『비평시론』으로, 현대 비평의 길을 열었다는 평을 듣고 있다. 그는 비평의 근저를 '교양'에 두어 모든 사상의 중심으로 삼아 영국의 정치 · 사회 · 종교를 비판했다.
***매콜리의『고대 로마 민요집』에 수록된 첫 번째 서사시「호라티우스」의 제9연 중 한 구절. 고대 로마의 영웅 호라티우스 코클레스가 에트루리아 군대에 맞서 싸운 영웅담을 소재로 했다.

조상들의 유해와

신들의 신전을 위하여

두려운 위험에 맞서는 것보다

더 고귀한 죽음이 어디 있겠는가.

매콜리가 시적인 감각을 갖고 있지 않았다는 것을 보여주기
위한 일환으로 그는 자신이 극적인 감각을 갖고 있지 않다는 것
을 보여주었다. 노골적인 관념과 언어가 그의 비위를 거스른 게
틀림없다. 그러나 진정한 가치가 있는 놓여 있는 곳이 바로 이 구
절이다. 매콜리는 순진한 병사가 두 전우에게 용맹하게 자기를 도
와달라는 말을 직설적으로 거칠게 하고 있다. 거창하고 과장된
정서는 그 인물에게 절대 맞지 않았을 것이다. 내 생각에 행들은
감탄할 만한 민요시의 맥락을 취하고 있으며, 민요시인이 가져야
만 하는 바로 그 극적인 자질과 감각을 지니고 있다. 아널드의 바
로 이 견해 때문에 그의 판단력에 대한 내 믿음은 흔들렸지만, 그
렇기는 해도 나는 이 시*를 쓴 그를 아주 너그러이 봐줄 것이다.

다시 한 번 돌격하고 나서 벙어리가 되리.

폴리 요새가 함락되어

*매슈 아널드의 「마지막 말」 중 한 구절이다. 1867년 『새로운 시집』에 발표되었다. 여
기서 '폴리 요새'는 19세기 중후반 해안 근처의 얕은 물에 지어진 요새 유형을 말한다.

전승자들이 왔을 때

내 육신을 성벽 근처에서 찾으리니.

목숨을 건 염원을 표현하는 것으로 그리 형편없는 구절은 아니다.

이것은 세상 사람들이 아직 이해하지 못했던 것들 중 하나로, 아주 고결하면서도 기운을 북돋우는 가치 있는 구절이다. 이러한 구절들이 적절하게 새겨져 있는 곳을 어디서라도 접하게 될 때면, 우리는 우리의 눈길이 맞닿는 활자화된 사유들에 영혼을 반추하며 끊임없이 아름다운 정신적 자극과 심상들로 인해 거리를 거니는 것이 한층 밝아지고 기품 있어 질 것이다. 우리가 마음 둘 데 없이 공허하게 거리를 거니는 동안 이 눈부신 재료가 폐물이 되어 간다고 생각해보라. 단지 성서적인 취지에 입각한 글만을 뜻하는 것이 아니다. 성서는 모든 이들에게 똑같은 의미를 지니지 않기 때문이다. 비록 "낮일 때 일하라. 밤이 오면 아무도 일할 수 없느니라"*는 말처럼, 인간이라는 존재는 앞을 향해서만 박차를 가할 수는 없을지라도 말이다. 그러나 나는 백 명의 저자들로부터 백 가지 용도에 어울리는 아름다운 사유가 나올 수 있다고 믿는다. 누가 과연 그런 사유들에서 아무런 감흥을 느끼지 못한다고

*요한복음 9장에 나오는 말.

말할 수 있겠는가? 섬세한 언어로 쓰인 섬세한 사유는 무엇보다 소중한 보석으로 숨겨져서도 안 되며 써먹을 수 있고 장식할 수 있도록 드러내야 한다. 가장 가까운 예를 들어 보이겠다. 우리 집 건너편 길에는 말 여물통이 있다. 돌멩이로 된 평범한 여물통이다. 그 지저분한 여물통을 보고 막연히 비위가 거슬리는 것 말고는 그 누구도 지나치면서 아무런 감정을 품지 않는다. 그런데 그 여물통 평판에 콜리지*의 시 구절이 새겨져 있다고 생각해보라.

위대하든 하찮든 만물을
가장 사랑하는 자, 그가 기도도 가장 잘한다.
우리를 사랑하시는 신은
만물을 창조하셨고 사랑하시므로.

혹시라도 틀리게 인용했을까 저어된다. 왜냐하면 「늙은 뱃사람의 노래」가 가까이에 없기 때문이다.** 설령 좀 틀리게 인용했더라도 어쨌든 이러한 구절이 새겨져 있다면 여물통의 품격이 올

*Samuel Taylor Coleridge(1772~1834). 젊은 시절에는 낭만파의 대표적인 시인으로, 시작詩作에서 멀어진 후에는 영국 문학사상 최고의 비평가 가운데 한 사람으로도 평가된다. 또한 칸트 이후의 독일 관념론 철학의 동시대적인 독자이자 소개자이기도 했다. 이 시는 「늙은 뱃사람의 노래」 중 한 구절이다.
**아서 코난 도일의 우려대로 잘못 인용했다. 코난 도일은 "For the dear Lord who fashioned him, He knows and loveth all"이라고 했지만 원문은 "For the dear God who loveth us, He made and loveth all"이다. 본 번역은 원문을 따랐다.

라가지 않겠는가? 우리가 조촐하게나마 이렇게 하는 것은 모두 우리 자신을 위해서다. 서재 벽난로 위 선반에 인용문을 골라 붙여넣지 않은 사람은 거의 없다. 아니, 그보다는 마음속에 새겨 넣지 않은 사람은 거의 없다. 칼라일이 "휴식! 휴식! 나에게는 쉴 수 있는 영겁의 시간이 있지 아니한가!"*라고 번역한 문장은 몸과 마음이 지친 사람에게 상당히 좋은 자극제가 된다. 그러나 우리에게 필요한 것은 사적인 용도가 아니라 대중 모두에게 똑같이 보다 일반적으로 적용될 수 있는 용도이다. 그랬을 때 사람들의 눈은 곧장 영혼 깊숙한 곳을 파고들면서, 새겨진 사유가 새겨진 이미지만큼이나 아름다운 장식품이라고 이해할 것이다.

그렇지만 이 모든 것은 매콜리의 눈부시게 찬란한 민요와는 아무런 관련이 없다. 남자다움과 애국심의 꽃을 원해 그 꽃들 중에서 한 다발을 꺾을 수 있을 때 빼고는 말이다. 나는 어렸을 때 운 좋게 『고대 로마 민요집』을 외웠으며, 그것은 절로 나의 감수성 예민한 마음에 각인되었다. 그래서 지금도 그 민요집을 거의 통째로 술술 외울 수 있을 정도다. 골드스미스**는 자신이 마치 은행에 천 파운드가 있지만 호주머니에 현금으로 6펜스를 가진 사람에 비할 수 없다고 이야기한 적이 있다. 그렇듯 여러분이 마음

---

*원래는 프랑스의 신학자이자 철학자인 앙투안 아르노의 글이다.
**Oliver Goldsmith(1728~1774). 아일랜드의 소설가, 극작가, 시인. 『세계의 시민』이라는 수필집은 영국 수필문학의 가장 중요한 업적 중 하나로 평가받고 있다.

속에 품고 있는 시는 언급을 기다리는 책장 전체보다 무겁다. 그러나 나는 지금 여러분의 눈길을 책장 조금 더 아래쪽에 있는 황록색 책들 쪽으로 돌리게 하고 싶다. 스콧의 책들이다. 하지만 그 책들에 대해 과감하게 말하기 전에 여러분에게 잠시 숨 돌릴 틈을 주어야 마땅할 것이다.

2장

정말 좋은 책을 몇 권 소장하고 삶을 시작하는 것은 대단히 훌륭한 일이다. 여러분은 처음에는 그 책들의 진가를 알아보지 못할지도 모른다. 유치하고 순수한 모험담을 갈망할지도 모른다. 할 수만 있다면 그런 책을 선호할 것이다. 그러나 우중충한 날이 오고 비가 내리는 날이 오면 여러분은 언제나 여러분의 관심을 끌기 위해 그토록 참을성 있게 기다리는 가치 있는 책들로 독서의 틈바구니를 채우도록 내몰릴 것이다. 그러다 별안간, 여러분의 삶에 신기원을 여는 어떤 날, 여러분은 그 차이를 이해하게 된다. 마치 섬광처럼, 어떻게 하나는 아무것도 아니고 또 다른 하나는 문학인지를 알게 된다. 그날 이후 다시 그 유치하고 미숙한 작품으로 돌아갈 수는 있겠지만, 적어도 마음속에 비교의 기준 같은 것이 생기게 된다. 여러분은 이제 이전과 같은 사람이 될 수 없다. 그러다 점차 좋은 책이 더욱 소중해지게 되며, 여러분의 자라

나는 마음과 더불어 좋은 책이 점점 쌓여간다. 여러분의 더 나은 자아의 일부가 되고, 그래서 마침내 내가 지금 그렇듯 여러분은 낡은 표지들을 바라볼 수 있게 되며, 과거에 그 책들이 의미했던 모든 것들을 좋아하게 된다. 그렇다, 내가 서사에 입문하게 된 것은 황록색 표지로 된 스콧의 소설들 때문이었다. 그 책들은 내가 진가를 알아보거나 이해조차도 하기 아주 오래전에 소유하게 된 첫 책들이었다. 그러나 마침내 나는 그 책들이 얼마나 보물인지 깨닫게 되었다. 소년 시절, 나는 모두가 잠든 한밤중에 타다 남은 촛동강 옆에서 남몰래 그 책들을 읽었는데, 그러한 일종의 범죄의식은 소설을 읽는 데 새로운 열기를 더했다. 아마 여러분은 내 『아이반호』*가 다른 책들과 판형이 좀 다르다는 사실을 알아챘을 것이다. 첫 번째 책은 개울가 풀밭에 두었다가 물속에 빠트려 결국 사흘 뒤 진흙투성이 둑 위로 건져냈으나 이미 퉁퉁 부르트고 썩어 문드러진 상태였다. 그렇지만 그 책은 잃기 전에도 이미 닳고 닳은 상태였다. 실제로 그 책은 제자리에 되돌려 놓기 몇 년 전에도 마찬가지였을 것이다. 나의 본능은 언제나 새로운 영역을 개척하기보다는 거듭해서 다시 읽는 것이기 때문이다.

*스코틀랜드의 대표적인 작가 월터 스콧의 역사 소설. 노르만에 의해 정복된 색슨 왕가의 회복을 도모하는 음모, 리처드 1세의 십자군 원정, 그 부재중에 왕위를 노리는 왕의 동생 존의 간책, 그리고 로빈후드 일당의 활약 등 12세기 잉글랜드의 색슨 인과 노르만 인들 사이의 대립을 배경으로 그려지는 사랑과 무용의 이야기다.

나는 고故 제임스 페인*이 자신과 두 문필가 친구가 『아이반호』에서 가장 극적이라고 생각하는 장면을 적어 내려가는 데 동의한 일화를 전했던 것을 기억한다. 자신들이 적어놓은 것을 살펴본 결과 셋 모두가 똑같은 장면을 골랐다는 사실을 알았다. 그것은 바로 애쉬비에서 "별 볼 일 없는 기사"라고 자칭하는 무명의 기사가 시합장에서 말을 타고 방패를 든 막강한 성전 기사단과 사투를 벌이면서 날카로운 창끝으로 후려치는 순간이었다. 정말로 기가 막히게 멋진 순간이었다! 기사단의 규율에 의하면 성전 기사단은 마상시합과 같은 세속적이고 하찮은 시합에 참가할 수 없었다고 한다. 하지만 그렇다 한들 그게 뭐 대수인가? 그러한 일을 만드는 것은 위대한 거장들의 특권이며, 그것에 반기를 드는 것은 무례한 짓이다. 제멋대로 뛰어놀도록 풀어줄 준비가 된 성질 사나운 불도그들을 응접실로 데리고 가듯, 몇 가지 사실들을 가지고 응접실로 들어서는 따분한 사람을 묘사한 이는 바로 웬델 홈스** 아니었는가? 위대한 작가는 결코 실수할 수가 없다. 만약 셰

*James Payn(1830~1898). 영국의 소설가. 여러 매체의 편집인을 역임했으며, 말년에 건강이 악화될 때까지 「콘힐 매거진」의 편집인이었다.
**Wendell Holmes(1809~1894). 미국의 의사이자 시인, 수필가. 보스턴에 기반을 둔 대학자로 특히 하버드에서 재치 있는 강연으로 유명했으며 "보스턴의 현자"라 불리었다. 1857년 초부터 그는 「애틀랜틱 먼슬리」지에 『아침 식탁』 시리즈를 연재, 특유의 박학다식함과 재치를 뽐내며 다양한 문체를 구사했다. 뒤에 웬델 홈스에 관해서 다시 자세하게 나온다.

익스피어가 보헤미아 지역*에 해안을 부여하거나, 빅토르 위고가 상금을 놓고 싸우는 영국인 권투선수를 짐이든 존이든 잭이든 뭐라 부르든 다 그럴만한 이유가 있는 것이고 그것이면 됐다. "그 당시는 복선 철도가 없었는데요"라고 한 편집자가 2류 저자에게 말했다. "그럼 내가 복선 철도를 만듭니다"라고 저자는 말했다. 그렇게 해서 독자들을 설득시킬 수 있다면 그건 당연한 그의 권리다.

『아이반호』 이야기를 하다 옆길로 빠졌다. 어쨌든 정말 대단한 책이다! 내 생각에는 우리 언어로 쓰여진 두 번째로 위대한 역사 소설이다. 매번 읽을 때마다 감탄하는 마음이 더욱 깊어진다. 스콧의 소설에서는 여자들이 (예외가 있긴 하지만) 언제나 나약한 만큼이나 병사들은 언제나 뛰어났다. 그러나 『아이반호』에서 병사들은 최고의 기량을 보여주는 한편, 레베카라는 낭만적인 인물은 늘 틀에 박힌 이야기로부터 여성적인 면을 보완하는 역할을 한다. 스콧은 용맹스러운 남자들을 그려냈다. 그 자신도 용맹스러운 남자이기 때문이며, 용맹스러운 임무에 공감하기 때문이다. 그는 관습이 요구하는 바에 따라 젊은 여주인공들을 그렸는데, 그에게는 그런 관습을 깨부술 만한 배짱이 없었다. 10여 장이 거의 끝나가서야—예를 들어 마상시합이 시작될 때부터 수도사 터크** 사건의 결말에 이르기까지 이야기가 길게 펼쳐지고 나

---

*체코 서부 지역으로, 사방이 산맥으로 둘러싸인 마름모꼴의 커다란 분지.
**로빈후드의 동료로 쾌활하고 싸움하기 좋아하는 수도사.

서야—속치마 속에서 살짝 속살이 드러나는 것을 보고 우리는 그가 성취할 수 있는 절정의 로맨스 서사가 이어진다는 사실을 깨닫는다. 나는 우리 문학사를 통틀어 그보다 더 멋지게 지속된 비약이 있다고 생각하지 않는다.

스콧의 소설들에는 참을 수 없을 정도로 불필요하게 장황한 부분이 상당하다는 것을 인정한다. 그 끝도 없이 불필요한 서론은 본론에 다가가기도 전에 질리게 만들어 버린다. 서론은 종종 그 자체로 감탄할 만하고 박식하고 재치 있으며 생생하지만 앞으로 전개될 이야기와 아무런 관련이 없거나 전체에서 차지하는 비율도 맞지 않다. 우리의 많은 영국 소설이 그렇듯, 서론은 아주 좋은 재료를 형편없어 보이게 한다. 주제에서 벗어나는 여담과 방법론의 결핍, 배열의 문제는 전통적으로 국민적 죄악이다. 새커리*가 『허영의 시장』에서 아무것도 하지 않으면서 1년을 살아가는 방법을 전개한 것이나, 디킨스가 대담하게도 "유령 이야기"를 사이에 끼워 넣은 것은 기막히게 멋진 도입이었다. 극작가가 부리나케 무대로 달려 나가 일화들을 전하기 시작하는 동안, 극은 잠시 중지되고 등장인물들은 뒤에서 지쳐 기다리는 것도 무리는 아니다. 비록 이를 옹호하는 온갖 고명한 이름을 들먹일 수는 있겠

*William Makepeace Thackeray(1811~1863). 19세기 영국 문학을 대표하는 소설가. 『허영의 시장』은 19세기 영국 상류사회의 허영이 가득한 속물근성을 폭로하고 풍자하는 작품이다.

지만, 죄다 틀렸다. 통탄스럽게도 우리는 형식에 대한 감각이 부족하고, 월터 경은 나머지 부분에 죄를 지었다. 그러나 실제로 이야기가 진행되면서 그 모든 과정을 지나 위기로 나아갈 때, 과연 누가 그이만큼 속사포처럼 쏟아내는 간결한 문구를 찾아낼 수 있을 것인가? 위험 따위는 아랑곳하지 않는 기마병 병장이 마침내 목에 현상금이 걸린 엄숙한 청교도 앞에 서 있던 때를 기억하는가? "네 놈을 갈기갈기 찢어 황야에 묻으리라!" 칼을 뽑아 들며 그가 말한다. 청교도 역시 칼을 뽑아 들며 "주님과 기드온*의 칼을 받아라!"라고 한다. 어떤 장황함도 없다! 그러나 그 몇 마디 엄중한 말 속에서 사람의 정신이든 조직의 정신이든 바로 그 정신이 여러분의 마음을 사로잡는다. "활과 미늘창이다!" 이슬람교도가 말을 타고 집을 습격할 때 색슨족 바랑인**이 소리친다. 여러분은 그들이 꼭 큰소리로 외쳤을 것 같은 느낌이 든다. 그들의 선조들은 헤이스팅스의 나지막한 산등성이에서 "웨섹스의 붉은용" 깃발 아래 종일토록 싸웠을 때 훨씬 더 간결하고도 효과적인 함성을 질렀다. 노르만인 기사가 급습했을 때 그들은 "내몰자! 내몰자!"라며 포효했다. 그 민족의 진수는 간결하고 힘차고 평범한 바로 그 외침 속에 있었다.

*이스라엘 민족을 미디안 사람의 압박으로부터 해방시켜 40년 동안 사사士師가 된 이스라엘의 용사.
**발트해 연안을 휩쓴 스칸디나비아의 유랑 민족의 하나.

고매한 정서가 안 보인다고? 아니면 드러내기엔 너무 소중한 나머지 감추어버리거나 억누른 것 같다고? 어쩌면 둘 다일지도 모른다. 나는 젊은 해군 소위 후보생의 미망인을 만난 적이 있다. 그녀의 남편은 신호 담당관에게서 넬슨 제독의 그 유명한 전언*을 받아 함대 대원들에게 전했는데 장교들은 감동을 받은 반면 대원들은 그렇지 않았다고 한다. "의무라!" 그들은 투덜거렸다. "우린 항상 의무를 다했어. 왜 안 그랬겠냐고?" 허세는 아무리 최소한으로 부린다 할지라도 영국군의 사기를 고양시키기는커녕 오히려 떨어뜨렸다. 그들을 기쁘게 하는 것은 절제된 표현이다. 독일 군대는 "루터의 마리아 찬가"를 부르면서 전쟁터로 행군할 수 있다. 프랑스 군대는 조국의 영광을 노래 부르며 점차 광란의 상태에 빠질 것이다. 우리의 전쟁 시인들은 그러한 것들을 흉내 내느라 애쓸 필요가 없다. 아니, 적어도 시인들이 그런 노래를 만든다면 영국 군인에게 부족한 것을 제공해줄 거라는 상상조차 할 필요가 없다. 남아프리카에서 중포를 다루는 우리의 수병들은 이렇게 노래한다. "여기 새에게 줄 각설탕이 또 한 덩어리 있네." 나

---

*넬슨 제독은 전투 직전에 "영국은 모든 사람이 자신의 의무를 다하기 바란다"라는 말을 '깃발 신호'로 남겼다. 본래는 "England confides that…", "…할 것이라고 자신한다(믿는다/믿어 의심치 않는다)"고 보낼 생각이었으나, 깃발 신호 단어집에 confides라는 단어가 없어서 대신 들어간 단어가 "예상한다"라는 뜻의 "expects"(문맥상 의미는 바란다/기대한다)이다. 이런 일이 비일비재한 깃발 신호에 익숙했던 대원들은 당연히 무슨 말을 하고 싶은지 알아들었고, 이 문구는 트라팔가르 해전의 압도적인 승리와 넬슨 제독의 전사라는 극적인 배경과 어우러지면서 전설이 되었다.

는 한 연대가 "윗머리를 살짝 베어주지"라는 노래의 후렴을 부르면서 전투를 개시하는 것을 보았다. 앞서 말한 전쟁 시인이 러디어드 키플링과 같은 천재성과 통찰력을 갖고 있지 않다면 이런 노래를 만들기에 앞서 상당한 양의 잉크를 낭비할 것이다. 이런 점에서 볼 때 러시아인들은 우리와 별반 다르지 않다. 그들이 성벽의 갈라진 틈을 오르며 처음부터 끝까지 활기차게 노래를 불렀다는 이야기를 어디선가 읽은 기억이 난다. 생존자가 몇 안 남을 때까지 성벽 꼭대기에 오르는 동안 그들은 계속해서 승리의 노래를 불렀다고 한다. 한 목격자가 도대체 얼마나 경이로운 노래기에 그토록 용맹한 행위를 하도록 북돋웠는지 알아보았다. 그리고는 그 말들의 정확한 의미가 끝도 없이 반복되는 "이반은 정원에서 양배추를 뽑고 있네"라는 사실을 알아냈다. 내 생각에는, 그저 단조로운 노랫소리가 잔혹한 전쟁의 북소리를 대신해 병사에게 최면을 걸어 용맹해지도록 한 것이 진실인 것 같다.

대서양 건너편에 있는 우리의 사촌들은 아주 진지한 작품에 똑같이 희극적 요소를 뒤섞어 놓는다. 앵글로-켈트족이 지금까지 중에서 가장 유혈이 낭자한 전쟁을 벌이는 동안 부른 노래는 "쿵, 쿵, 쿵", "존 브라운의 시체", "조지아 행진곡"으로, 이 노래들에는 모두 기지 넘치는 익살이 흐른다. 내가 아는 예외는 단 한 곡이다. 그래서 나는 그 노래를 가장 무시무시한 군가로 떠올린다.

평화의 시기일지라도 국외자들조차 아무런 감정의 동요 없이 그 노래를 부를 수는 없다. 합창으로 첫 구절을 시작하는 줄리아 워드 하우*의 "공화국 군가"가 바로 그것이다. "내 두 눈으로 주께서 왕림하시는 영광을 보았네." 만약 그 노래가 전쟁터에서 불리어졌다면 그 효과는 끔찍했을 게 틀림없다.

　얘기가 한참 옆길로 샜다, 그렇지? 그러나 그것은 '마법의 문'의 다른 측면을 생각한 것 중 최악이다. 우리는 수십 가지 생각이 뒤얽혀야 하나를 끄집어낼 수 있을 뿐이다. 내가 이야기하고 있던 것은 스콧의 병사들이고, 거기에는 그 어떤 연극적인 과장이나, 꾸밈, 영웅적인 행동이 없이, 그의 자연스러운 사유의 범위 내에서 끌어낸 온갖 표현과 은유를 갖춘 허세를 부리는 듯한 짧은 말투와 지극히 남성적인 방식이 있을 뿐이라는 것이다. 그가 가진 동시대의 병사들—그것도 세상에서 가장 훌륭한 병사들—에 대한 날카로운 인식을 우리에게 제대로 전해주지 않은 것은 얼마나 애석한 일인가! 그가 위대한 군인 황제의 전기를 쓴 것**은 사

　*Julia Ward Howe(1819~1910). 미국의 시인으로 남북전쟁 당시 노예폐지론자였다. 버지니아에 주둔한 북군 육군 부대를 방문, "존 브라운의 시체는 무덤 속 흙무더기 안에 누워 있네"라며 병사들이 하는 노래를 듣고는 설득력 있는 가사가 군대의 사기를 진작시킬 거라 여겨 "뒤꿈치로 뱀을 짓눌러 버리라"라는 가사를 써 미국의 '영웅'들에게 간곡히 권하며, "주께서 인간을 신성하게 하시려고 죽으셨듯이 인간을 자유롭게 하기 위해 이 목숨 바치자"라는 등의 기독교적 전언을 담았다.
　**1827년에 출간한 『나폴레옹전』을 말한다. 스콧의 책을 다수 출간한 출판업자인 애처볼드 컨스터블은 1825년 스콧에게 중산층이 싼값으로 읽을 수 있는 『컨스터블

실이지만 그것은 그의 경력에서 하청작업의 하나일 뿐이었다. 평생 나폴레옹을 악의로 가득 찬 악마로 보았던 토리당 애국자가 그러한 주제를 어떻게 공평하게 다룰 수 있었을까? 그러나 당시의 유럽은 그가 모든 사람을 연민 어린 손길로 그려낼 수 있는 소재로 가득 차 있었다. 그가 『퀜튼 더워드』에서 구스타프*의 기병대 대위나 프랑스의 황실 수비대 궁수를 동일하게 과감한 필치로 그렸듯, 뮈라**의 경비병들 중 한 명이나 영국의 근위 보병 제1연대 중 한 명을 생생하게 묘사했더라면 더 이상 바랄 게 없을 텐데!

　파리를 방문했을 때 스콧은 지난 20년간 유럽에 재앙이기도 하고 동시에 구원이기도 했던 철인鐵人들을 다수 보았을 것이다. 1814년에 거리에서 그에게 도끼눈을 하고 노려보았던 병사들은 우리에게는 그의 소설에 나오는 미늘갑옷이나 주름장식 복장을 한 과거의 기사들만큼이나 낭만적이면서도 흥미로운 인물이었을 것이다. 반도전쟁***에 참전했던 군인의 실상은 독일의 30년전쟁

문집』을 만들자며 역사 분야를 맡아달라고 제안한다. 『나폴레옹전』은 그중 하나였다. 그러나 1826년 컨스터블의 회사가 망하면서 재정적인 어려움에 부닥쳤고, 같은 해에 스콧의 아내가 죽자 정신적인 곤경에 처한다. 그러한 역경 속에서도 스콧은 자비를 들이거나 후원을 받아 런던과 파리를 오가며 엄청난 양의 자료를 축적, 총 9권으로 된 『나폴레옹전』을 완성한다.
*월터 스콧이 1823년에 쓴 역사소설로 루이 11세 때 복무했던 스코틀랜드 출신의 궁수에 관한 이야기다. 구스타프는 "북방의 사자왕"이라고 알려진 스웨덴 왕이다.
**Murat(1767~1815). 나폴레옹전쟁 때의 프랑스의 군인, 원수.
***1808~1814년. 나폴레옹의 이베리아반도 침략에 저항하여 에스파냐・영국・포르투갈 동맹군이 벌인 전쟁.

에서 활약한 두갈드 달게티*만큼이나 이목을 끌었을 것이다. 하지만 아무도 자신이 살고 있는 시대에 일어나는 일들이 얼마나 흥미로운지에 대해 절절하게 깨닫지는 못한다. 모든 균형감각은 사라지고, 아주 가까이에 있는 하찮은 것들이 멀리 떨어져 있는 위대한 것들을 가려버린다. 어둠 속에서 반딧불이와 별을 혼동하는 것은 쉽다. 예를 들어, 중세 유럽의 옛 거장들은 그림의 주제를 응접실이나 성 세바스찬**에서 찾은 반면, 콜럼버스는 그들의 면전에서 아메리카 대륙을 발견하고 있었다.

　나는『아이반호』가 스콧의 소설들 중 최고라고 생각한다고 말했다. 대부분의 사람들이 동의할 거라고 여긴다. 그렇다면 두 번째로 좋은 작품은 뭘까? 찬미자들이 평균적으로 명예의 전당에 올려놓지 못할 책을 찾는 게 어렵다는 말은 그만큼 스콧의 소설들이 우수하다는 증거다. 스코틀랜드에서 태어난 사람에게 스코틀랜드의 삶과 인물을 다루는 소설들은 본바닥 특유의 생생한 성질을 갖고 있어 별도의 자리를 따로 내주어야 마땅하다.『묘지기 노인』,『호고가好古家』,『롭 로이』와 같은 책들은 풍부한 유머

*월터 스콧이 1640년대 스코틀랜드를 배경으로 영국의 내전을 그린 소설『몬트로즈의 전설』속 인물. 정치적, 종교적인 신념 때문에 싸우는 게 아니라 순수하게 살육을 좋아하기 때문에 싸우는 용병으로, 30년전쟁이 벌어지는 독일에서 여러 군대에서 전투 경험을 쌓는다. 달게티는 스콧의 주인공들 중에서도 가장 희극적인 인물 중 하나로 여겨지지만 주인공 역할은 아니었다. 여기서 "몬트로즈의 전설"은 스코틀랜드의 총사령관인 제1대 몬트로즈 후작, 제임스 그레이엄(1612~1650)을 상징한다.
**3세기 말경 디오클레티아누스 황제의 대박해 때 순교하였다.

의 온상으로 다른 책들과 급이 다른 자리에 놓인다. 그가 그려낸 옛 스코틀랜드 여성들은 병사들에 버금가는 최고의 유형들이다. 동시에 방언은 스코틀랜드에서 호응을 받는다는 점에서 장점이기도 하지만 전 세계에서 스코틀랜드에서와 똑같은 호응을 받지는 못한다는 한계를 지닌다는 것을 인정해야 한다. 아마 전반적으로 폭넓은 흥밋거리와 강력한 인물 묘사, 기술된 사건들과 사람들의 전 유럽적인 중요성으로 인해 『퀜튼 더워드』가 2위의 자리에 뽑힐 것이다. 『퀜튼 더워드』는 지난 세기 동안 가볍게 읽을 수 있는 문학에 수도 없는 후속작들을 만들어낸 모든 '칼과 망토 소설'의 아버지다. '용맹한 샤를'*과 '말 없는 루이'에 대한 묘사는 놀라울 정도로 생생하다. 전령관을 쫓는 사냥개들을 지켜보는 두 불구대천의 원수들과, 그들이 서로에게 들러붙어 떠들썩하게 소동을 벌이는 포복절도할 상황은 지금도 눈에 선할 정도이며, 대부분의 것들을 실제로 내 눈으로 직접 보는 것보다 더욱 선명하게 그려내었다. 루이의 기민함과 잔혹함, 미신을 숭배하는 경향과 비겁함에 대한 묘사는 코미네**를 밀접하게 따른 것으로, 허세 부리

---

*지금의 네덜란드 및 라인 하구 지역과 부르군디 지역을 가진 강력한 제후로, 프랑스 왕 앞에서도 결코 굴하지 않아 '용맹한 샤를'이라는 별명을 갖게 되었다. 아들이 루이 11세다.

**Philippe de Comines(1445?~1511?). 프랑스의 역사가, 외교관. 스콧은 『퀜튼 더워드』의 자료를 필립 드 코미네의 『회고록』에서 가져왔으며, 이 『회고록』은 연대기라기보다는 근대적 역사 분석의 첫 사례로 간주된다.

기 좋아하는 호전적인 정적과 맞서는 설정에서 더욱 효과적이다.

역사적 인물들이 우리가 상상하는 모습대로 실제 몸집으로 정확히 그려지는 경우는 그리 흔치 않다. 그러나 인스브루크의 고교회파*에서 내가 본 루이와 샤를의 모형은 꼭 스콧의 책에서 걸어 나왔을 법한 모습이었다. 루이는 마르고 금욕적이며 껄렁껄렁해 보였으며, 샤를은 권투선수 같은 두상이었다. 예를 들어, 런던의 국립초상화전시관에서 황록빛을 띠는 고상하고 시적인 얼굴을 한 남자의 초상화를 보았는데 그 밑에 그 인물이 바로 저 사악한 재판관인 제프리스**라는 것을 읽고 깜짝 놀랐을 때, 초상화가 우리가 가진 온갖 선입견을 뒤집는다고 말하기는 어렵다. 그렇지만 인스브루크에서처럼 가끔 우리는 지극히 만족스러울 때도 있다. 나는 저기 벽난로 선반 위에 퀸 여왕의 세 번째 남편인 보즈웰***을 그린 그림을 놓아두고 있다. 그림을 내려 자세히 들여다본다. 커다란 두상은 원대한 책략을 꾸미기에 적합하다. 짐승처럼

---

*로마 가톨릭교회와 가장 유사한 영국 국교회의 한 파.

**George Jeffreys(1648~1689). 1678년 런던의 형사재판소 판사가 되어 그해에 일어난 '구교도 음모사건'을 가혹하게 처단하였고, 1685년 대법관에 임명되었으며, J. S. 모머스 공작의 제임스 2세에 대한 반란이 진압된 후 그 반도叛徒들을 엄하게 다스려 '피의 심판'이라 일컬어졌다. 제임스 2세의 모신謀臣으로서 국민의 증오를 받았고, '명예혁명'(1688) 후에 체포되어 옥사하였다.

***James Hepburn(1534?~1578). 보즈웰 경으로 알려진 보즈웰 4대 백작. 메리 여왕의 권력에 야욕을 갖고 있었고, 사랑에 눈이 먼 여왕의 마음을 이용해 최종적으로는 왕의 자리까지 노릴 계획을 품고 있었다.

드세 보이는 얼굴은 예민한 감수성의 여성스러운 여자를 사로잡기에 딱 맞다. 입은 그 안에 있는 멧돼지의 어금니를 연상시키며, 턱수염은 노기가 등등하다. 야만스럽게 힘찬 생김새다. 그 그림에서 남자와 남자의 삶의 내력이 온전히 다 드러난다. 나는 스콧이 헵번 가문의 저택에 걸려있는 원본을 본 적이 있는지 궁금하다.

개인적으로 나는 비평가들이 다소 가혹하게 평가하고, 지친 펜대에서 거의 마지막으로 나온 소설에 대해 항상 높이 평가하는 쪽이다. 『파리의 로버트 백작』이 그렇다. 만약 그 작품이 시리즈의 마지막*이 아니라 첫 작품이었다면 『웨이벌리』만큼이나 크게 주목을 받았을 게 틀림없다고 확신한다. 나는 찬탄과 절망이 엇갈리며 이렇게 외쳐댔던 이 대가의 마음의 상태를 이해할 수 있다. "나는 평생 동안 비잔티움 사회의 정세를 연구해왔다. 그리고 드디어 섬광처럼 내게 모든 것을 분명하게 밝혀줄 한 스코틀랜드 법률가가 왔다!" 많은 이들이 노르만족이 정복했던 잉글랜드나 중세 프랑스에 대해 어느 정도는 성공적으로 그려낼 수 있겠지만, 나는 그 작품이 완전히 사라진 문명을 그토록 위엄 있고 그토록 세세하게 또 그토록 그럴싸한 방식으로 재구성한 최고의 역작이라고 생각한다. 그의 건강이 악화되고 있다는 사실은 소설이 끝나기도 전에 다 드러나지만, 후반부 역시 초반부와 동일

---

*『파리의 로버트 백작』은 월터 스콧이 죽기 전 두 번째 작품으로, 4부작 시리즈인 『내 영주의 이야기』일부이다.

했으며, 안나 콤네나*가 그녀의 아버지의 위업을 크게 소리 내어 읽는 익살스러운 장면이라든가 보스포루스해협 기슭에 십자군 전사들이 위풍당당하게 집결한 장면 등이 들어간 이 책은 역사소설의 맨 앞줄이 맞는 자리라는 주장을 반박할 수 없을 것이다.

그는 서사를 이어가면서 우리에게 제1차 십자군전쟁의 실제 진행과정을 엿볼 수 있게 해주었다. 이 얼마나 대단한 사건인가! 이와 같은 일이 지금까지 세계 역사에서 있었던가? 이 책은 역사소설들이 좀체 갖지 못했던 것들, 즉 광적인 "베드로의 설교"에서부터 예루살렘의 몰락에 이르기까지 시작과 중반부, 결말을 명확하게 갖고 있다. 지도자들은 또 어떠한가! 그것은 제2의 호머만이 해낼 수 있는 것이다. 고드프루아**는 완벽한 군인이자 지도자였으며, 보에몽***은 야비하면서도 막강했고, 탱크레아우스****는 이상적인 모험을 쫓아다니는 기사였으며, 노르망디의 로베르*****는

---

*Anna Comnena(1083~1153). 12세기 동로마 황제 알렉시우스1세의 딸. 남편 니케포루스 브리엔니우스를 제위에 앉히려다 실패하였다. 남편의 미완의 역사서를 계승, 전 15권으로 된 『알렉시아스』를 완성하였다.

**Godefroy de Bouillon(1061?~1100). 프랑스의 제1차 십자군 지휘관 중 한 사람으로 예루살렘의 왕(1099~1100)이었다.

***Bohemond 1세(1058?~1111). 제1차 십자군이 안티오키아를 함락하는 데 큰 공을 세웠으며, 안티오키아 공국을 예루살렘 왕국보다 큰 나라로 만들려 했으나 1100년에 시리아의 이슬람 지방 정권인 다니슈멘드에게 패하였다.

****Tancred(1078?~1112). 제1차 십자군에서 활약한 이탈리아-노르만인 용사. 훗날 갈릴리 공이 되었다.

*****로베르 1세(1000?~1035). 화려공le Magnifique, 악마공le Diable 등의 별명으로 불리기도 한다. 1035년 예루살렘 순례를 떠났다가 귀환 중에 병사했다. 아들 기

반미치광이 영웅이었다! 이렇듯 재료가 넘쳐흐르다 보니 작가들은 자신이 그것을 다루기에 알맞지 않다고 느낀다. 제아무리 상상력이 풍부하다 한들 실제 역사적 사실보다 더욱 놀라우면서도 긴장감 넘치게 전개할 수 있겠는가?

그러나 그가 쓴 또 얼마나 멋진 소설들이 연달아 있는지 모른다! 십자군의 순수한 모험담을 그린 『부적』을 생각해보라. 헤브리디스제도*에서의 삶을 절묘하게 그려낸 『해적』은 어떠한가. 또 엘리자베스 시대의 영국을 눈부시게 재현한 『케닐워스』는 어떠한가. 해학이 넘쳐흐르는 『몬트로즈의 전설』도 빼놓을 수 없다. 무엇보다도, 조야한 시대에 쓰여진 그 모든 눈부신 시리즈들에는 아무리 민감한 사람이라도 저지를 법한 감정을 상하게 하는 말이 단 한 마디도 없다는 점을 명심해야 한다. 월터 스콧이 얼마나 위대하고 품격 있는 사람인지, 또 그가 문학과 인류를 위해 한 봉사가 얼마나 고매한지를 깨닫게 해주는 대목이다.

이러한 이유로 그의 삶을 읽는 것은 훌륭한 독서이며, 그리하여 그의 전기는 소설들과 같은 책장에 꽂혀 있다. 로카트**는 스

용이 공작위를 계승, 이후 잉글랜드 왕국을 정복해 윌리엄 1세가 되어 노르만 왕조를 창설했다.
*스코틀랜드 서쪽의 열도列島.
**John Gibson Lockhart(1794~1854). 스코틀랜드의 전기작가, 소설가, 비평가. 장인인 월터 스콧의 전기를 썼으며, 이는 보즈웰의 『존슨전』에 이어 영국에서 두 번째로 훌륭한 전기로 손꼽힌다.

콧의 사위이자 그를 숭배하는 벗이었다. 이상적인 전기작가는 지독하리만치 공정한 사람이어야 하며 연민을 품고 있어야 하지만 절대적 진리를 말하는 데 있어 엄정한 결단력을 갖추어야 한다. 사람들은 다른 면뿐만 아니라 유약하고 인간적인 면도 좋아한다. 나는 세상의 어떤 사람이라도 대부분 전기의 대상으로 상당히 괜찮다는 말을 믿지 않는다. 확실히 전기의 대상이 될만한 가치가 있는 사람들은 이따금 약간 신의 이름을 더럽히거나, 미색을 밝히거나, 처음에 그만두었으면 더 좋았을 때 두 번째 병을 따거나, 우리로 하여금 자신들이 대등한 사람이라고 느끼게 하는 무언가를 했다. 부인이 "D는 비열한 남자dirty man였다"라는 말로 죽은 남편에 대한 전기를 시작하는 지경에까지 이를 필요는 없지만, 빛과 그림자가 한층 훌륭하게 묘사된 전기들은 확실히 더욱 읽기 쉬우며 대상들도 더욱 매력적이긴 할 것이다. 그러나 우리가 스콧에 대해 더 많이 알게 될수록 더욱 찬사를 바치게 될 거라고 나는 확신한다. 그는 술을 마시는 시대에 술을 마시는 나라에서 살았으며, 간혹 저녁에 술이 약한 후배들에게 독한 술을 권해 취해 곯아떨어지게 했다는 사실에 대해 나는 조금도 의심하지 않는다. 가엾게도 그는 적어도 말년에는 충분히 자제했으며, 다른 이들이 술잔을 돌릴 때도 보리차를 홀짝거렸다. 하지만 얼마나 뛰어난 도의심을 지닌 얼마나 고결한 영혼의 신사였는지 모른다! 그에게는 변하는 것 자체가 그저 공허한 문구가 아니라 수 년에 걸친 노동과 극기였다! 여러분은 그가 어떻게 인쇄소에 자 금만 대고 업무에는 관여하지 않는 익명의 동업자가 되었는지, 그 래서 인쇄소가 도산했을 때 어떻게 연루되었는지를 기억할 것이 다. 합법적이긴 하지만 일말의 양심도 없이 그를 고소하는 일이 벌어졌으며, 그가 별 도의적 책임이 없었기에 파산으로 인해 회 계장부를 없애버렸더라도 아무도 그를 비난할 수 없었을 것이다. 그랬다면 그는 다시 몇 년 이내에 부자가 되었을 것이다. 그런데 도 그는 자신이 온 책임을 지고 평생토록 빚을 떠안았으며, 일말 의 오점으로부터 명예를 지키려고 오랜 시간을 들여 건강을 해 치면서까지 작업하느라 애썼다. 그가 채권자들에게 넘긴 금액은 거의 10만 파운드에 달하는 것으로 보인다. 인생을 내던진 10만 파운드라, 공전의 기록이다.

그의 창작력은 정말 대단했다! 초인적이었다. 소설을 쓰고자 하는 사람만이 스콧이 단 1년 만에 두 편의 장편소설을 써낸 기록 이 무엇을 의미하는지 안다. 어떤 회고록을 읽은 기억이 난다. 아, 다시 생각해보니 로카트의 회고록으로, 어떻게 에든버러의 캐슬 가에 있는 어느 방에 묵었는지, 또 어떻게 저녁나절 내내 맞은편 숙소의 블라인드에서 한 남자의 실루엣을 보았는지에 관한 것이 었다. 저녁 내내 그 남자는 글을 썼으며, 관찰자는 손 그림자가 책상에서 한쪽에 쌓아놓은 종이더미로 종이들을 옮기는 것을 볼 수 있었다. 그가 파티에 갔다가 돌아왔을 때도 여전히 그 손은 종이들을 나르고 있었다. 다음 날 아침 그는 맞은편에 있는 그 방에 월터 스콧이 묵었었다는 이야기를 들었다.

소설가의 심리를 호기심 어린 마음으로 엿보면 그가 한 번에 두 권의 책—그것도 아주 훌륭한 책—을 썼다는 사실이 드러난다. 그때가 바로 자신이 쓴 글을 하나도 기억할 수 없을 정도로 건강이 안 좋았을 때, 또 그에게 글을 읽어주었을 때 마치 다른 작가의 작품을 듣는 것처럼 듣고 있을 정도로 몸이 안 좋았던 때였다. 일상적인 기억력과 같은 아주 단순한 두뇌 기능은 분명 완전히 중지되었는데도, 최고 수준의 가장 복잡한 기능—최상의 형태인 상상력—은 조금도 손상되지 않았다. 이는 굉장히 보기 드문 사실로 곰곰이 생각해봐야 할 문제이다. 그것은 상상력이 풍부한 작품을 쓰는 모든 작가가 가져야만 하는 것으로, 최고의 작품은 외부에서 약간 기이한 방식으로 온다는 느낌과 더불어 그는 단지 그것을 종이 위에 늘어놓는 매개체일 뿐이라는 느낌을 지지해주는 듯하다. 이제 막 싹을 틔워 향후 점점 더 커질 창의적인 생각이 총알처럼 두뇌를 날아간다. 그는 자신의 생각에 화들짝 놀라지만 그 생각이 어디서 비롯되었는지를 의식하는 감각이 없다. 그리고 여기에 다른 뇌 기능이 모두 마비되었는데도 이렇듯 훌륭한 작품을 만들어낸 한 사람이 있다. 우리는 정말로 깊이를 알 수 없는 무한한 저수지의 수로일 뿐이라는 게 가능할까? 확실히 최고의 작품은 언제나 최소의 노력으로 이루어졌다는 느낌을 준다.

이러한 일련의 생각을 따라가다 보면, 허약한 육체의 힘과 불안정한 신경계 때문에 물질적인 욕구는 최하위로 밀려나게 되면서 정신적인 용도에 더욱 알맞은 행위자가 된 게 아닐까라는 생각이 든다. 오래된 시 한 구절*을 보자.

위대한 천재는 미치광이에 가깝다네.
다만 얇은 칸막이가 그들을 갈라놓을 뿐.

그러나 내게는 천재는 고사하고 창의적인 작업을 위한 적정한 활동조차도 영혼과 육체 사이의 유대를 심히 약화시키는 것만 같다.

한 세기 전 영국의 시인들인 채터턴과 번스, 셸리, 키츠, 바이런을 보라. 번스Burns는 그 빼어난 일원 중 가장 나이가 많았지만, 그의 형제가 "모조리 소진되어 버렸다burned out"며 소름 끼치게 표현했듯, 세상을 떴을 때 겨우 38세에 불과했다.** 셸리는 사

---

*위대한 천재와 미치광이는 결국 종이 한 장 차이일 뿐이라는 말로, 존 드라이든 (John Dryden, 1631~1700)의 「압살롬과 아히토펠」 중 한 구절이다. 권력투쟁이 끝없이 진행되고 권모술수가 난무하던 1670년대 말에서 1680년대 초 영국의 정치 상황을 성서의 사무엘서 제2권에 나오는 압살롬의 다윗 왕에 대한 반란 사건과 연관지어 시로 승화시켰다.

고로 죽었으며, 채터턴은 독약을 먹고 자살했지만 자살은 그 자체로 병적 상태라는 징후이다. 로저스는 거의 100세까지 살았지만, 사실 그는 처음에는 은행가였다가 나중에 시인이 된 사람이다. 위즈워스, 테니슨, 브라우닝 모두 시인들의 평균 연령을 높였지만, 소설가들은 특히 최근 몇 년간 어떤 이유에선지 개탄스러운 기록을 갖고 있다. 그들은 백연 노동자들이나 아니면 다른 위험한 직업에 종사하는 것으로 삶을 끝낼 것이다. 이를테면, 젊은 미국 소설가들의 실로 충격적인 경우를 보라. 전도양양한 젊은 작가군이 최근 몇 년간 얼마나 많이 요절했는가! 그중에는 『데이비드 하럼』이라는 경탄할만한 책의 저자***도 있으며, 내 생각에 어떤 살아있는 작가보다도 웅대한 밀알을 품고 있었던 프랭크 노리스****도 있다. 나는 그의 『밀 판매장』이 미국 소설 중에서 아주 뛰어나다고 생각한다. 그 역시 때 이른 죽음을 맞이했다. 또 스티븐 크레인*****도 있다. 그 또한 대단히 눈부신 작품을 썼다.

**번스는 돈에 쪼들리면서도 옛 노래를 재구성하는 일에는 애향정신을 가지고 임했고, 보수를 일체 받지 않았다. 하지만 결국 과로 때문에 38세의 젊은 나이에 끝까지 시를 쓰다가 죽었다.

***Edward Noyes Westcott(1846~1898)을 말한다. 미국의 은행가이자 작가로 만성 결핵 때문에 죽었다.

****Frank Norris(1870~1902). 1899년 최초의 문제작인 자연주의적 작품 『맥티그』를 발표했다. 이어 밀의 생산과 분배의 문제가 얽힌 장대한 서사시적 3부작 『밀의 서사시』의 제1부 『문어』(1901), 제2부 『밀 판매장』(1903)을 발표했으나, 아깝게도 맹장염 수술의 경과가 좋지 못해 요절하는 바람에 제3부를 완성시키지 못했다.

*****Stephen Crane(1871~1900). 미국의 소설가, 시인, 신문기자. 간결한 문체와

또 한 명의 장인 해럴드 프레더릭*도 있다. 소설가들의 수에 비례하여 도대체 이만한 인명 손실을 볼 수 있는 직업이 어디 있는가? 그러는 사이 우리나라 작가 중에서는 로버트 루이스 스티븐슨과 헨리 시튼 메리만**, 그리고 또 다른 많은 이들이 세상을 떴다.

대개 이력을 잘 마무리 지은 것처럼 들리는 위대한 작가들조차도 실로 이른 나이에 생을 마감했다. 예를 들어, 새커리는 새하얀 머리칼에도 불구하고 겨우 쉰두 살이었으며, 디킨스는 쉰여덟의 나이에 죽음에 이르렀다. 월터 스콧 경은 61년간의 생을 살았으니 천만 다행히도 대부분의 동료들보다 이력이 좀 더 길었다. 비록 마흔 살 넘어서까지 소설을 단 한 편도 쓰지 않았지만 말이다.

그는 창작활동을 대략 20년 동안 펼쳤는데 내 생각에는 거의 셰익스피어가 했던 것에 육박하는 것 같다. "에이번의 시인"***은 천재의 생애가 얼마나 제한되었는지를 보여주는 또 다른 예이다. 건강한 혈통이 아니었던 가족 대부분보다는 그가 더 오래 살았

상징적 수법으로 헤밍웨이를 비롯한 현대 미국 작가들에게 커다란 영향을 주었다. 시에서도 이미지즘의 선구자로 평가된다.
*Harold Frederic(1856~1898). 미국의 언론인, 작가. 1884년 「뉴욕타임스」 런던 특파원으로 영국에 건너가 남은 삶을 영국에서 일했다.
**Henry Seton Merriman(1862~1903). 본명은 Hugh Stowell Scott. 영국의 소설가로 대중적으로 큰 인기를 끌었다.
***에이번은 셰익스피어의 고향으로, 보통 "에이번의 시인"이라 함은 셰익스피어를 일컫는다. 여기서는 "애버츠퍼드(스코틀랜드 남부 트위드강변에 있는 월터 스콧의 거주지(1812~1832))이자 에이번의 영주"인 월터 스콧을 말한다.

다고 믿긴 하지만 말이다. 나는 그가 일종의 신경성 질환으로 죽었다고 판단할 수밖에 없다. 그의 서명이 점차적으로 악화되었다는 사실이 이를 증명해준다고 하겠다. 아마도 운동실조증*이었을 테고, 그 질병은 특히 상상력이 풍부한 사람에게는 천벌이다. 하이네와 도데를 비롯하여 얼마나 많은 작가들이 그 병의 희생양이었는지 모른다. 들리는 말에 따르면, 그가 죽고 나서 오랜 시간이 흐른 뒤 처음 언급된 말이 술판을 벌이다가 열병에 걸려 죽었다는 것이었다. 표면적으로는 터무니없는 말이다. 학계에는 그러한 열병이 알려지지 않았기 때문이다. 그러나 바로 그 술판으로 인해 만성적인 신경질환이 처참한 죽음으로 이르게 되었을 개연성이 극도로 높다.

　나를 이토록 옆길로 새게 하고 이토록 말을 많이 하게 만든 저 녹색 책들을 지나치기에 앞서 스콧에 관해 한 마디 더 보태겠다. 그의 핏줄에 흐르는 천성적으로 기이하고도 비밀스러운 기질을 다루지 않고서는 그의 성격에 대해 다 말했다고 하기 어렵다. 그는 유명한 소설들을 쓴 저자라는 사실을 숨기기 위해 여러 차례 진실을 왜곡했을 뿐 아니라 매일 만나는 친한 친구들조차도 그가 온 유럽에서 말하고 있는 바로 그 남자라는 사실을 알아차리지 못했다. 심지어는 발란타인 회사에서 그의 아내에게 처음으

*각각의 근육은 모두 건강한데도 각 근육간의 조화장애로 말미암아 일정한 운동을 잘 할 수 없는 병증 또는 상태.

로 그와 회사가 파산한 동업자라는 사실을 말했을 때까지도 아내는 금전상의 법적 책임에 대해 모르고 있었다. 심리학자는 그의 소설들에서 여러 페이지에 걸쳐 짜증 나게 돌아다니며 비밀을 지키는 난쟁이 페넬라* 같은 수많은 등장인물들 속에서 이 기이하게 일그러진 심리를 추적해야 할 것이다.

로카트의 『스콧전』은 슬픈 책이다. 마음이 쓸쓸해진다. 이 기진맥진한 거인이 비틀거리며 빚을 걸머진 채 과도하게 작업하는 와중에 아내도 죽고 신경쇠약에 걸려 온전한 게 하나도 없이 오직 명예만 남은 광경을 보는 것은 문학사에서 가장 심금을 울리는 것 중 하나이다. 하지만 그러한 먹구름들이 걷히고 이제 남겨진 모든 것은 지극히 숭고한 남자에 대한 기억이다. 그는 운명에 무릎 꿇지 않고 끝까지 맞섰으며 앓는 소리 한번 없이 그 자리에서 영면했다. 그는 인간이 누릴 수 있는 모든 감정을 맛보았다. 크나큰 환희, 위대한 성공, 엄청난 몰락, 그리고 쓰디쓴 슬픔마저도. 그러나 모든 사람의 아들 중에서 나는 드라이버러**에서 커다란 석판 아래에 누워있는 그보다 더 위대한 사람이 많다고는 생각하지 않는다.

*월터 스콧이 1823년에 쓴 장편소설 『페베릴 성』에서 더비 백작부인의 시중으로 나오는 등장인물로 귀머거리에 벙어리 난쟁이이다. 괴테의 『빌헬름 마이스터의 도제시절』에서 주인공 빌헬름을 사모하는 12세 소녀 "미뇽Mignon"에서 따온 것이다.
**스코틀랜드 변경에 있는 마을 이름. 드라이버러 사원에 월터 스콧과 아내의 무덤이 있다.

3장

　우리는 줄지어 늘어선 녹색 표지의 『웨이벌리』 시리즈들과 그 옆에 있는 로카트의 『스콧전』을 지나왔다. 여기 두툼한 금박의 활자가 박힌 네 권짜리 커다란 회색빛 책이 놓여 있다. 구식의 큰글자판인 보즈웰의 『존슨전』이다. 나는 큰글자판이라는 사실을 강조한다. 요즘 시장에 나오는 영국 고전들 대부분이 값싼 판형들로 이는 약점이기 때문이다. 최소한 고체古體거나 난해한 주제들을 다룬 책들을 읽을 때는 한눈에 잘 들어오는 글자가 도움이 된다. 그렇지 않은 책은 여러분의 시력에도 또 기분에도 좋지 않다. 조금 더 지불하더라도 쓸 만한 책을 갖는 게 더 좋다.

　저 책은 나의 관심을 끌고 나를 매료시키긴 하지만, 마음씨 따뜻한 존슨에게 쏟아졌던 이구동성의 찬사에 나는 안타깝게도 진심으로 동참할 수는 없다. 대상에 대하여 "위선적인 마음을 없애라"는 존슨의 말을 따르는 것은 어려운 일이다. 매콜리나 보즈웰에게 동조하는 안경을 통해 존슨을 바라보는 것에 익숙해졌을 때, 그 안경을 벗어 눈을 비비며 그 사람의 실제 말과 행동, 한계를 자신만의 정직한 눈으로 응시하는 것은 버거운 일이기 때문이다. 그런 시도를 한다면 여러 인상들이 엉망진창으로 뒤죽박죽 섞여버릴 것이다. 좋든 나쁘든 최고의 자질을 갖춘 존 불*—풍자만화가들이 그린 과장된 존 불—이 문학에 투신했다는 것 말고 우리는 과연 뭐라고 표현할 수 있을까? 따뜻한 마음씨 너머에는 격정적인 성격, 거만함, 섬나라 사람 특유의 편협함, 연민과 통찰력의 부족, 인식의 조야함, 독단적인 태도, 고압적인 엄포, 강하게 뿌리박힌 종교적 원칙, 그리고 그 외 현재의 선량한 조니의 할아버지였던 존 불의 온갖 상스럽고도 거친 특성이 있다.

만약 보즈웰이 살지 않았더라면 우리는 지금 그의 대단한 친구에 대해 얼마나 들을 수 있었을까? 보즈웰은 스코틀랜드인의 불굴의 인내심을 갖고 온 세상에 자신의 영웅을 숭배하는 마음을 불어넣는 데 성공했다. 그 자신도 존슨을 존경해야 하는 건 지극히 당연한 일이었다. 두 남자는 아주 유쾌한 관계였으며 서로의 명예가 되었다.** 하지만 그들은 제삼자가 이러쿵저러쿵 논

*John Bull. 잉글랜드 · 잉글랜드인들 · 전형적인 잉글랜드인을 가리키는 말.
**1763년 법률 공부를 하러 런던에 간 보즈웰은 배우이자 서점 주인인 토머스 데이비스의 서점에서 무척이나 존경하던 존슨을 만나게 된다. 처음에 존슨은 거칠게 대했으나 일주일 뒤 다시 방문하면서 평생에 걸친 우정이 싹트게 된다.

해도 무방한 기준으로 보면 안 된다. 그들이 만났을 때 보즈웰은 스물셋이었고, 존슨은 쉰넷이었다. 보즈웰은 예리하고 젊은 스코틀랜드인으로 공손하고 감수성이 예민했다. 존슨은 이미 명성을 얻은 과거 세대의 인물이었다. 만난 순간부터 존슨은 보즈웰에게 절대적인 영향력을 행사하기 시작했다. 이는 보통 아버지와 아들 사이에 있을 수 있는 것보다도 편견 없는 비평을 하는 것을 훨씬 더 어렵게 만들었다. 마지막 순간에 이르기까지 이들 사이의 이런 관계는 깨어지지 않았다.

매콜리가 그랬듯 보즈웰에게 콧방귀를 뀌는 것도 다 좋지만, 한 사람이 최고의 전기를 쓰는 것은 거저 되는 일이 아니다. 그는 엄청나면서도 비범한 문학적 자질을 갖고 있었다. 문체는 명료하고도 생생했으며, 그의 위대한 모델보다도 더욱 유연하고 영국적이었다. 또 놀라울 정도로 신중해서 이 어마어마한 책 전체를 통해 사방에서 도사리고 있는 발밑의 덫에 유의하며 조심조심 걸었기에 좀처럼 한 줌의 결점도 허용하지 않았다. 사람들은 그가 사생활에서는 천하의 바보였다고 한다. 그는 절대 수중에 펜을 갖고 다니지 않았다. 존슨과 무수히 논쟁을 벌일 때에도 항의하면서 버럭 소리 지르는 일이 거의 없었으며, "그러시면 안 됩니다!"라고 큰소리를 내기에 앞서 침묵을 지켰다. 경험이 입증하듯 그의 견해가 더 현명하지 않은 경우는 거의 없었다. 노예 문제에 관해서라면 그가 틀렸다.* 그러나 나는 미국 독립혁명이라든가 하노버 왕조, 종교적 관용** 등등처럼 극히 중대한 문제를 포함해 보즈웰의 견해가 여전히 살아있는 10여 건의 사례를 외워서 인용할 수 있을 정도다.

그러나 전기작가로서 그가 탁월한 지점은 우리가 알고 싶어 하는 사소한 것들을 전하고 있다는 점이다. 우리는 한 사람의 전기를 읽을 때마다 얼마나 자주 그 사람의 인품에 대해 눈곱만큼의 감도 잡을 수 없었던가. 이 책에서는 그렇지 않다. 그 사람이 다시 살아난다. 존슨 개인에 관한 간략한 설명은 『존슨전』에서가 아니라 『새뮤얼 존슨과의 헤브리디스제도 여행일기』***에서 다뤄진다. 바로 옆에 놓인 책으로, 보즈웰 특유의 살아있는 것 같은 생생한 묘사가 펼쳐진다. 어디 한번 꺼내서 한 단락 읊어드릴까?

---

*보즈웰은 1787년 5월, 의회에서 노예무역 폐지운동에 앞장서던 하원의원 윌리엄 윌버포스를 설득하려고 '노예무역 폐지 위원회'에 참가한다. 그는 그 운동에 적대적이었으며, 이는 1791년에 쓴 시 「노예제 폐지는 없다」를 통해 잘 드러난다. 이 시에서 그는 흑인 노예들이 실제로 자신들의 운명을 즐겼다는 흑인노예제 옹호론자들의 입장을 지지했다.
**Religious Toleration. 16세기의 프로테스탄트, 가톨릭 및 재再 세례파의 3자의 치열한 대립으로 17세기에 종교적 관용의 주장이 발생하였다. 그 대표자 존 로크는 국가와 신앙인 공동체로서의 교회는 상호 간섭할 수 없다고 서술하였다(『관용에 관한 서한』, 1689). 세계인권선언 18조에 결실을 맺은 사상이다.
***스코틀랜드 서쪽 열도인 헤브리디스제도로 여행했을 때의 일기를 엮은 책으로 1785년에 출간되었다.

그는 덩치가 크고 골격이 탄탄해서 거의 거인에 가깝다고 말할 수 있을 정도이며, 비만증 때문에 점점 몸을 움직이는 것조차 버거워했다. 얼굴은 고대 조각상처럼 타고났지만 연주창*의 상흔으로 인해 다소 흉하게 망가졌다. 이제 예순네 살에 접어들면서 조금씩 귀가 어두워지고 있다. 늘 시력이 안 좋았기에 그만큼 정신력이 지배했으며 신체기관의 결함조차도 극도로 빠르고 정확한 인지능력으로 채워졌다. 머리와 또 때로는 몸까지도 중풍의 영향처럼 덜덜 떠는 것과 같은 몸짓을 했다. 무도병**이라 불리는 급성 전염병의 특성상 수시로 근육 경련이나 발작적인 진통에 시달리는 것 같았다. 그는 갈색 정장을 입고 있었으며, 옷에는 같은 색상으로 된 모직물 단추가 달려 있었고, 커다랗고 북슬북슬한 회색 가발을 쓰고 있었으며, 검은색 소모사 스타킹을 신고, 은색 버클을 차고 있었다. 이 여행을 하는 동안 그는 부츠를 신고 두꺼운 천으로 만든 커다란 갈색 외투를 입었는데 양쪽 주머니는 2절판으로 인쇄된 대형 사전 두 권을 넣고도 남음직했다. 또 큼지막한 영국산 참나무 지팡이를 짚고 다녔다.

*King's evil. 오늘날의 병명으로는 결핵성 경부 임파선염으로, 목 부위 임파선에 염증이 생겨 부어오르는 임파선염의 일종이다. 옛적에 왕의 손이 닿으면 낫는다고 여겨져 영어로 "King's evil"이라 불렸다. 어려서 연주창으로 고생할 때 앤 여왕이 손수 만져주었다는 일화가 있다.
**St. Vitus' dance. 얼굴·손·발·혀 등의 근육에 불수의적 운동장애를 나타내는 증후군. 1278년 독일의 한 다리 위에서 수백 명이 춤을 추다 다리가 무너졌고, 다친 사람들은 성 비투스 대성당에서 치료를 받는데, 이때 치료받던 사람들이 끊임없이 춤을 췄기에 마을 사람들은 춤추는 전염병이 성자가 내린 저주라고 생각하게 되었다. 불규칙한 운동을 일으켜 얼핏 보아 춤을 추는 것 같이 보이므로 무도병이라 부른다.

위대한 새뮤얼을 그 이후에 그 누구도 재구성할 수 없는 것은 보즈웰의 잘못이 아니라는 점을 우리는 인정해야 하며, 또 그것은 그저 자신의 영웅을 우리에게 눈에 보이듯 생생하게 일별하게 하는 수많은 것 중 하나나 마찬가지일 뿐이다. 왕성한 식욕을 자랑하며 쩝쩝거리거나 후루룩후루룩 소리를 내며 스무 잔의 차를 마시는 비대하고 무례한 남자를 꼭 펜화로 그린 것처럼 묘사하고, 또 오렌지 껍질과 가로등 기둥을 갖고 헛짓거리를 하는 모습* 등은 독자들을 매료시키며 이때까지 존슨이 직접 썼던 그 어떤 저작물들보다도 훨씬 더 폭넓은 문학상의 인기를 안겨주었다.

어쨌든 존슨이 쓴 저작물 중에서 오늘날까지 살아있다고 말할 수 있는 게 어떤 게 있을까? 물론 허풍떠는 모험담인 『라셀라스』**는 예외다. 『영국 시인들의 생애』는 서문들만 나열된 것에 불과하며, 「램블러」***는 단명한 잡지이다. 끔찍하게 고역을 치른 『영어사전』은 엄청난 준비작업을 한 작품으로 출판산업의 기념비라 할 수 있지만 천재적이라고는 상상할 수 없다. 시 『런던』에는 박

---

*새뮤얼 존슨은 오렌지 껍질을 모으는 취미가 있었으며, 플리가를 걸어 내려갈 때 모든 가로등 기둥을 만지려고 가던 길을 멈추었다고 한다. 이는 경미한 강박장애 증상 중 하나로 보여진다.
**'진정으로 행복한 인생이란 어떤 것인가'라는 근원적인 질문을 풀기 위해 인생의 다양한 양상을 탐색해 나간다는 라셀라스 왕자의 이야기를 다룬 새뮤얼 존슨의 풍자적 산문. 일주일 만에 썼다고 알려졌으나 쓰여진 지 4년 후에야 출간되었다.
***1750~1752년에 런던에서 주 2회 발행되던 잡지.

력 있는 구절들이 좀 있고, 『헤브리디스제도로의 여행』에도 기백
넘치는 글귀들이 여럿 있다. 정치적인 글들과 시사적인 소책자들
도 더러 있다. 이러한 것들이 평생에 걸친 주요 작품이었다. 영국
문학에서 그의 지배적인 위치를 정당화하는 것만으로는 충분하
지 않다는 점은 확실히 인정할 수밖에 없으며, 게다가 우리는 참
다운 설명을 한 그의 겸허하면서도 많은 비웃음을 받았던 전기
작가에게로 시선을 돌려야 한다.

   그리고 또 그가 한 말도 있다. 그렇다면 그가 한 말이 그토록
차별성을 띠는 것은 왜일까? 모든 주제에 대한 명확성이다. 그러
나 이는 편협한 결말이라는 신호다. 즉, 모든 문제의 이면을 보고,
우리를 둘러싸고 있는 무한한 가능성의 바다에서 위대한 인간의
지식이라는 게 얼마나 작은 섬인지를 이해하는, 연민이 넘치며 상
상력이 풍부한 사람에게는 불가능한 것이다. 결과를 보라. 세상
에서 제일 어리석은 인류 중에서 얼토당토않은 큰 실수를 엄청나
게 범하고도 유죄 선고를 받은 사람이 단 한 명이라도 있었던가?
"어느 시대든지 가장 학식이 높은 사람들의 견해가 온 인류에게
심어질 수 있다면 결과는 아마도 가장 어처구니없는 오류를 전
파하는 것이 될" 것이라는 배저트*의 말이 떠오른다. 그는 겨울에
제비들이 어떻게 되겠느냐는 질문을 받았다. 눈동자를 이리저리

*Walter Bagehot(1826~1877). 영국의 경제학자, 정치 평론가. 1860년 「이코노미스
트」지의 편집장이 되어 평생 그 자리에 있었다.

굴리며 숨 쉬기 힘들어 쉭쉭거리면서 현인은 대답했다. "제비들이라, 당연히 겨울 내내 자겠지. 여러 마리가 무리 지어 다 같이 빙글빙글 돌다가 모두 한 덩어리가 되어 물속에 처박히고는 강바닥에 묻히겠지." 보즈웰은 진지하게 그러한 내용을 적어놓았다. 그렇지만 내가 똑바로 기억하고 있다면, "셀본의 화이트"*와 같은 온건한 자연주의자조차도 그가 제비들에 대해 한 말에 의구심을 품었다. 한층 더 놀라운 것은 동료 작가들에 대한 그릇된 판단이다. 사람들은 찾을 수만 있다면 어딘가에서라도 균형감각을 찾을 수 있기를 바랄 것이다. 그런데 그가 내린 결론은 근대적 취향으로는 도저히 말도 안 되는 것 같다. 그는 이렇게 말했다. "셰익스피어는 연이어 여섯 줄 이상으로는 좋은 구절을 쓰지 못했어." 그는 토머스 그레이**의 절창 「시골 묘지에서 읊은 만가」에서는 딱 두 구절만 좋다고 인정했는데, 그 두 구절은 바로 신랄한 비평가들이 형편없는 구절로 꼽은 것이었다. 『트리스트럼 샌디』***도 살아남지 못했다. 『햄릿』은 뜻도 모르고 지껄여대는 이야기일 뿐이었다. 스위프트의 『걸리버 여행기』는 졸작이었으며, 『통 이야기』만 빼고 스

---

*길버트 화이트(Gilbert White, 1720~1793)를 말한다. 그는 자신이 사는 햄프셔 마을의 동식물을 설명하는 『셀본의 자연사』를 출간했다.
**Thomas Gray(1716~1771). 영국 18세기 중엽을 대표하는 시인. 「시골 묘지에서 읊은 만가」는 명성도 재산도 얻지 못한 채 땅에 묻히는 서민들에 대한 동정을 애절한 음조로 노래한 걸작이다.
***영국의 작가 L. 스턴의 장편소설. 총 9권으로 미완성작이다.

위프트는 절대 좋은 작품을 쓰지 않았다고 했다. 볼테르는 무식하고 교양이 없었다. 루소는 건달이었다. 흄이나 프리스틀리*, 기번과 같은 이신론자理神論者들은 정직할 수가 없는 사람들이었다.

정치적 견해는 또 어떠한가! 현재 그의 정치적 견해는 우스꽝스러운 만화 같이 들린다. 내 생각에는 그 당시조차도 반동적이었을 것이다. "가난한 사람은 명예심이 없다.", "찰스 2세**는 성군이었다.", "정부는 반대편에 서는 모든 공무원을 내쫓아야 한다.", "인도의 재판관들은 정치적인 거래를 장려해야 한다.", "무역으로 인해 더 부유해지는 나라는 없다."(애덤 스미스 면전에서도 이러한 신조를 단언했으려나!), "지주는 자신이 바라는 대로 투표하지 않은 소작인들을 내쫓아야 한다.", "노동자가 임금을 인상하라고 하는 것은 좋지 않다.", "무역 수지가 나라에 불리할 때 이윤은 통용 화폐로 상환해야 한다." 이러한 것들이 그의 신념 중 일부였다.

게다가 또 편견은 얼마나 심했는지 모른다! 우리들 대부분은

---

*David Hume(1711~1776)은 스코틀랜드 태생의 철학자·역사가. 자연 종교를 지지하고 계시 종교를 반대했으며, 모든 종교 사상을 합리주의적으로 보는 이신론자였다. Joseph Priestley(1733~1804)는 영국의 화학자, 성직자, 신학자, 교육학자, 정치학자, 자연철학자였다. 산소의 발견자로 가장 널리 알려져 있지만, 스스로는 자신을 과학자라기보다는 성직자로 생각했다.

**단두대에서 처형당한 찰스 1세의 장남으로 10여 년의 망명 생활 끝에 대영국의 왕으로 복위되었다. 이후 통치권 회복, 해군력 강화, 식민지 확장 등에 주력했지만, 개인적 욕망과 쾌락을 추구했던 인물로 성군이 되기에는 도덕적 자질이 미흡했고, 대영국의 강력한 통치 군주로 인정받기에는 종교문제가 걸림돌이었다.

이성에 의거하지 않은 혐오감을 갖고 있지만, 마음이 좀 너그러운 순간에는 그런 혐오감을 갖고 있다는 사실을 자랑으로 여기지 않는다. 그런데 존슨이 갖고 있는 편견을 보라! 편견이 모두 제거되면 남는 게 거의 없었다. 그는 휘그당원들을 미워했다. 스코틀랜드인들을 싫어했다. 비국교도들을 혐오했다.(그들과 어울렸던 한 젊은 귀부인은 "역겨운 매춘부"였다.) 미국인들을 질색했다. 그렇듯 그는 자신만의 편협한 노선을 걸었고, 그 노선의 왼쪽에 있는 것이든 오른쪽에 있는 것이든 매사에 불같이 격노했다. 매콜리가 사후에 찬사를 바친 것은 잘한 일이지만, 생전에 서로 만났더라면 매콜리는 존슨이 그토록 질색했던 거의 모든 것을 하나의 입장으로 통합하려고 어떻게든 궁리했을 것이다.

이러한 편견이 어떤 강력한 원칙 위에 세워졌다거나 사적인 이해관계가 요구될 경우 변경될 수 없다고는 말할 수 없다. 이 점이 바로 공식적으로 기록된 약점 중 하나이다. 『영어사전』에서 그는 "연금은 나라를 팔아먹은 관료들에게 지급되는 것이며, 연금 수령자는 수당으로 지배자에게 복종시키려고 나라에서 고용한 노예"라고 매도했다. 그가 연금에 대해 부적절한 정의를 내렸을 때 연금은 있을 성싶지도 않은 임시비용이 틀림없었겠지만 조지 3세가 정책을 통해서든 자선을 통해서든 얼마 있다가 그에게 연금을 제공했을 때 그는 한 치의 망설임도 없이 받아들였다. 사람들은 그가 신념을 과격하게 표현한 것이 진심으로 격한 감정을 드러낸 거라 느끼고 싶어 하지만, 이 경우 사실은 그 반대인 것처럼 보인다.

그는 대단한 능변가였지만 대화를 나눈다기보다는 독백에 더 어울렸다. 두서없이 산만한 논조였는데, 아마 그의 말에 위압당한 청중이 여백에 쓴 메모는 상당했으리라. 인생에서 가장 중차대한 질문에 반박이나 논쟁조차 용납하지 않는 사람과 어떻게 대등한 조건으로 대화를 나눌 수 있겠는가? 골드스미스가 자신의 문학관을 항변할 수 있었을까? 아니면 버크가 휘그주의를, 기번이 이신론을 옹호할 수 있었을까? 철학적 관용을 주장할 수 있는 공통분모라고는 없었다. 그는 논쟁할 수 없으면 무례해지거나 아니면 골드스미스가 말했듯 "총알이 불발되면 개머리판으로 때려눕힐" 기세였다. 그 "코뿔소처럼 크르렁거리는 웃음소리"* 앞에서 논쟁은 점잖게 끝났다. 다른 왕들 모두 그가 죽었다는 소식을 들었을 때 "휴우!" 하고 안도의 한숨을 내뱉었을 거라고 나폴레옹은 말했다. 그래서 나는 존슨의 문학모임에 있던 연장자들이 "이런, 선생님, 그게 아니지요!"라는 말에서 "더 이상 쓸데없는 얘기는 그만합시다!"로 나아갈 게 빤한 위험성 없이 드디어 속에 있는 말을 터놓고 할 수 있게 되었다며 틀림없이 안도의 한숨을 내쉬었

*스코틀랜드 출신의 서점 주인이자 작가인 토머스 데이비스가 새뮤얼 존슨의 웃음소리를 빗댄 말. 앞서 말했듯, 런던의 코번트 가든에 서점 주인이 있던 그가 1763년 보즈웰을 새뮤얼 존슨에게 소개시켜 주었다.

을 거라고 생각하지 않을 수 없다. 사람들은 틀림없이 보즈웰의 뒷이야기를 듣고 싶어 할 테고, 버크와 레이놀즈와 같은 사람들이 나눈 잡담을 듣고 싶어 할 것이다. 그 막강한 존슨 박사가 저녁에 열리는 문학모임에 있을 때와 없을 때를 비교해 분위기가 어땠는지, 또 자유로움에서 얼마나 차이가 났는지에 관해서 말이다.

존슨이 청년기와 중년기 초반에 겪은 끔찍한 경험에 관해 적절히 고려하지 않은 채 그의 성격을 평가하는 것은 아주 소소한 것일지라도 공정하지 않다. 그의 정신은 얼굴만큼이나 상흔이 남아 있었다. 연금이 주어졌을 때 그는 쉰세 살이었다. 그때까지 그는 생활필수품과 삼시 세끼와 잠자리를 구하려고 끊임없이 고투하면서 살았다. 그는 동료 문필가들이 실제로 궁핍해 죽는 것을 보아왔다. 어린 시절부터 그는 행복이란 것을 알지 못했다. 지저분한 옷을 입은 채 팔다리는 경련으로 인해 씰룩거리는 데다 반장님이기까지 했던 볼품없는 젊은 시절은 리치필드*의 거리에서든 펨브로크**의 안뜰에서든 런던의 찻집에서든 언제나 연민과 조롱이 섞인 대상이었기에 일상생활 속에서 자존심 강하고 민감한 영혼은 쓰라린 굴욕을 맛보았을 것이다. 그러한 경험은 그의 정신을 망가뜨리거나 더욱 비참하게 만들었을 것이며, 여기에 틀

*Lichfield. 잉글랜드 중부 스태퍼드셔의 도시로 새뮤얼 존슨의 출생지이다.
**새뮤얼 존슨은 1년 동안 옥스퍼드의 펨브로크대학에서 고등교육을 경험했다.

림없이 보즈웰의 아버지가 그에게 "큰곰자리"라는 별명을 붙이게 만든 타인들의 감정에 대한 경솔함과 난폭함의 비밀이 있을 것이다. 그의 본성이 어떤 식으로든 뒤틀려 있었다면, 엄청난 힘이 그 뒤틀린 본성을 찢어발기게 해버렸다는 사실을 인정해야 한다. 그의 선함은 타고난 것이었고, 그의 악함은 끔찍한 경험의 결과였다.

그리고 그에게는 훌륭한 자질이 여럿 있었다. 그중에서도 기억력이 으뜸이었다. 그는 닥치는 대로 읽었으며, 자신이 읽었던 모든 것을 기억했다. 그것도 우리가 읽은 것을 기억하듯 일반적인 방식으로 그저 막연하게 기억하는 것이 아니라 특정한 장소와 날짜까지 모조리 기억했다. 그게 시집이었다면 라틴어든 영어든 페이지 단위로 인용할 수 있을 정도였다. 그러한 기억력은 엄청난 이점을 갖고 있었지만, 그에 상응하는 결점도 수반했다. 타인들의 생산품이 잔뜩 들어찬 마음에 어떻게 자신만의 신선한 제품을 가질 공간이 있을 수 있을까? 내 생각에 기억력이 대단히 뛰어난 것은 독창성에는 곧잘 치명적일 수 있는 것 같다. 스콧과 몇몇 다른 예외가 있긴 하지만 말이다. 자신의 글을 써넣기 전에 석판은 깨끗한 상태여야 한다. 존슨이 언제 독창적인 사유를 찾아낸 적이 있으며, 언제 미래를 내다보거나, 아니면 인류가 직면하고 있는 여러 수수께끼에 새로운 해석을 내린 적이 있었는가? 과거의 부담이 너무 컸기에 그에게는 다른 어떤 것도 들어찰 공간이 없었다.

온갖 종류의 근대적 발달은 그의 마음속에 어떠한 빛도 던져주지 못했다. 그는 세상이 이제껏 알았던 대격변이 일어나기 몇 년 전에 프랑스를 여행했으며, 아주 사소한 것에 정신이 팔려 있었기에 그를 둘러싼 주변에서 응당 볼 수 있는 폭풍 같은 징조에 한 번도 반응한 적이 없었다. 우리는 나긋나긋한 상테르 씨*가 그에게 맥주 양조장을 보여주며 맥주 생산량에 관한 통계를 제공했다는 사실을 읽었다. 루이 16세를 단두대로 끌고 가 처형되는 동안 욕설을 퍼부었던 바로 그 상테르였다. 그들의 교제는 의식하지 못하는 현자에게는 얼마나 벼랑 끝이 가까운지, 또 학식이라는 것이 얼마나 그러한 것을 식별하는 데 도움이 되지 않는지를 보여준다.

그는 훌륭한 변호사 내지는 성직자가 되었을 것이다. 그가 캔터베리**에 가거나 울색***의 직위에 앉지 못하게 막는 것은 아무것도 없었을 거라고 사람들은 생각할 것이다. 어느 쪽이건 간에 그는 기억력과 학식, 위엄, 타고난 정의감과 신앙심으로 인해 곧장 정상의 자리에 올랐을 것이다. 자체의 한도 내에서 작동하는 그의 두뇌는 비범했다. 스코틀랜드 재판관들 앞에서 스코틀랜드의 법률문제에 관해 피력한 놀라운 견해가 그 증거다. 특별한 훈련을

*Antoine Joseph Santerre(1752~1809). 프랑스 혁명 기간 동안 장군이었으며 악명 높은 양조업자이기도 했다.
**영국 켄트주의 도시로, 영국 국교회 총본산의 소재지다.
***woolsack. 상원 의장[대법관] 직위나 좌석. 이 좌석에 양모가 채워져 있었다.

받지 않은 외부인이 단시간에 그렇듯 논증과 근거로 가득 찬 무게감 있는 견해를 쓴다는 것은 문학이 보여줄 수 있는 보기 드문 역작인 것 같다. 무엇보다도 그는 정말로 마음씨가 따뜻한 사람이었으며, 그러한 마음씨를 대단히 중요하게 여겼다. 그는 크게 자선을 베풀었는데 이는 변변찮은 재산에서 나온 것이었다. 그의 집에 있는 방들은 일종의 대피항이 되었고, 낯선 여러 낡은 폐선廢船들이 그곳을 최후로 계류할 곳으로 찾았다. 눈이 먼 레벳 씨, 성미가 까다로운 윌리엄스 부인, 생기 없는 드 물랭 부인*처럼 모두 살날이 얼마 남지 않은 늙고 병든 이들이었다. 그는 언제나 친분이 있는 가엾은 이들을 위해 흔쾌히 금화를 쓸 준비가 되어 있었으며, 아무리 보잘것없는 시인이라도 시집 서문에 정성껏 헌사의 글을 써서 시집을 돋보이게 해 주었다. 불쌍한 매춘부를 어깨에 둘러업고 집으로 가는 사람**, 독단적이고 학자연하는 문학모임의 주인공이라는 것을 잊게 만들거나 아니면 적어도 너그러이 봐줄 수

*Robert Levet(1705~1782)은 수십 년 동안 런던 거리 곳곳을 걸어 다니며 가난한 사람들을 돌본 자격증 없는 의사다. 거의 환갑이 다 되어서 매춘부와 결혼했다. 새뮤얼 존슨은 그가 죽자 그를 칭송하는 시 「로버트 레벳의 죽음에 부쳐」를 썼다. Anna Williams(1706~1783)는 시인. 눈이 멀기 전에 존슨의 아내와 만나 평생 친구가 되었다. 1752년 존슨의 아내가 죽자 존슨의 집으로 들어가 살았으며, 1765년에 존슨이 새집으로 이사하자 근처에 살며 죽을 때까지 존슨의 벗으로 살았다. Elizabeth Swynfen Desmoulins(1716~1786)은 새뮤얼 존슨의 대부인 새뮤얼 스웬펜의 딸로 야곱 드 물랭의 미망인이었다.
**보즈웰에 따르면, 폴 카마이클이라는 스코틀랜드 출신의 매춘부가 거리에 쓰러져 있는 것을 본 존슨은 그녀를 둘러업고 집으로 가 평생 그의 집에서 살도록 했다고 한다.

있게 하는 사람, 이것이 대략적인 존슨 박사의 따뜻한 면모이다.

나는 언제나 위대한 사람이 노년과 죽음을 대하는 관점에 관심이 많다. 그것은 그 사람의 삶의 철학이 얼마나 견실한 것이었는지에 관한 실제적인 시험이다. 데이비드 흄은 멀리 죽음을 내다보고 허식 없이 차분하게 맞이했다. 존슨의 내면은 그 두려운 상대에게 움츠러들었다. 말년의 편지들과 대화는 두려움에 대한 외마디 비명이었다. 그것은 비겁함은 아니었다. 육체적으로는 지금까지 살았던 사람 중에 제일 의지가 굳세었기 때문이다. 그의 용기에는 한계가 없었다. 그것은 내세의 가능성에 대한 실제적인 믿음과 결부되면서 정신적으로 주눅이 든 것으로, 이는 보다 인간적이고 자유주의적인 신학이 그를 누그러뜨린 것이었다. 통풍, 천식, 무도병, 22리터어치의 수종을 앓는 병약한 육체에 그토록 처절하게 매달리는 모습을 본다는 것은 얼마나 기이한 일인가! 매일 여덟 시간 동안 앉아서 신음소리를 내면서, 열여섯 시간 동안 침대에 누워 숨을 쉭쉭거리면서 삶에 대한 무슨 매력이 있을 수 있단 말인가? 그는 이렇게 말했다. "1년만 더 살게 해 준다면 다리 하나를 내주겠네." 그는 비록 그런 말을 하긴 했지만, 결국 임종의 시간이 왔을 때 죽음을 온전히 더욱 품위 있고 용감하게 견뎌낼 수 있는 사람은 우리 중에서도 아무도 없을 것이다. 여러분이 그에 대해서 어떤 말을 하든지, 또 얼마나 분개하든지 간에,

저 네 권짜리 회색빛 책을 펼치면 더욱 폭넓게 읽고 싶다는 욕망, 인성 및 성격에 대한 통찰력과 정신적 자극을 얻을 것이며, 이는 여러분을 더 나은 사람, 더 지혜로운 사람으로 남게 할 것이다.

4장

존슨의 책들 옆에는 기번의 책들이 있다. 두 가지 판형이다. 내 오래된 전집은 다소 글씨가 잘고 읽기 힘들어서 베리*가 새로 편집한 여섯 권짜리 『로마제국 쇠망사』를 사고 싶다는 마음을 이길 수가 없었다. 책을 읽으면서 여러분은 어떤 식으로든 장애를 겪고 싶어 하지 않는다. 여러분은 읽기 쉬운 활자, 깨끗한 종이, 가벼운 책을 바란다. 『로마제국 쇠망사』는 가볍게 읽을 수는 없다. 그럼에도, 지식에 대한 진지한 목적과 열망을 품고 차근차근 단계를 밟고 올라가 이따금 지나간 내용을 확실히 이해했는지 상기하고 앞으로 나올 내용과 연결시키기 위해서는 고대 그리스, 로마의 지도책과 공책을 팔꿈치에 끼고 다니는 게 좋다. 이 책에는 긴장감은 없다. 밤에 침대에 갖고 들어가지도 않을뿐더러 낮에 잡혀 있는

---

*J. B. Bury(1861~1927). 아일랜드의 역사학자, 고전학자, 중세 로마 역사가이자 문헌학자. 비잔틴 연구의 부활에 앞장섰다. 1896년에서 1900년 사이에 기번의 『로마제국 쇠망사』 새 판형을 완성했다.

약속을 잊게 하지도 않을 테지만, 책을 읽다 보면 진중한 즐거움 같은 것을 느낄 수 있을 것이다. 그리고 책을 다 읽은 뒤에는 절대 잃어버릴 수 없는 어떤 것을 얻었을 것이다. 여러분을 이전보다 더욱 폭넓고 더욱 깊이 있게 만들어 줄 견고한 것, 명확한 것 말이다.

무인도에서 1년을 살라는 형을 선고받았는데 딱 한 권의 책만 동행이 허용된다면 내가 어떤 책을 골라야 할지는 분명하다. 그 책이 다루고 있는 범위가 얼마나 넓은지, 또 깊이 생각할 거리를 얼마나 담고 있는지를 고려하는 것이다. 『로마제국 쇠망사』는 1,000년에 걸친 세계의 역사를 담고 있으며, 내용이 풍부하고 충실한 데다 정확하며, 관점은 대체로 철학적이고 문체는 품격이 있다. 우리가 좀 더 융통성을 발휘하더라도 기번에게는 약간 젠체하는 습성이 있다. 그도 그럴 것이 그는 존슨의 따분하고 복잡한 문체가 우리의 문학을 오염시켰던 시대에 살았기 때문이다. 다른 사람은 모르겠지만 나로서는 기번의 점잔빼는 듯한 문체가 싫지 않다. 로마 군단이 진군하는 광경이나 그리스 평의회가 토론하는 모습을 대담하게 묘사하는 경우, 격조 높은 문체로 단락이 조절된다. 여러분 곁에서 여러분을 가르치고 격려하는 명료하고 공정한 정신과 함께 여러분은 윗단락을 떠돈다. 아랫단락에는 교전 중인 국가들, 민족 간의 충돌, 왕조의 흥망성쇠, 종교적 분쟁이 있다. 여러분은 그 모든 단락들 위에서 찬찬히 유랑한다. 그리고 역사적 사건이 흘러갈 때마다 감정에 좌우되지 않는 설득력 있는 목소리는 현장의 진정한 의미를 여러분 귓가에 대고 속삭인다.

이 책은 매우 강력한 이야기를 들려준다. 초기 황제들이 로마제국의 왕좌에 올랐을 때의 속지에 대한 설명부터 시작해, 또 로마제국이 이론의 여지가 없는 "세계의 여왕"*이 되었을 때에 관해 들려준다. 위대함과 방탕함이 기이하게 교체하는 가운데 이따금 범죄적인 광기로까지 옮아가면서 황제들의 후대는 이어진다. 제국의 부패는 황제에서 시작되었고, 계급이 낮은 병사를 타락시키는 데는 수 세기가 걸렸다. 평화의 종교도 제국에 크게 영향을 끼치지는 못했다. 기독교를 채택했음에도 로마제국의 역사는 여전히 피로 쓰여졌기 때문이다. 새로운 종교적 교리는 이미 존재하고 있던 여러 교리들에 분쟁과 폭력의 새로운 원인을 추가했을 뿐이며, 격노한 민족 간의 전쟁은 광분한 종파 간의 전쟁과 비교하자면 가벼운 것이었다.

그런 뒤 강력한 돌풍이 외부에서 불어온다. 불모의 땅 세계 곳곳에서 불어오는 돌풍으로 모든 것을 파괴하고 혼란에 빠뜨리고 구체제에 미친 듯 소용돌이치며 엉망진창으로 망가진 대혼돈을 뒤에 남겨놓지만, 결국에는 타락하고 부패한 것들을 정화하고 제거한다. 중국 북부 어딘가의 진원지에서처럼 폭풍이 다시 급작

*mistress of the world. 로마제국의 별명.

스럽게 휘몰아치는 게 당연했다. 인간의 화산은 그 꼭대기가 이미 폭발했으며 유럽은 파괴물의 파편으로 뒤덮였다. 어처구니없는 점은 로마제국을 궤멸시킨 것이 정복자들이 아니라 겁에 질린 도망자들이었다는 점이다. 그들은 일제히 우르르 몰려가는 가축 떼들처럼 도망쳤고, 자신들의 길을 가로막는 모든 것에 걸려 넘어졌다. 유럽의 근대적 민족이 형성되는 극적인 광란의 시기였다. 여러 민족이 북쪽과 동쪽에서 흙먼지 폭풍처럼 휘몰아쳐 왔으며, 표면상의 대혼돈을 일으키는 가운데 각기 이웃 민족들과 뒤섞이며 전체성을 더욱 강화했다. 변덕이 죽 끓듯 한 갈리아족[켈트족]은 프랑크족으로부터 안정을 찾았으며, 늘 변동이 없는 색슨족은 노르만족으로부터 얻은 작은 변화를 통해 개선되었다. 이탈리아 사람들은 롬바르드족과 동고트족을 통해 새롭게 회생되었으며, 부패한 그리스 사람들은 늠름하고 열성적인 이슬람교도에게 자리를 내주었다. 어디에서나 자손이 뒤섞이는 모습을 볼 수 있었다. 그리하여 지금 우리는 전쟁을 치르지 않고도 타국으로 이주할 수 있게 되었다. 예를 들어, 대서양 맞은편에 아주 위대한 무언가가 세워지고 있다고 말하는 것은 예언자적인 힘이 크게 필요 없는 것이다. 앵글로-켈트족을 기본으로 이탈리아인과 훈족, 스칸디나비아인이 보태진 것을 볼 때, 우리는 그렇게 함으로써 진화하지 않을 수도 있는 인간의 특징은 없다고 느낀다.

기번의 『로마제국 쇠망사』로 되돌아가 보자. 다음 단계는 로마에서 비잔티움으로 가는 제국의 여행이다. 앵글로-켈틱의 힘은 훗날 런던에서가 아니라 시카고나 토론토에서도 그 중심점을 찾을 수 있을 것이다. 남쪽에서 이슬람교도들이 해일처럼 몰려온다는 기담이 들려왔다. 그들은 북아프리카를 모두 침몰시키고 한편에서는 인도를 좌우에서 에워싸고 또 다른 한편에서는 스페인을 좌우에서 에워싸면서 마침내 비잔티움의 성벽을 곧장 거세게 무너뜨린 후 기독교의 방어벽에 돌진하여 유럽에 현재의 모습인 선진화된 이슬람교 요새를 만들었다. 세계의 알려진 역사의 절반을 포괄하는 이렇듯 엄청난 서사를 여러분은 이미 추천받은 변변치 않은 지도책과 연필, 공책의 도움을 받아 모두 습득해서 여러분 자신의 일부로 만들 수 있다.

모든 게 무척이나 흥미로울 때는 딱히 예를 고르기가 어렵지만, 나에게는 새로운 민족이 역사의 무대에 처음으로 등장할 때가 특히 항상 독특한 인상을 남기는 것 같다. 위대한 사람의 어린 시절을 둘러싸고 있는 신비한 마력 같은 것이라고나 할까. 여러분은 러시아인들이 어떻게 처음 등장했는지 기억할 것이다. 그들은 거대한 강을 타고 내려와 보스포루스해협*에서 200척의 통나무 배에서 모습을 드러내었으며 제국의 갤리선**에 올라타려고 갖은

*유럽과 아시아를 나누는 터키의 해협.
**고대에서 중세에 걸쳐 지중해의 지배자였던 범선의 한 종류.

애를 썼다. 천 년이란 세월이 흘렀는데도 러시아인들의 야망이 여전히 모피로 휘감은 선조들의 실패한 임무를 수행하는 것이라는 건 참으로 기이한 일이다. 이번엔 오스만투르크족을 보자. 여러분은 그들이 신상을 공개할 때의 흉포한 특질을 떠올릴 수 있을 것이다. 그들 중 한 무리는 황제에게 어떤 사명을 띠고 있었다. 도시는 이방인들에 의해 육지 쪽에서부터 포위당했으며, 아시아인들은 소규모 접전에 가담할 수 있게 되었다. 첫 투르크족은 전속력으로 말을 몰며 화살로 한 이방인을 쏜 다음 시체 옆에 누워서 피를 빨아먹었다. 이는 맞서 싸우던 전우들을 까무러치게 했고, 그들은 그토록 섬뜩한 적수들과 맞붙을 수가 없었다. 서로 반대편에서 당도한 그 두 위대한 민족에게 그 도시는 수백 년 동안 한쪽 진영에게는 거점이, 또 다른 한쪽 진영에게는 야심이 될 곳이었다.

그런데 그곳에 당도한 민족들보다 훨씬 더 흥미로운 것은 사라지는 민족들이다. 거기에는 강력하게 상상력에 호소하는 무언가가 있다. 예를 들어, 아프리카 북쪽을 정복했던 반달족들의 운명을 보라. 그들은 푸른 눈에 금발머리인 게르만족으로 엘베 지방 어딘가에서 왔다. 그런데 별안간 그들 역시 당시 급속히 확산되었던 기이한 유랑의 광기에 사로잡혔다. 그들은 항상 북쪽에서 남쪽으로, 또 동쪽에서 서쪽으로, 저항이 제일 적은 방식을 택했다. 남서쪽은 반달족의 진로였다. 즉, 순전한 모험심을 계속 이어갈 수 있는 진로였던 것이다. 그들이 찾고자만 했다면 수천 마일을 가로지르는 곳에 꽤 괜찮은 안식처가 많았을 것이다. 그들은 프랑스 남부를 건너 스페인을 정복했으며, 이윽고 더욱 모험심에 넘쳐 아프리카로 넘어갔다. 그곳에서 그들은 옛 로마제국의 속주를 점령했다. 2~3세대에 걸쳐 그들은 그곳을 차지했다. 영국이 인도를 차지한 기간과 마찬가지였으며, 그 인원은 최소한 수십만에 달했다. 이내 로마제국에서는 잿더미 사이에 아직도 불꽃이 살짝 살아있다는 것을 보여주는 깜빡임이 일었다. 벨리사리우스*가 아프리카에 상륙하여 속주를 다시 정복했다. 반달족은 바다에서 고립되어 내륙으로 도망쳤다. 그 파란 눈의 금발은 어떻게 되었을까? 흑인들에 의해서 멸종되었을까, 아니면 흑인들과 합쳐졌을까? 여행자들은 "달의 산"**에 살던 연한 눈동자와 밝은 머리칼의 흑인종에 관한 이야기들을 되살렸다. 우리에게 사라진 게르만족들의 흔적이 일부 남아있다는 게 가능할까?

　이는 그린란드의 유실된 정착촌과 유사한 사례를 떠올리게 한다. 또한 내게는 언제나 역사상 가장 낭만적인 질문 중 하나인 것 같다. 아마도 그 옛날 "아이슬란드 사람인 아이리비기아"가 서 있었던 게 틀림없는 얼음이 둥둥 떠다니는 바로 그 (또는 그 근처) 그린란드 해안 너머를 보려고 눈을 크게 떴기에 더욱 그럴 것이

---

*Belisarius(505?~565). 동로마제국의 장군.
**예부터 나일강 수원水源에 있다고 생각된 전설의 산.

다. 그곳은 아이슬란드에서 온 식민지 개척자들이 세운 스칸디나비아 도시로, 향후 중요한 도시가 될 터였다. 덴마크로 주교를 파견할 정도였다. 14세기였을 것이다. 주교는 기후 변화로 인해 아이슬란드와 그린란드 사이의 해협을 가득 채운 무너져 내리는 얼음덩어리 때문에 덴마크에 다다를 수 없다는 사실을 알았다. 그날 이후 오늘날까지, 당시 유럽에서 가장 문명화되고 선진화된 민족으로 기억되는 이 옛날 스칸디나비아 사람들이 어떻게 되었는지는 아무도 알 수 없다. 얕잡아 본 스크렐링기인들*, 즉 에스키모인들에게 전멸되었을 수도 있다. 아니면 그들과 합쳐졌을 수도 있다. 또는 상상컨대 자신들의 부족을 고수하고 있을지도 모른다. 해안을 얼마나 차지했는지는 아직까지 거의 알려진 바가 없다. 난센이나 피어리** 같은 탐험가가 구 식민지의 유적을 우연히 발견하고는 그 오염되지 않은 청결한 대기 속에서 과거 문명인의 완벽한 미라를 찾는다면 참으로 묘할 것이다.

자, 다시 한번 기번으로 돌아가자. 처음으로 계획한 뒤 20여 년간을 끈질기게 노동해서 그토록 엄청난 작품을 만들어 내다니

---

*노르만인들이 그린란드와 북아메리카에서 조우한 원주민들을 일컬은 말. 13세기의 문헌에서 처음 언급되며, 이누이트의 선조인 툴레인을 가리키기도 한다. 현대 주류 역사학계에서는 이들의 정체를 이누이트나, 틀링깃족 또는 베오투크족 등의 북아메리카의 북대서양 연안 지역의 원주민들을 뭉뚱그려 가리키는 말이라고 보고 있다.
**Fridtjof Nansen(1861~1930)은 노르웨이의 북극 탐험가이자 정치가. Robert Edwin Peary(1856~1920)는 미국의 탐험가로 1909년 최초로 북극점에 도달했다.

정말이지 대단한 정신력 아닌가! 거의 알려지지 않은 고전문학 작가나 장황한 비잔티움 역사가, 또 난해한 연대기를 쓴 수도자 모두가 그 거대한 틀 속에 흡수되거나 적절한 곳에 삽입되었다. 이 모든 것에는 엄청난 몰두와 엄청난 인내심, 세부사항에 대한 엄청난 주의력이 필요했다. 오직 산호충만이 이런 특성을 모두 갖추고 있으며, 왜 그런지 모르겠지만, 자신의 창조물 한가운데에서 이것을 창조한 사람의 개성은 산호초를 짓는 하찮은 생물만큼이나 대수롭지 않게 여겨지고 간과된다. 수많은 사람들이 기번의 작품이 기번이라면 어떤 것이든 좋아하는 사람을 위한 것임을 안다.

전반적으로 여러 사실들이 이를 뒷받침한다. 어떤 사람들은 그들의 작품보다 더 훌륭하다. 작품은 그들이 가진 특성의 한 측면만을 대변할 뿐이다. 그리고 작품에는 주목할 만한 다른 특성이 수없이 있을 수 있는데 이들 모두가 복잡하고 독특한 하나의 창조물을 만들기 위해 통합된다. 기번은 그렇지 않았다. 그는 마음을 희생시킨 대가로 두뇌를 성장시킨 것 같은 냉혈한 사람이었다. 고전학 연구를 빼고는 나는 그가 자신의 삶에서 단 한 번이라도 충동심이 일었다든가, 단 한 가지에라도 열렬하게 열정을 불태웠다든가 하는 사실을 떠올릴 수 없다. 그의 탁월한 판단력은 인간의 애매한 감정에도 결코 흐려지지 않았다. 아니면, 적어도 그러한 감정을 자신의 의지로 통제했다. 이보다 더 극찬할 만한 게 있을 수 있을까? 아니면, 덜 매력적인 걸까? 그는 아버지의 명령에 따라 사랑하는 여자를 포기하고는 "연인으로서는 한숨을 쉬지만 자식으로서는 순종한다"고 그 상황을 요약한다. 아버지가 죽자 그는 "자식의 눈물은 좀처럼 오래가지 않는다"고 언급하면서 아버지가 죽은 사실을 기록한다. 프랑스 혁명의 끔찍한 광경은 그의 마음속에 자기 연민의 감정만을 불러일으켰다. 스위스에서 칩거하고 있을 때 그 불행한 피난민들이 들이닥쳤기 때문이다. 꼭 잉글랜드의 심술궂은 시골 귀족이 불평하듯, 그는 그 행락객들에게 짜증이 났다. 보즈웰은 종종 기번의 이름을 언급조차 하지 않지만, 기번에 대해 암시하는 모든 말에는 싫어하는 기색이 역력하다. 왜 그런지 이해하지 못하고서는 위대한 역사가의 삶을 읽을 수 없다.

내 생각에는 에드워드 기번보다 스스로 만족할 만한 재료를 내면에 더욱 완벽하게 갖고 태어난 사람은 거의 없는 것 같다. 그는 훌륭한 학자가 지녀야 할 온갖 재능과 모든 형태의 학식에 대한 끈덕진 갈망, 어마어마한 근면성, 잘 잊지 않는 좋은 기억력을 갖고 있었으며, 거기에다 당파를 초월하고 인간사에 공정한 비평가가 될 수 있는 폭넓은 철학적 기질을 갖고 있었다. 당시에는 종교적 사유에 관해서는 편견이 극심한 사람으로 간주된 게 사실이지만, 그의 관점은 근대 철학에 더 친숙할 뿐 아니라 요즘처럼 한층 더 자유로운 (그리고 더욱 도덕적인) 시대에는 감수성에 아무런 충격을 일으키지 않을 것이다. 『브리태니커 백과사전』에서 기번을 찾아 가장 최근에 올라온 논점이 무엇인지 보라. "그 유명한 15장과 16장은 누구이 말할 필요가 없다"고 작가는 말한다. "요즘은 기독교 옹호자들이 기번이 내세운 여러 중요한 주장에 대해 실체적 진실을 부정하는 것을 꿈도 못 꾸기 때문이다. 기독교도들은 보편적인 결과에 영향을 미칠 수 있는 일부 상황을 삭제한 것에 대해 불평해야 마땅하며, 자신들의 사례를 부당하게 구성한 것에 대해 항의해야 한다. 그러나 그들은 박해가 한때 믿어왔던 것보다 덜 심각했다는 것을 보여주는 경향이 있는 합리적인 증거에 대해 듣는 것을 더는 거부하지 않으며, 기번뿐 아니라 심지어는 훨씬 더 신뢰할 수 없는 다른 저자들이 부여한 모든 이차적 원인의 유효성이 수긍할 만하다는 사실을 서서히 알게 되었다. 기번이 거듭해서 인정했듯, 그는 기독교의 진보와 확립에 이바지한 이차적 원인을 설명하면서 기독교의 자연적인 기원이나 혹은 초자연적인 기원은 실제적으로 건드리지 않았다는 점에 관해 의문의 여지를 남긴다는 점은 사실이다." 다 좋다. 하지만 그 경우 기번에게 욕설을 퍼부어왔던 100년에 대해서는 어떻게 생각하는가? 사후死後의 사과가 필요한 것처럼 보인다.

　존슨의 몸집이 컸던 것만큼이나 기번의 몸집은 작았지만, 그들의 신체적 질병에는 기이한 유사성이 있었다. 존슨은 어린 시절 여왕의 손길이 닿았음에도 불구하고 연주창 때문에 궤양이 생겨 극심한 고통에 시달렸다. 기번은 소년시절에 대해 간결하지만 충격적인 이야기를 들려준다.

나는 혼수상태와 열병에 연이어 시달리고, 정반대의 경향인 폐결핵과 수종을 상시 앓았으며, 신경은 수축되고, 눈에 누공이 있었으며, 개에게 물려 극심한 광견병에 걸린 것으로 추정되었다. 나를 고쳐주겠다며 호출되어 온 의사들은 죄다 약값이다 수술비다 하면서 청구서에 진료비를 부풀렸다. 나는 음식보다 약을 더 많이 삼킨 때도 있었으며, 내 몸에는 여전히 의료용 칼, 궤양, 부식제의 지울 수 없는 상처로 인한 흔적이 남아있다.

우울한 기록이다. 실제로 당시 영국은 우리가 흔히 연주창이라고 부르는 유전적인 만성질환이 만연해 있었던 것으로 보인다. 한 세기나 혹은 그 전부터 과음하는 습관이 유행한 것이 연주창과 어디까지 관련이 있는지 내가 말할 수 있는 것은 아니며, 또한 나는 연주창과 학문 사이의 관계를 추적할 수 있는 것도 아니다. 하지만 기번의 이 이야기와 존슨의 신경성 경련, 기번의 얼굴에 난 흉터와 존슨의 무도병을 비교하기만 해도 당대에 가장 탄탄한 두 영국 작가가 각기 똑같이 끔찍한 유전적 체질을 물려받았다는 사실을 알 수 있다.

기번이 사우스 햄프셔 민병대에서 대위로 있을 때의 모습을 그린 그림이 지금도 남아있을까? 작은 체형에 커다란 머리, 둥글고 통통한 얼굴에 제복을 입고 우쭐해 하는 모습은 틀림없이 매우 특이한 인물로 보였을 것이다. 기번만큼 군대에 부적합한 사람도 없었을 것이다! 아주 색다른 유형이었던 그의 아버지는 임관식을 거행했고, 이는 불쌍한 기번을 부지불식간에 군인이 되도록 했다. 전쟁이 발발하고 연대에 소집되면서 그는 자신의 불운한 처지에 극심하게 낙담하였고, 교전이 종료될 때까지 전투태세를 갖추고 있었다. 3년간을 책과 단절되어 있어야 했기에 그는 몹시 분통스러웠다. 사우스 햄프셔 민병대는 적군을 한 번도 본 적이 없었는데 그들에게는 어쩌면 다행이었을 것이다. 기번 자신조차도 병사들을 놀리곤 했다. 하지만 야영생활을 한 3년 뒤에는 아마 그가 병사들을 비웃는 것보다 병사들이 책벌레 대위를 비웃는 일이 더 많았을 것이다. 그의 손은 칼자루보다 펜대를 쥐는 모습이 더욱 잘 어울렸다. 그가 통탄스러워하는 것 중 하나는 연대장이 고된 하루 일과뿐 아니라 심지어 과도한 음주까지도 장려한 것이었다. 이로 인해 그는 통풍에 걸렸다. "그토록 분주하면서도 그토록 헛된 시간을 보내는 것은 그 어떤 흥겨운 쾌락으로도 보상받지 못하는 것이었다"고 그는 말한다. "또 내 성격은 거칠고 상스러운 장교 집단에 의해 알게 모르게 서서히 비뚤어져 갔다. 그들은 학식이 부족한 학자들 또는 예의가 없는 신사들이나 매한가지였다." 옆에서 흥청망청 마셔대는 촌뜨기 지주들과 더불어 식탁에서 술에 취하여 벌겋게 상기된 기번의 모습은 틀림없이 기이했을 것이다. 그렇지만 군 복무를 하는 동안 그는 고난뿐 아니라 위안도 찾았다는 사실을 인정한다. 군대는 그를 다시 한번 진정한 영국인으로 만들었으며 건강을 향상시켰고 사유의 흐름을 바꾸어 놓았다. 역사가로서의 그에게는 유용하기까지 했다. 그는 특유의 유명한 문장을 구사한다. "근대적인 대대大隊의 발달과 군율은 내게 부대와 군단의 개념을 더욱 명확하게 해주었으며, 햄프셔 근위보병연대의 연대장은 로마제국에 대해 글을 쓰는 역사가에게 쓸모없지 않았다."

우리가 기번에 대해 다 알지 못하는 것은 그의 잘못이 아니다. 그는 자신의 생애에 관한 이야기를 최소한 여섯 편이나 썼기 때문이다. 그 이야기들은 각기 서로 다른 데다 하나같이 형편없다. 훌륭한 자서전을 쓰기 위해서는 기번보다 훨씬 따뜻한 마음과 영혼을 가져야 한다. 재기와 분별력, 솔직함이라는 거의 불가능한 것이 한데 뒤섞이기를 요구하는 것은 인간의 모든 구성요소들 중에서도 가장 어려운 것이다. 외국에서 유학을 했음에도 기번은 여러 면에서 아주 전형적인 영국인이었다. 그는 과묵하고 자존감이 강했으며 민족에 대한 자의식을 갖고 있었다. 지금까지 영국의 자서전은 있는 그대로를 솔직하게 쓴 것이 하나도 없었으며, 따라서 결과적으로 지금까지 영국의 자서전은 좋은 게 없다. 내가 아는 한에서는 트롤로프*의 자서전이 가장 낫지만, 모든 문학적 형태로 볼 때 그것은 국민적 사조를 최소한으로 맞춘 것이었다. 여러분은 영국의 루소를 상상할 수 없으며, 영국의 벤베누토 첼리니**는 더더욱 상상할 수 없다. 어떤 의미에서는 그래야 마땅히 민족의 명예가 되는 것이다. 우리가 만일 이웃나라들만큼이나 악행을 저지른다면, 우리는 적어도 그것을 부끄러워하고 그러한 것의 출판을 금할 정도의 미덕을 갖고 있어야 한다.

기번의 왼쪽에는 (브레이브룩 경이 편집한) 훌륭한 판형인 『피프스의 일기』***가 있다. 그 책은 실로 우리 언어로 쓰여진 가장

*Anthony Trollope(1815~1882). 영국의 소설가. 19세 때 우체국 직원이 되어 각지를 전임하다가 중앙감독관이 되었으나 승진에의 불만과 자유를 회구하는 마음에서 52세에 퇴직하였다. 공무를 처리하는 사이사이에 수십 편의 소설을 집필하였는데, 매일 아침 출근 전 5시 반부터 조반까지의 시간을 기계와 같은 정확성과 능률로 써나갔으며, 공무 출장 시의 기차와 기선 속에서도 집필하였다고 『자서전』에서 술회하였다.
**Benvenuto Cellini(1500~1571). 이탈리아 조각가, 음악가. 미술가로서의 뛰어난 솜씨 덕분에 귀족과 왕, 교황의 후원을 받았다. 훌륭한 플루트 연주자로서 교황 클레멘트 7세를 위해 일한 것을 계기로 프랑수아 1세, 메디치가의 코시모 1세 아래에서 미술가로도 작업했다.
***Pepys' Diary. 영국의 해군 행정관이자, 상원 의원인 새뮤얼 피프스가 1660년에서 1669년까지 약 10년 동안 쓴 일기. 그의 사후에 해독되어 (그는 사생활 보호를 위한 목적으로 당시 쓰였던 속기 문자를 응용하여 암호 일기를 적었다) 19세기에

훌륭한 자서전이며, 게다가 의도적으로 쓰려고 한 자서전도 아니었다. 피프스 씨가 날마다 머릿속에 떠오르는 온갖 진기하거나 평범한 생각들을 급히 적어 내려갈 때 만약 누군가가 그에게 우리 문학사에서 유일무이한 작업을 하고 있다고 말했다면 그는 무척이나 놀랐을 것이다. 그가 쓴 본의 아닌 자서전은 약간 모호한 이유나 아니면 사적으로 참고하려고 엮어졌을 뿐 절대 출판을 의도한 게 아니었는데도 보즈웰의 책이 전기 사이에서 맨 앞줄에 놓여 있고 또 기번의 책이 역사서 사이에서 맨 앞줄에 있는 것만큼이나 자서전에서 맨 앞줄에 놓여 있어야 한다.

우리 민족은 우리 자신의 정체를 드러내는 것을 극히 두려워하기 때문에 훌륭한 자서전을 만들어낼 수 없다. 우리는 국가적 위선의 혐의에 대해 분개해 하면서도 모든 국가들 중에서 우리나라가 우리 자신의 감정에 관해 가장 솔직하지 않다. 그중에서도 특히 어떤 특정한 면에 대해 그렇다. 예를 들어, 인물의 지표가되는 애정문제와 같은 것들은 삶을 크게 바꾸는 것임에도 솔직하게 드러내지 않는다. 남성의 자서전에서 애정문제가 어떤 지면을 채우고 있는가? 아마도 기번의 경우, 애정문제에 관한 누락은

작품으로 출판되었다. 이 일기는 영국 스튜어트 왕정 복고기의 중요한 1차 사료로서의 구실을 하고 있으며, 런던 대화재, 2차 영국-네덜란드 전쟁 및 역병 창궐 등 시대적 사건의 실상을 엿보는 데 좋은 사료로 쓰이고 있다. 또한 피프스 자신이 밝혀지길 꺼렸던 사생활도 세세하고 적나라하게 기록되었다.

별로 중요하지 않을 것이다. 장차 네카 부인*이 될 여인에 대한 열정을 잘 억제한 것을 예로 들었을 때를 빼고는 그는 애정문제 때문에 전혀 속앓이를 한 적이 없다. 사실 영국의 작가는 자신의 이야기를 전할 때 자신을 존경할만한 인물로 만들려고 애쓴다. 그런데 실은 자신을 더욱 존경스럽게 만들수록 흥미가 더욱 반감될 뿐이다. 루소는 스스로 감상적으로 타락한 자라는 사실을 입증했다. 첼리니는 스스로 호색적인 악당으로 선고하였다. 그들은 존경할 만한 사람들은 아니었다 할지라도, 대단히 인간적이면서도 흥미로운 사람들이었을 것이다. 사람은 아주 하찮아 보일지라도 무시할 수 없는 인물이자 조예가 깊은 사람이 틀림없는 것처럼 보이도록 만드는 데 성공해야 한다. 피프스 씨는 이 경이로운 일을 해낸 사람이다. 누가 과연 온갖 이러한 사소한 생각들, 저녁밥 목록들, 집안의 너절한 속내들을 읽을 거라고 생각이나 했겠는가? 더욱이 너절하기 때문에 흥미롭기까지 하다니! 꼭 연극에 나오는 인물, 즉 하찮은 일에 야단법석을 떨고 남의 시선을 의식하며, 여자에게는 호통을 치고 남자에게는 소심하며, 옷을 뽐내고 지갑을 자랑하며, 정치와 종교에 관한 문제에서는 편의에 따

*쉬잔 퀴르소(Suzanne Curchod, 1737~1794). 프랑스계 스위스인으로 작가이자 살롱계에 출입하던 유명한 여인. 20살 때 에드워드 기번과 사랑에 빠졌으나, 양가 집안의 반대로 결국 헤어졌다. 쉬잔은 1764년 은행가인 네카와 결혼했으며, 네카는 그 후 프랑스 재무장관이 되었다.

라 견해를 바꾸고, 언제나 사소한 것에 몰두하여 수다스럽게 떠드는 약간 기괴한 인물이 마음속에 떠오른다. 그러나 하루하루를 살아가는 사람의 모습은 이랬을지라도 해를 거듭하는 사람은 아주 다른 사람이었다. 헌신적인 공무원, 유창한 달변가, 뛰어난 작가, 유능한 음악가, 당시에는 상당한 양의 개인 장서로 모아놓은 3,000권의 책을 모두 자신이 나온 대학에 위임하는 공공심을 가진 사람이 된 것이었다. 여러분은 피프스가 전염병이 창궐하던 최악의 시절에 자신의 자리를 고수했던 유일한 해군 장교였다는 점을 기억하면서, 상당한 바람둥이였다는 사실을 용서할 수 있을 것이다. 그는 실제로 분명 겁쟁이였을지 모르지만, 자신의 비겁함을 극복할 정도로 사명감을 지닌 겁쟁이가 모든 사람들 중에서 진정으로 용감한 사람이라는 것을 보여주었다.

그러나 피프스에 관해 당최 납득이 안 되는 한 가지 놀라운 사실은 도대체 무엇이 그를 속기 문자를 이용하여 암호로 적어 내려가는 믿어지지 않는 노동을 하도록 유발했는지에 관한 것이다. 그는 살면서 마주하는 온갖 사소한 일뿐만 아니라 다른 사람 같으면 오로지 잊기만을 바랐을 법한 자신이 저지른 여러 비행까지도 적어놓았다. 『피프스의 일기』는 약 10년간 계속 이어지다가 글씨가 잘고 읽기 힘들다는 속기의 특성상 눈을 혹사시키며 시력을 망치고 있었기에 그 후에는 그만두어야 했다. 나는 그가 보통 글씨를 쓰듯 아주 수월하게 속기를 읽고 쓸 수 있게 되었을 거라 짐작한다. 하지만 그렇다 하더라도 그 기이한 원고를 여러 권으로 편찬하는 것은 굉장한 노동이었다. 무수한 인간들 중에서 자신을 지목하여 스스로의 존재에 대한 기념비를 남기려는 노력의 일환이었을까? 그러한 경우 그는 자신의 장서를 케임브리지대학에 기증하면서 그 책과 관련하여 누군가가 돌보아야 한다는 지시를 분명히 남겼을 것이다. 그런 식으로 하면 『피프스의 일기』는 그가 죽고 나서 지정한 어떤 날에 읽히도록 보장받을 수 있었을 것이다. 그러나 그는 어떠한 암시도 남기지 않았으며, 단 한 명의 학자의 독창성과 연구심이 없었더라면 먼지 덮인 일기장들은 여전히 "피프스 장서"의 책장 꼭대기에 읽히지 않은 채로 남아 있었을 것이다. 당시 출판은 그의 목적이 아니었다. 그렇다면 무엇이 목적일 수 있을까? 유일한 대안은 자신을 위한 자료용과 참고용이라는 것이다. 여러분은 그가 정확하게 자신의 재산을 계산하고, 책의 목록을 만들고, 소유물들을 기재한 것을 보면서 참으로 기이한 방식과 순서를 좋아한다는 사실을 관찰할 수 있을 것이다. 이렇듯 자신의 여러 행적들을 체계적으로 (심지어 비행조차도) 기록한 것은 병적인 정돈 심리에 기인하는 것과 어느 정도 유사하다고 볼 수 있다. 이는 설득력이 약할 수도 있지만 이 외에는 달리 설명할 길이 없다.

『피프스의 일기』를 읽는 독자에게 불쑥 떠오르는 한 가지 사소한 문제는 당시 영국이 얼마나 음악을 애호하는 나라로 보이는지에 관한 것이다. 모두가 어떤 악기를 연주할 수 있는 것처럼 보이며, 또 그중 많은 이들은 여러 악기를 연주할 수 있는 것으로 보인다. 중창은 흔한 일이었다. 우리가 찰스 2세 시절을 부러워할 필요는 별로 없지만, 적어도 당시 사람들은 우리보다 나은 위치였던 것 같다. 그것은 품위와 유연함, 예우할만한 가사를 갖춘 진정한 음악이었다. 어디선가 읽은 바에 의하면 이러한 현상은 영국 국교회 합창단이 유럽에서 가장 유명했던 시절인 종교개혁 이전 중세의 마지막 유물이었을 거라고 한다. 이런 나라에서 지난 세기 전반에 걸쳐 최고의 대가를 단 한 명도 배출해내지 못했다는 것은 참으로 이상한 일이다!

그렇다면 이 나라에서 음악을 몰아낸 국민적 변화는 무엇이었을까? 삶이 너무도 진지해져서 노래가 잊혀진 것일까? 남쪽 지역에서는 가난한 민중들이 순수하게 마음을 달래기 위해 노래 부르는 소리를 들을 수 있다. 슬프게도 잉글랜드에서는 가난한 사람이 소리 높이 노래 부르면 그저 술에 취했다는 사실을 뜻할 뿐이다. 그럼에도 오래된 재능의 싹에 영양분을 주고 잘 일구어 놓는다면 언제나 새싹을 틔울 준비가 되어 있다는 사실을 아는 것만으로도 위안이 된다. 만약 우리의 대성당 소속 성가대가 옛날 로마 가톨릭교 시절에 최고였다면, 우리의 오케스트라단이 현재 유럽에서 똑같이 최고일 거라는 사실을 나는 믿어 의심치 않는다. 적어도 독일 신문들은 최근 잉글랜드 북부 합창단을 방문했을 때 그렇게 말했다. 그렇지만 『피프스의 일기』를 읽으면 전반적인 음악적 풍토가 옛날보다 현재가 훨씬 덜 일구어졌다는 점을 알 수 있다.

5장

새뮤얼 피프스에서 조지 보로*로 훌쩍 건너뛰어 보자. 성품이 극과 극이다. 그런데도 그들은 내가 즐겨 찾는 저자들 책장에 서로 맞닿아 있다. 콘월 지역은 경이로운 무언가가 있는 것 같다. 바다로 뻗쳐있는 그 긴 반도는 부유하는 온갖 기이한 것들을 붙잡아 콘월족의 기질 속으로 짜 넣을 때까지 외따로 격리되어 있었다. 저아래에 도사리고 있다가 유례없이 비영국적인 방식과 특색으로 온 세계가 경탄해 마지않는 위대한 사람을 이따금 게워낸 이 낯선 종족은 누구인가? 켈트족도 아니고 다갈색의 가무잡잡한 이베리아족도 아니다. 그들보다 기원이 더 멀고 깊다. 고상한 남쪽 지역의 얼굴에 동양의 상상력을 갖추고 티레**에서 방랑하던 페니키

*George Borrow(1803~1881). 여행자, 언어학자. 콘월과 노르망디가 섞인 혈통으로, 새로운 언어와 여행에 관심이 많아 스무 살 정도가 되자 방랑생활을 시작해 러시아, 포르투갈, 에스파냐 등지로 여행하였다. 1840년대 후반부터 스코틀랜드와 웨일스, 콘월 등 영국 내에서 도보여행을 다녔다.
**Tyre. 고대 페니키아의 항구 도시.

아인의 기원인 셈족이 아닐까? 그들이 아득히 먼 옛날의 푸른 지중해를 잊고 북안의 화강암 해안인 콘월에 정착했던 것 아닐까?

헨리 어빙*의 수려한 얼굴과 훌륭한 인품은 어디에서 왔을까? 얼마나 강렬하고 멋지며, 또 얼마나 색슨족 같지 아니한가! 나는 그의 어머니가 콘월 출신이라는 사실만 알고 있을 뿐이다. 브론테 자매**의 강렬하게 빛나는 상상력은 어디에서 왔을까? 선조들의 평온함을 물려받은 오스틴 양과는 얼마나 다른지! 다시 말하지만, 나는 그들의 어머니가 콘월 출신이라는 사실만 알고 있을 뿐이다. 이 조지 보로라는 어마어마한 피조물은 어느 별세계에서 왔을까? 단단한 바윗덩어리 같은 어깨 위에 걸터앉은 독수리 같은 머리, 볕에 탄 듯한 피부, 백발은 남자 중의 남자 아니던가! 문학사에서 스스로를 자리매김하게 한 눈에 띄는 얼굴과 불가사의한 재능은 어디에서 얻었을까? 다시 한번 말하거니와, 그의 아버지는 콘월 출신이었다. 그렇다, 서해 쪽으로 돌출한 그 멋진 반도 저 아래에 도사리고 있는 콘월에는 낯설고 기묘하고 위

*Henry Irving(1838~1905). 영국의 배우이자 극장경영자로 셰익스피어 전문 배우로 명성을 얻었다. 콘월 출신의 어머니는 그가 어렸을 때 건강 때문에 콘월에 있는 동생 집으로 보내어 그곳에서 살게 했다. 브램 스토커의 소설 『드라큘라』의 주인공 드라큘라 백작의 캐릭터가 바로 헨리 어빙에게서 영감을 받아 만들어진 것으로 알려져 있다.
**『제인 에어』를 쓴 샬럿 브론테와 『폭풍의 언덕』을 쓴 에밀리 브론테 자매의 어머니 마리아 브랜웰은 콘월 출신이다. 한편 『오만과 편견』의 제인 오스틴은 남부 햄프셔 출신이며, 부모 모두 잉글랜드 출신이다.

대한 무언가가 있다. 보로는 스스로를 "동쪽 앵글족"*이라고 불렀다. "잉글랜드 사람 중의 잉글랜드 사람"이라고 일컫는 것을 좋아했다는 뜻이다. 그런데 콘월 혈통의 동쪽 앵글족에서 태어난 사람이 이렇듯 불가사의한 자질을 보여준 바로 그 사람이라는 것은 우연의 일치일까? 출생은 우연적인 것이었다. 자질은 세상의 새벽을 열어젖혔다.

　너무 다작이라 읽기가 꺼려지는 저자가 좀 있는데, 나는 어떻게 해도 그들의 작품이 도무지 잘 읽히지가 않는다. 따라서 아주 나약해 빠지게도 나는 그 저자들의 작품은 전부 피한다. 예를 들어, 100권 남짓한 책들을 쓴 발자크가 있다. 그 책들 중 일부는 걸작이며 나머지는 생계를 유지하려고 쓴 것이라는 이야기를 들었지만 어느 책이 어디에 속하는지에 대해 동의하는 사람은 아무도 없다. 그러한 저자는 필멸의 짧은 세월 동안 필요 이상으로 가진 것을 자랑한다. 지나치게 많은 것을 바라는 자는 아무것도 주지 못하는 법이다. 알렉상드르 뒤마도 마찬가지다! 나는 그가 쓴 책들의 끄트머리에 서서 그 어마어마한 수확물을 바라보고, 이 책 저 책 뒤적거리는 것으로 만족한다. 그러나 보로에게는 아

---

*"이스트 앵글리아East Anglia"는 잉글랜드 동부 지역을 뜻하는 이름으로, "동쪽 앵글족East Anglian의 땅"이라는 뜻이다. 앵글로 색슨 왕국 시대의 이스트 앵글리아 왕국에 연유한다. 북해에 돌출된 반도를 중심으로, 노퍽주와 서퍽주 전역, 케임브리지셔주, 에식스주, 링컨셔주의 일부를 포함한다.

무도 이의를 제기할 수 없다. 느릿느릿 여유롭게 읽는 독자라 할지라도 족히 한 달이면 그가 쓴 것을 모두 독파하게 될 것이다. 『라벵그로』, 『에스파냐에서의 성서』, 『집시족 신사』, 마지막으로 더 읽고 싶다면 『야생의 웨일스』를 읽어보라. 겨우 네 권이다. 굉장한 명성을 얻지는 못했지만 당시 언어로 쓰여진 글 중에 이 네 권과 같은 책은 없다.

그는 참으로 별난 사람이었다. 괴팍했고 편견도 심했으며 고집스러웠고 삐딱한 경향이 있었으며 이루 말할 수 없을 정도로 제멋대로였다. 지금까지 나열한 그의 자질을 보면 탁월한 선택인 것으로 보이지는 않는다. 하지만 그에게는 굉장히 비범한 재능이 한 가지 있었다. 그는 평생 삶에 대한 호기심과 신비감을 간직했다. 그는 그러한 감각을 계속해서 유지했을 뿐 아니라 다른 이들에게도 그러한 감각을 상기하게 할 정도로 언어의 달인이었다. 여러분은 그가 쓴 것을 그의 시선을 통해 볼 수밖에 없으며, 그의 눈으로 본 것이나 그의 귀로 들은 것은 하나도 따분하거나 평범한 것이 없었다. 온통 낯설고 신비로웠으며, 언제나 더욱 깊은 의미를 드러내고자 분투했다. 만약 그가 세탁부 여자와 나눈 대화를 기록으로 남겼다면, 그가 한 말 속에는 관심을 사로잡는 무언가가 있을 것이고 그녀가 한 대답 속에는 특이한 무언가가 있을 것이다. 그가 선술집에서 한 남자를 만났다면, 우리는 그의 이야기를 읽고 난 뒤 그 남자에 대해 더 알고 싶다고 느낄 것이다. 그가 어떤 마을에 들어섰다면, 그는 자신이 본 것을 여러분도 보게 할 것이다. 평범한 주택들이나 너저분한 거리들이 아니라 굽이굽이 흐르는 강, 고풍스러운 다리, 오래된 성, 죽은 자의 환영과도 같은 퍽 색다르고 멋진 것들 말이다. 모든 인간과 모든 대상은 물자체物自體라기보다는 하나의 상징으로서 과거를 상기시키는 것이었다. 그는 한 사람을 볼 때 그 사람을 대변하는 것을 통해 보았다. 그의 이름이 웨일스식이었던가? 그렇다면 그 즉시 개인은 잊혀진다. 그는 여러분을 자신의 열차에 끌어넣어 고대의 브리튼인들*, 그들을 몰아내고 들어온 색슨족들, 들어본 적도 없는 음유시인들, 오언 글렌도워**, 무수한 침입자들이나 그외 무수히 매혹적인 것들을 향해 출발할 것이다. 또는 덴마크식 이름인가? 그렇다면 근대적인 평범한 모든 개인을 떠나 어마어마한 두개골들이 보존되어 있는 히테***(덧붙여 말하면, 두개골을 약간 주의 깊게 살펴본 결과 내게는 평균적인 크기에 다소 못 미치는 것으로 보였다)와 북유럽 전설 속에 나오는 바이킹족들, 베르세르크족들, 바

---

*고대 영국 남부에 살던 켈트족.
**Owen Glendower(1359?~1416?). 잉글랜드의 왕 헨리 4세를 모반한 웨일스의 반역자.
***켄트주 남쪽 해안의 작은 마을. Hythe 혹은 Hithe라고 불리는 이 고대 영어 (1150년경 이전의 영어)는 "피난처" 혹은 "상류장"을 뜻한다. 11세기에 지어진 히테의 세인트 레오나르도 교회 납골당 안에는 2,000개의 두개골과 8,000개의 대퇴골이 보존되어 있다.

랑족들*, 하랄 하르드라다**, 사악함을 타고난 교황에게로 황급히 떠날 것이다. 보로에게는 모든 길이 로마로 통한다.

하지만 세상에, 이 친구는 어쩌면 그리도 영어를 잘 구사하는 지! 악보를 거침없이 타는 풍금처럼 문장들이 어떻게 그리도 술 술 풀려나오는지! 또 그 모든 게 얼마나 간결하며 힘차고 생생한 지 모른다!

산문의 음악을 들을 줄 아는 축복받은 이에게는 그가 쓴 모 든 문장에 음악이 흐른다. 『라벵그로』***의 한 장에서, 딩글****에 서 야영했을 때 그의 영혼이 얼마나 공포심에 비명을 지르는지 보 라. 그 글을 쓴 이는 버니언과 디포*****의 진정한 역할을 파악했 다. 그리고 아주 단순함 속에 숨어있는 기교를 눈여겨보라. 예를

---

*9세기에 발트해 연안으로 침입하여 러시아에 왕조를 세운 스칸디나비아의 유랑 민족.
**Harald Haardraada(1015?~1066). 노르웨이의 최초의 왕. 노르웨이 부스케루주 소 왕국의 군주의 아들로 태어났다. 1064년까지 덴마크의 왕위 계승권을, 1066년까지 잉글랜드의 왕위 계승권을 주장했으나 성공하지 못했다. 노르웨이의 국왕이 되기 이전에는 약 15년 동안 용병 생활을 하면서 키예프 대공국과 비잔티움 제국의 바랑 기아 친위대에서 지도자 역할을 수행했다.
***집시 무리에 끼어 영국의 시골을 방랑한 경험을 소설 형식으로 쓴 작품으로 19 세기 영국 문학의 고전으로 평가받고 있다. 저자에 따르면 "라벵그로lavengro"라는 단어는 "말의 달인"을 뜻하는 집시들의 말이다.
****Dingle. 아일랜드 카운티케리의 대서양변에 있는 마을명. "산골짜기, 협곡" 이라는 뜻이다.
*****John Bunyan(1628~1688)은 영국 설교가이자 우화 작가. 자서전 『넘치는 은총』은 그가 겪은 영혼의 고뇌와 정신적ㆍ육체적 고통을 기록한 것이다. Daniel Defoe(1659?~1731)는 『로빈슨 크루소』를 쓴 영국의 저널리스트, 소설가.

들어, "산골짜기dingle"라는 단어를 의도적으로 되풀이함으로써 종에서 거장의 선율이 울려 퍼지는 것 같은 신기하고도 기묘한 효과를 만들어내는 것에 주목하라. 또는 『에스파냐에서의 성서』 말미에 나오는 브리튼 섬에 관한 구절을 보라. 나는 이러한 걸작들에서 인용하는 것이 꺼려진다. 내가 형편없이 배치해 놓아 그 뛰어남을 드러내 보일 수 없을 거라는 이기적인 이유 때문이다. 그럼에도 불구하고 기어이 열렬하고도 장엄한 한 구절을 읊어보겠다.

오, 잉글랜드여! 머지않아 그대의 영광스러운 태양이 어둠의 물결 아래로 가라앉을지어다! 음울하고 불길한 구름이 이제 그대 주위에 순식간에 모여들고 있도다. 허나 은혜롭게도 전능하신 주님께서 구름을 흐트러뜨려, 그대에게 과거보다 더 오래 지속되며 훨씬 더 밝게 빛나는 명예로운 앞날을 주실 것이로다! 죽음이 그대 가까이 있다면 숭고한 죽음이 되게 할 것이며 바다의 여왕이라는 칭호에 맞는 죽음이 되게 할 것이로다! 그대가 굉음을 내며 화염 속에서 피를 흘리며 가라앉는다면, 한 나라 이상을 그대와 함께 몰락하며 가라앉게 할 것이로다! 파멸이 다가와도 은혜로우신 주님께서 그대가 불명예스럽게 서서히 쇠망하는 것을 막아줄 것이로다. 소멸하기 전에 지금 그대와 똑같이 소멸하는 적들은 경멸과 조롱의 대상이 되며, 비록 적들이 그대를 시기하고 증오할지라도 여전히 그대를 두려워할 것이며, 자신들의 의지에 반하면서까지도 그대를 존경하고 찬미할지니 (……) 헛된 것과 거짓된 점괘를 보아왔던 거짓 선지자들을 그대에게서 내쳐라. 담을 쌓을 때 회칠을 하는 자들을 내쳐라, 그렇지 않으면 담이 무너져 내릴지니. 평강이 없으나 평강의 묵시를 본다는 자들, 악인의 손을 굳세게 하여 의인의 마음을 슬프게 한 자들을 내쳐라. 오, 이리하면서 결과를 두려워 말라. 그대는 장엄한 종말을 맞이하거나 누구나 바라는 종말을 맞이할 것이기 때문이로다. 아니면 하나님께서 그대가 바다를 다스리는 것을 영속시키리니. 그대, 여왕이시여!

아니면 "이글이글 불타는 양철공"과 싸우는 구절*을 보라. 인용을 하기엔 너무 길다. 그러니 꼭 한번 한 글자도 빼먹지 말고 읽어보시라. 이보다 더욱 강력하며 간결하고 절제된 서사를 어디서 찾을 수 있을까? 나는 두 강대국이 서로 맞붙는 국가 간의 치열한 전투 이상으로 장엄하게 싸우는 광경을 여러 차례 내 두 눈으로 직접 보았다. 그런데도 보로가 묘사한 간접적인 인상이 그 어떤 전투보다도 내 마음에 더욱 생생한 기억을 남긴다. 이것이야말로 진정 글자의 마법이다.

그는 위대한 투사 그 자체였다. 그는 문학계 외에서도 확고한

*『라벵그로』에 나오는 한 구절. 주인공은 군인인 아버지를 따라 영국 곳곳을 돌아다니며 여러 사람들과 색다른 우정을 맺는다. 나중에 집시 가족과 살게 된 주인공은 땜장이들을 만나는데, 그중에는 권투를 하는 "이글이글 불타는 양철공"도 있었다.

명성을 남겼다. 그가 여러 책을 쓴 작가였다는 사실을 알면 무척이나 놀랐을 법한 무리였다. 190센티미터의 키에 수사슴과도 같은 민첩함이라는 타고난 장점을 가졌기에 누구도 그를 만만하게 볼 수 없었다. 비록 특이하게 양팔을 아무렇게나 쭉 뻗는 방식을 갖고 있다고 듣긴 했지만, 치고 빠지는 기술이 뛰어난 선수이기도 했다. 그는 권투를 진심으로 좋아했다! 또 권투선수들을 무척이나 아꼈다! 여러분은 그가 자신의 영웅들에 관해 간략하게 쓴 글들을 기억할 것이다. 기억나지 않는다면 하나를 인용해 보이겠다. 다시 읽어도 반가울 것이다.

크립*은 잉글랜드의 챔피언으로 아마도 잉글랜드에서 최강자일 것이다. 거대하고 육중한 몸집에 얼굴은 놀랍도록 사자의 얼굴 같다. 또 벨처 형제가 있는데, 동생 벨처**는 강자는 아니지만 실력을 인정받는다. 그러나 "테우크로스 벨처"***는 링에 올라서면 가장 기술이 뛰어난 선수다. 힘이 달리는 것만 빼면 그 외에는 완벽하다. 그날 저

---

*Tom Cribb(1781~1848). 맨주먹의 권투선수로 나중에 세계챔피언이 되었다.
**벨처 형제는 둘 다 권투선수였다. 형인 제임스 벨처는 1800~1803년 사이에 세계챔피언이었다. 동생인 토머스 벨처는 능숙한 잔기술을 선보이며 관중들을 사로잡는 경기를 벌여 대단히 인기가 많았다.
***테우크로스는 그리스 신화에 등장하는 텔라몬의 아들로 트로이 전쟁의 영웅 아이아스의 이복형제. 트로이 전쟁에 참전하여 용맹을 떨쳤고, 전쟁이 끝난 뒤 키프로스 섬으로 가서 그곳에 제2의 살라미스를 건설하고 왕이 되었다. 동생 톰 벨처의 별칭이었다.

녁에 그랬듯, 흰 모자를 쓰고 커다란 흰 코트를 걸친 채 마르고 품위 있는 모습에 가벼운 걸음걸이와 날카롭고 결연한 눈빛을 번득이며 지금 꼭 내 앞으로 걸어 나오는 것만 같다. 그 맞은 편에 있는 자는 얼마나 대조적인가! 험상스럽고 포악한 셸턴은 누구에게도 공손한 말이라고는 할 줄을 몰랐으며, 누구에게나 강타를 날린다. 그것도 있는 힘껏! 근육질의 팔을 한 번 제대로 날리면 거인이라도 기절해 버릴 것이다. 주름진 갈색 외투를 입고 뒷짐을 진 채 서성이는 저 사람은 체구가 왜소하지만 절대 보이는 그대로가 아니며 경량급의 제왕으로 랜달이라 불리는 자이다! 무시무시한 랜달에게는 아일랜드인의 피가 흐르고 있다. 그 이유 때문에 더 좋을 것도 더 나쁠 것도 없다. 그리고 그에게서 멀지 않은 곳에 마지막 적수인 네드 터너가 있다. 터너는 그에게 패배했을지라도 아직도 스스로를 훌륭한 선수라고 여긴다. 어쩌면 맞는 말일 것이다. 아슬아슬한 상황이었기 때문이다. 그런데 어떻게 그들 모두의 이름을 대란 말인가? 거기에는 수십 명이 있었으며 모두 나름대로 한주먹 한다는 선수들이었다. "불도그" 허드슨, "정복자 유대인" 샘을 이긴 "무대뽀" 스크로긴스도 있었다. "검은 악마" 리치먼드도 있었다. 아니, 그가 그 자리에 있었다는 말이 아니다. 그 자리에는 없었지만 나는 그를 잘 안다. 허벅지가 부러져가면서까지도 그는 흑인들 중에서 단연 위협적이었다. 퍼셀도 있었는데 완전히 녹초가 될 때까지는 그를 이길 수 없었다. 또,

이런! 대미를 장식할 이름을 부를까? 아, 당연하지 않겠는가! 나는 그 이름이 그 쟁쟁한 조직 중에서도 단연코 끝판왕이라고 믿는다. 진정한 영국의 물건, 오랫동안 끝판왕의 자리를 지켰던 "베드퍼드"의 톰*이다. "베드퍼드"의 톰, 만세! 아니, "봄Spring"이든 "겨울Winter"이든 그 어떤 이름으로 불리든 톰 만세! 잉글랜드의 기마 의용병들이 스코틀랜드의 왕과 씨족들과 기사를 물리친 플로든**에서 183센티미터의 활을 메고 다녔을 법한 183센티미터의 키에 갈색 눈동자를 지닌 영국인 톰, 만세! 영국 권투선수의 지존, 그대가 이룩한 그 모든 수많은 승리는 진정한 영국의 승리요, 황금으로도 살 수 없는 것이다!

저것은 진심에서 우러나온 말들이다. 우리는 옛날부터 이어 내려온 투사의 피를 잃어버린 지 오래다! 평화로운 세상에서 우리는 마침내 우리의 본성에 투사의 피를 뿌리내릴 수 있을 것이다. 완전무장을 한 세상에서 투사의 피는 우리의 미래를 유일하게 보장하는 최후의 보루이다. 우리를 지켜주는 인구나 부, 바다도 일

---

*톰 스프링(Tom Spring, 1795~1851)의 본래 이름은 토머스 윈터Thomas Winter이다. 프로 복서가 되면서 성을 "윈터"에서 "스프링"으로 바꾸었다. 1814년 전설적인 헤비급 챔피언 톰 크립을 만나 그의 후원하에 런던에서 본격적으로 선수의 길을 걸었다. 1821년부터 1824년에 은퇴할 때까지 헤비급 챔피언이었다. 아서 코난 도일은 1909년에 톰 스프링을 주인공으로 한 『팔콘브리지의 신—링의 전설』이라는 단편소설을 썼다.
**Flodden. 잉글랜드 동북부, 노섬벌랜드주에 있는 언덕. 제임스 4세 가문이 이끈 스코틀랜드 침입군이 잉글랜드군에게 대패한 곳이다(1513).

단 강철처럼 단단한 정신이 사라진다면 우리를 안전하게 지켜줄 수 없다. 아마 야만적일 것이다. 오로지 야만성만 있을 것이며, 이 드넓은 세상에서 나약한 것은 아무것도 없을 것이다.

문학과 문필가에 관한 보로의 견해는 참으로 특이했다. 그는 출판인과 동료 저자 전반에 대해 지독한 증오심을 갖고 증오했다. 그의 저서 모두를 통틀어 나는 그가 살아있는 작가에게 바치는 어떤 찬사의 말도 생각나지 않는다. 그보다 바로 앞서간 세대의 작가들에 대해 사후에 칭찬한 말도 떠올릴 수 없다. 실제로 그는 대부분의 사람들이 지나치게 격앙한다고 여기는 사우디*를 공개적으로 칭찬하긴 했지만, 디킨스나 새커리, 테니슨이 영광스러운 전성기를 누리고 있을 때 일부 무명의 덴마크 작가나 잊혀진 웨일스 작가에게 시선을 고정시켰다. 내 생각에는 초기에 실패를 겪은 뒤 더디게 인정받았다는 사실로 인해 자긍심 넘치는 영혼이 극심하게 상처받았기 때문이 아닌가 싶다. 그는 자신이 문필가 집단의 수장이 될 것을 알았으며, 문필가 집단이 그에게 관심을 두지 않았을 때 그는 오만하게 그들을 업신여기며 자기 안으로 침잠했다. 그 자긍심 넘치는 예민한 얼굴을 보면 그의 삶에 관한 열쇠를 쥘 수 있다.

*Robert Southey(1774~1843). 영국 시인, 전기작가. 프랑스 혁명에 열광하여 잔다르크를 낭만적 영웅으로 묘사한 서사시 『잔다르크』와 크롬웰, 넬슨 등의 전기를 썼다. 젊은 시절에는 피 끓는 혁명론자였지만 나중에는 보수주의자로 탈바꿈하였다.

권투에 관해 들먹이고 있자니 즐거움을 줬던 사건 하나가 떠오른다. 친구 중 하나가 불치의 병에 걸려 병상에 누워 있는 오스트레일리아 출신의 유명한 프로 권투선수에게 『로드니 스톤—링의 추억』*이라는 권투 소설을 읽어주었다. 죽어가는 투사는 소설 속 격투 장면에 대해 예리하고 전문가적인 비평까지 곁들이면서 크게 흥미를 갖고 귀 기울였다. 책을 읽어주는 이는 어린 아마추어가 무자비한 버크스와 싸우는 중요한 장면에 이르러야 했다. 버크스는 숨을 헐떡거렸으나 상대방에게 왼손으로 강력한 펀치를 날리며 물리쳤다. 아마추어의 다음 경기에서 늙은 프로 권투선수는 그에게 상황에 대처하는 방법에 관해 큰 소리로 충고했다. "옳지! 바로 그거야! 그렇게 해치우라고!" 병상에서 고통받는 남자가 고함을 질렀다. 그 뒤에 무슨 비평이 필요하단 말인가?

여러분은 보로의 책 옆에, 아주 적절하게도, 내가 사각의 링에 대해 얼마나 애착이 강한지를 알 수 있는 갈색 책 세 권이 꽂혀있는 것을 볼 수 있다. 몇 년 전 오랜 친구 로버트 바**가 준 것으로

---

*아서 코난 도일이 1896년에 출간한 권투 이야기를 다룬 소설.
**Robert Barr(1849~1912). 친구 제롬 K. 제롬과 함께 풍자 가득한 문화지 『아이들러』를 창간했다. 아서 코난 도일, 러디어드 키플링, 마크 트웨인 등이 참여했고, 루크 샤프라는 이름으로 게재된 『잘못된 탐정 소설—셜로 콤스의 모험』은 세계 최초로 셜록 홈스 시리즈를 패러디한 작품으로 알려져 있다. 로버트 바는 세계 최초의 셜로키언(셜록 홈스 시리즈의 열성적인 팬을 이르는 말)으로 기억되고 있으며 셜록 홈스의 창조자인 아서 코난 도일과 평생 동안 우정을 나눴다. 나이아가라 폭포 앞에서 셜록 홈스의 죽음을 두고 논쟁을 벌인 일화는 유명하다.

일명 『권투 시리즈』 전3권*이다. 30분만 읽어도 일확천금을 얻을 수 있는 최고의 보물창고다. 하지만 아아, 안타깝기 그지없도다! 그 시절의 지긋지긋한 속어에, 지루한 데다 재치도 없이 화려하기만 한 문체, 뼈대 없는 농담, 매 문장마다 한두 단어를 꼭 이탤릭체로 처리하는 짜증나는 버릇이라니! 알부에라와 워털루에서 전투를 치르는 남자들에게 적합한 스포츠로 인정사정없는 필사적인 시합조차도 그 끔찍한 전문용어 속에서는 따분해지고 진부해진다. "가스맨"과 "브리스틀의 황소"의 시합에 대한 해즐릿**의 해설을 참조하고서야 그 시합의 맹렬한 기운을 모두 느낄 수 있다. 무시무시한 오른손잡이가 거인을 주먹으로 쳐 쓰러뜨리자 눈썹에서부터 턱까지 "붉은 잔해"로 남겨졌다는 활자를 보고서도 움찔하지 않는 독자는 피도 눈물도 없는 매정한 독자다. 그러나 그 책은 해즐릿의 격투 장면에 대한 설명이 없다할지라도 한때 지상을 호령했던 미천한 영웅들의 행위에도 자극이 되지 않을 정도로 상상력이 빈곤하며 좀처럼 읽히지 않는 문체는 이제 일부 충실한 독자들에게만 호소할 뿐이다. 그들은 대단한 기백과 의지를 지닌 인

*Henry Downes Miles(1806~1889)가 영국 권투선수들의 삶과 시합의 역사에 관해 쓴 수필.
**"가스맨"은 1800년대 초반 활약했던 맨주먹 권투선수 톰 히크맨의 별명(펀치가 거리의 가스등을 끌 정도라고 해서 붙인 별명)이고, "브리스틀의 황소"는 맨주먹 권투의 선구자인 빌 니트를 말한다. 빌 니트는 브리스틀에서 푸줏간을 했기에 그런 별명이 붙었다. 윌리엄 해즐릿(William Hazlitt, 1778~1830)은 영국의 비평가,

물들로 인간의 용기와 인내심의 한계에 도달한 별난 존재들이었다. 갈색 바탕 표지에 금박으로 "신사 잭슨"*이라고 쓰여진 책도 있다. 튼튼한 장딴지와 고상한 얼굴을 한 잭슨은 작은 손에 매달려 있는 40킬로그램의 무게로 자신의 이름을 썼다.

여기 그에 대한 대략적인 묘사가 있다. 그를 아주 잘 아는 사람이 쓴 것이다.**

홀본 힐 84번지에서 스미스필드 쪽으로 걸어가는 그를 보았던 게 지금도 눈에 선하다. 그는 진홍색 외투를 입고 있었다. 단춧구멍은 금박으로 장식되어 있었고, 우아한 레이스 단과 주름들이 펄럭였으며, 흰색의 조그만 목도리를 둘렀는데 옷깃은 달려있지 않았으며(당시는 깃이 발명되기 전이었다), 검은색의 넓은 띠가 둘러진 둥그런 모자를 쓰고 있었고, 담황색 반바지에는 기다란 실크 줄이 달려 있었으며, 줄무늬가 있는 흰색 실크 스타킹을 신었으며, 구두에는 인조보석이 박혀 있었다. 조끼는 옅은 푸른색의 새틴천으로 흰색의 잔가지 모양의 무늬가 있었다. 널찍한 가슴, 딱 벌어진 어깨, (상대

---

*John Jackson(1769~1845). 1795년 영국 맨주먹 권투 챔피언으로 별명이 "신사 잭슨"이었다. 영국과 스페인 혼혈의 유대계 "무적"인 다니엘 멘도사를 무너뜨리면서 챔피언에 등극했다. 시인 바이런은 그를 "권투의 황제"라 칭했으며 그에게서 정기적으로 권투 훈련을 받았다고 일기장에 적어놓았다. 아서 코난 도일 역시『로드니 스톤』에서 잭슨을 형상화했다.
**헨리 다운즈 마일스가『권투 시리즈』제1권에서 쓴 글이다.

적으로 가느다란) 허리, 적당히 큰 엉덩이, 튼튼한 장딴지, 아름답게 구부러졌지만 과하지 않은 섬세한 발목, 단단한 발과 유별나게 작은 손을 바라보면 자연이 그를 지상에 본보기로 보냈다는 생각이 들지 않을 수 없다. 8킬로미터의 거리를 약 30분 정도 걸어가는 동안 그는 모든 남성들의 선망의 대상이자 모든 여성들의 감탄의 대상이었다.

자, 이것이 차별되는 묘사다. 작가가 제시하는 것을 여러분이 볼 수 있도록 실제로 도와주는 묘사다. 이 글을 읽은 뒤에 우리는 왜 옛날을 회고하는 스포츠에 관한 묘사가 항상 존 잭슨이었는지를 이해할 수 있다. 토니라든가 빌, 잭 등등도 있는데 말이다. 그는 바이런뿐만 아니라 동네 사람들의 절반과도 친구이자 권투 스승이었다. 잭슨은 한창 싸우다가 흥분한 나머지 "유대인" 멘도사의 머리털을 꽉 움켜잡아서 그 후부터 권투선수들이 영원히 "스포츠머리"를 하는 데 일조한 사람이었다. 그 책 속에는 18세기 격투기 선수의 지존인 브로턴*의 건장한 얼굴을 볼 수 있다. 그의 소박한 야망은 프로이센 근위대에서 중심인물이 되는 것으로 시작해 연대聯隊에서 중심인물이 되는 것이었다. 그에게는 "고드프리 대령"이라는 훌륭한 기록자가 있었다. 고드프리는 더할 나위 없이 훌륭한 영어로 썼다. 이 구절은 어떤가?**

*John "Jack" Broughton(1703?~1789). 영국의 맨주먹 권투선수. 권투경기에 적용되는 일련의 규칙을 성문화한 최초의 선수였다.

그는 검객만큼이나 규칙적으로 멈추며, 정확하게 일직선으로 타격을 가한다. 타격을 멈추려고 스스로를 불신하면서 뒤로 물러서는 법이 없고, 몸통의 도움을 받지 않은 팔로 파리채와 같은 타격을 가한다. 꼭 제빵사가 타르트와 치즈케이크에 날아든 날파리를 때려잡는 모습 같다. 그렇다! 브로턴은 과감하게 스텝을 밟으며 단호하게 들어가고, 훅 들어오는 주먹을 기꺼이 받아들이며 팔로 방어한다. 그런 뒤 팽팽하게 부풀어 오른 근육과 단단한 몸을 일으켜 다시 팔에 모든 체중을 실어 상대편에게 마치 말뚝을 박듯 온힘을 쏟아붓는다.

사람들은 이 훌륭한 대령에게서 좀 더 듣고 싶어질 것이다. 가엾은 브로턴! 그는 어리석게도 또다시 싸웠다. "이런, 빌어먹을, 졌잖아!" 왕족 공작이 외쳤다. "진 게 아닙니다, 공작 각하. 그저 상대방을 볼 수 없었을 뿐이에요!" 눈먼 늙은 영웅이 외쳤다. 슬프도다. 삶의 비극이 있듯 링의 비극이 거기에 있다! 젊음의 파도는 영원히 위쪽으로 물결치고, 앞서 흘러갔던 파도는 흐느끼며 조약돌을 스친다. "젊음은 즐기도록 해야 하죠." 늙은 선수는 간명하게 말했다. 하지만 늙은 챔피언의 몰락만큼 슬픈 일이 어디 있으

**1750년 브로턴이 잭 슬랙과 벌인 시합이다. 경기가 시작되고 14분 뒤, 눈에 펀치를 맞은 브로턴은 상대방을 볼 수가 없었고, 이로 인해 경기를 중도에서 그만두어야 했다. 당시 브로턴의 후견인이었던 컴벌랜드의 공작인 윌리엄 왕자는 판돈 수천 파운드를 잃었다. 이 경기 후에 브로턴은 자신이 운영하던 원형경기장을 폐쇄하였고 대신 골동품 사업에 뛰어들었다.

라! 보로가 "현인 톰 스프링"이라고 부른 "베드퍼드의 톰"은 명성이 절정에 달했을 때 패배당하지 않은 채로 링을 떠나는 분별력이 있었다. 톰 크립 또한 서른한 살에 은퇴, 챔피언으로서 두드러진 행보를 보였다. 그러나 브로턴, 슬랙, 벨처 등등을 비롯한 나머지 모두 그 끝은 공통적으로 비극이었다.

선수들의 말년은 대체로 단명이긴 했지만 종종 기이하고도 예상 밖이었다. 정상적인 생활을 과도하게 거르는 데다 극기 훈련을 번갈아 하면서 몸을 망쳤기 때문이다. 남녀노소를 막론한 인기도 그들이 실패한 원인이었으며, 링의 제왕은 목숨을 앗아갈 정도로 체중을 줄인다거나 결핵균에 걸린다거나 아니면 그와 똑같이 치명적이면서도 평판이 좋지 않은 간균 앞에서 결국 무너졌다. 늙을 대로 늙고 병약한 관중들이 자신들이 감탄하며 바라보았던 근사한 젊은 선수보다 더 나은 삶을 살 가능성이 있었다. 제임스 벨처는 30세에 죽었고, 후퍼는 31세, "싸움닭" 피어스는 32세, 터너는 35세, 허드슨은 38세, "종결자" 랜달은 34세에 죽었다. 어쩌다 원숙한 연령에 다다른 이들의 삶은 180도 달라지기도 했다. 잘 알려진 것처럼 걸리는 부자가 되었으며 "폰테프랙트 의회 개혁 의원"*이 되었다. 리처드 험프리스는 석탄업자로 성공했다. 잭 마틴은 투철한 금주주의자와 채식주의자가 되었다. "검은 다이아몬드" 젬 워드는 예술가로 상당한 힘을 발휘하게 되었다. 크립, 스프링, 란간과 기타 많은 이들은 술집 주인으로 성공했다. 그중에서도 가장 기이한 사람은 아마도 브로턴일 것이다. 그는 온갖 고화古畵들과 아기자기한 장식품을 파는 곳에 노상 드나들며 노년을 보냈다. 그를 본 사람들은 그가 유행이 지난 구식 옷을 입고 손에 도록을 쥔 조용한 노신사라는 인상을 받았다고 전한다. 한때 잉글랜드의 핵주먹이었던 브로턴은 이제 아무런 해를 가하지 않는 온화한 수집가가 되어 있었다. 그중 많은 이들이, 자연스러운 일이긴 하지만, 비명횡사했다. 어떤 이들은 사고로 죽었고, 몇몇은 스스로 목숨을 끊었다. 일급에 속하는 선수 중 링에서 죽은 이는 아무도 없다. 그나마 링 위의 죽음에 가장 근접한, 유일하고도 애달픈 운명이 닥친 사람은 용감한 아일랜드인인 사이먼 번이었다. 그는 불운하게도 상대선수인 앵거스 맥케이의 죽음을 초래했으며, 그 일이 있은 후 "귀머거리" 버크의 주먹에 맞아 유명을 달리했다. 그렇지만 번도 맥케이도 일급 선수라고는 말할 수 없다. 프로 권투계에서 주장하는 것을 보면 확실히 인체의 기관은 더욱 허약해지고 있으며 격렬한 진동이나 충격에는 더욱

*John Gully(1783~1863). 푸줏간을 하다 실패해 빚 때문에 옥살이를 하는 와중 친구인 "싸움닭" 헨리 피어스가 찾아와 비공식적으로 경기를 벌였으며 이로 인해 빚을 갚았다. 이후 피어스가 건강이 악화되어 은퇴하자 헤비급 선수로 활약했다. 1832년부터 1837년까지 폰테프랙트 자치구 의원으로 활동했으며, 두 번 결혼해 각기 아내에게서 12명씩의 자녀를 낳았다. 폰테프랙트는 잉글랜드 북부, 요크셔주 남부, 리즈 동남쪽에 있는 도시명이다.

민감해지고 있는 것으로 보인다. 초창기 시절에는 치명적인 죽음에 이르는 시합이 극히 드물었다. 그러다 그러한 비극이 점점 더 흔해지게 되었다. 요즘은 심지어 글러브를 끼고 싸우는데도 그런 비극이 잦아 충격을 주고 있다. 한층 더 체계화된 세대에게는 맨주먹으로 시합하던 우리 선조들이 실로 무척이나 난폭했던 것처럼 느껴질 것이다.

그럼에도 프로 권투계에서 지난 2백 년 동안 벌어졌던 것보다 최근 2~3년 이내에 사냥터와 장애물 경마에서 더 많은 희생자가 나왔다는 사실을 기억하면 위선적인 마음이 조금은 가시는 데 도움이 된다.

이들 중 많은 이들이 자신들에게 명성을 가져다준 용기와 힘으로 조국에 크게 이바지했다. 내가 잘못 알고 있는 게 아니라면 톰 크립은 해군에 있었다. "무시무시한 난쟁이" 스크로긴스도 해군에 있었다. 딱 벌어진 가슴과 어깨를 가진 그는 용수철처럼 튀며 연타를 날려 여러 해 동안 당해낼 자가 없었다. 약삭빠른 웨일스 선수인 네드 터너가 그의 화려한 이력을 멈추게 할 때까지는 말이다. 네드 터너의 이력도 결국엔 영리한 아일랜드 선수인 잭 랜달이 끝장을 내긴 했지만 말이다. 헤비급에서 두각을 나타냈던 쇼는 워털루에서 프랑스 중기병들의 첫 습격에서 난도질당했다. 잔혹한 버크스는 바다호스의 부서지는 파도 속에서 장렬하게 전사했다. 이 사람들의 생애는 무언가를 상징한다. 그것은 바로 시대가 요구하는 지고한 단 한 가지였다. 무장을 한 세상에 맞서도 꿋꿋함을 잃지 않는, 쉬 수그러들지 않는 인내심이 그것이었다. 젬 벨처를 보라. 근사한 영웅 젬은 권투계의 바이런이었다. 하지만 이 글은 옛날 프로권투에 관한 것이 아닐뿐더러 한 사람의 특정 주제에 대한 구전 지식은 또 다른 사람에게는 지루함일 뿐이다. 이제 이만 저 비루하고 변명할 여지가 없는 그러나 대단히 흥미로운 세 권의 책을 지나쳐 한층 더 품위 있는 주제로 나아가보자!

6장

영어로 쓰여진 단편소설 중에서 어떤 작품이 훌륭할까? 논쟁의 근거를 대고자 함이 아니다! 내가 확신하는 바는 이러하다. 지극히 좋은 장편보다 지극히 좋은 단편소설이 훨씬 더 적다는 것이다. 조각상보다는 장신구를 조각하는 데 더욱 정교한 기술이 필요한 법이다. 그런데 정말로 이상한 점은 이 두 미덕이 서로 분리되고 심지어는 대립하는 것처럼 보인다는 사실이다. 한편에 있는 기량은 절대 다른 편에 있는 기량을 보장해주지 않는다. 우리 문학사에서 위대한 거장들, 즉 필딩이나 스콧, 디킨스, 새커리, 리드는 걸출한 가치를 지닌 단편소설을 후세에 단 한 편도 남기지 않았다. 『붉은 장갑』 한 부분에 서간체로 수록된 「방랑하는 윌리 이야기」*처럼 예외가 있을 수는 있지만 말이다. 반면 스티븐슨, 포, 브렛 하트처럼 단편소설에서 대단히 뛰어난 작가들은 훌륭한 장

---

*1765년 월터 스콧이 쓴 역사소설. 스콧의 자전적인 이야기이다.

편을 쓰지 못했다. 단거리 우승자도 마찬가지로 좀처럼 마라톤 하프코스를 넘어서지는 못하는 법인가 보다.

흠, 지금 만약 여러분이 자신의 팀을 짜야 한다면 누구를 넣겠는가? 선택의 폭이 아주 넓지는 않을 것이다. 그들을 판단하는 핵심은 무엇인가? 여러분은 강렬함, 참신함, 치밀함, 재미의 강도, 마음속에 남겨진 생생한 느낌을 원할 것이다. 포는 그 모두를 갖춘 거장이다. 이런 일련의 생각을 하기 시작한 것은 내가 제일 좋아하는 책장에 그의 녹색 표지가 보이기 때문이다. 포는 내 마음속에서 항상 최고로 독창적인 단편소설 작가이다. 그의 두뇌는 씨앗으로 가득 찬 씨앗꼬투리로 씨앗들이 아무렇게나 이리저리 휘날리다가 그 씨앗으로부터 거의 모든 종류의 근대적인 이야기를 싹 트게 했다. 그가 성공을 거듭하려고 좀처럼 애쓰는 일 없이, 다른 사람들의 시선은 아랑곳하지 않고 자신이 가진 재능을 아낌없이 다 써버리는 식으로, 오로지 새로운 것을 달성하기 위하여 결연하게 밀고 나간 것에 대해 한번 생각해보라. 작가들의 "범죄의 발견"이라는 엄청난 결과에는 그의 역할이 지대했기 때문이므로 그의 덕으로 돌려야 한다. 작가들 각자가 스스로 약간의 발전을 도모할 수는 있겠지만, 능수능란하게 다루는 힘, 절제된 표현, 빠르고 극적인 요소라는 무척이나 경이로운 주된 기량은 뒤팽 씨*의 감탄할 만한 이야기까지 그 기원을 거슬러 올라가야 한다. 결국엔 이상적인 탐정 덕에 지적인 예리함이라는 하나의 자질도 있을 수 있으며, 그것이 일단 감탄할 정도로 훌륭히 행해졌을 때 이후의 작가들은 불가피하게 언제나 동일한 행로를 따르는 것에 만족해야 한다. 그러나 포는 탐정 이야기의 창시자인 것만은 아니다. 『황금벌레』로 거슬러 올라가면 그는 모든 보물찾기의 창시자이자 암호해독 이야기의 창시자이다. 유사과학적인 베른과 웰스**의 모든 이야기가 『달로의 항해』***와 『발데마르 씨 사건의 진실』****에 원형을 갖고 있는 것처럼 말이다. 소설을 써서 먹고 사는 사람이라면 누구나 포에게 원천을 빚지고 있으며, 그 거장을 위한 기념비에 십일조를 지불한다면 그 거장은 쿠푸*****의 피라미드만큼이나 거대한 피라미드를 갖게 될 것이다.

그렇다 하더라도 나는 우리 팀에 그에게 겨우 두 자리만 내줄

*에드거 앨런 포가 만든 소설 상의 탐정. 『모르그가의 살인 사건』에서 처음 등장했다. 훗날 유명한 셜록 홈스를 비롯한 많은 가상탐정의 모태가 되며, 이후 많은 추리 소설에서 자주 등장하게 되는 많은 설정이 포의 작품에서 처음 등장한다. 셜록 홈스와 마찬가지로 뒤팽은 범죄를 풀기 위해 놀라운 추리력과 관찰력을 사용한다.
**뛰어난 작품들로 현대 과학소설의 틀을 세웠다는 평을 듣는 베른(Jules Verne, 1828~1905)과 웰스(H. G. Wells, 1866~1946)를 말한다.
***조지 터커(George Tucker, 1775~1861)가 1827년에 쓴 책. 미국 작가로는 초창기의 공상과학소설이다.
****에드거 앨런 포가 1845년에 출간한 단편소설. 최면상태에서 한 남자를 죽음으로 몰아넣은 최면술사에 관한 이야기이다.
*****Cheops. 그리스명은 케오프스. 이집트 고왕국 제4왕조의 제2대 파라오(재위 BC 2589?~BC 2566). 자신의 무덤으로 이집트 기자Giza에 밑변 230m, 높이 146.5m의 최대 피라미드를 남겼다.

수 있다. 하나는 『황금벌레』이고, 또 하나는 『모르그가의 살인사건』이다. 이 둘 중 어느 작품이 더 낫다고 말할 수는 없다. 하지만 그의 다른 어떤 작품들에 대해서는 더할 나위 없이 탁월하다는 점을 인정하지 않는다. 이 두 작품은 화자와 주인공의 냉정함에 의해 섬뜩한 공포가 극대화되며, 다른 작품들에는 부족한 균형 감각과 관점을 갖고 있다. 화자는 뒤팽이고, 주인공은 르그랑이다. 장거리 비행은 불가능하다는 사실을 스스로 입증했던 위대한 단편소설 이야기꾼들 중 하나인 브렛 하트에게도 똑같은 말을 할 수 있다. 그는 언제나 풍부한 광맥을 발견해 자신만의 금을 채굴하는 사람이나 다름없었지만 계속해서 광산을 발견할 수는 없었다. 아아, 슬프게도 광맥은 매우 제한적인 것이었으나 금은 단연 최고였다. 『로링 캠프의 행운』과 『테네시의 단짝』은 둘 다 내가 고른 불후의 명작들 사이에 들어갈 가치가 있다. 그 작품들이 거장 디킨스를 거의 모방한 듯한 색채를 띠고 있는 것은 사실이지만, 디킨스 자신도 결코 달성하지 못했던 단편소설로서의 균형미와 만족스러운 완성도를 갖고 있다. 목구멍에 침을 꼴깍꼴깍 삼키지 않고서 그 두 편의 단편을 읽을 수 있는 사람이라면 나의 선망의 대상이 아니다.

그렇다면 스티븐슨은 어떨까? 물론 그도 역시 두 자리를 차지할 것이다. 단편소설이 가질 수 있는 섬세한 감각이 있기 때문이다. 내 판단으로 그는 평생 두 권의 걸작을 썼는데, 그 둘 각각은 본질적으로 단편소설이다. 하나는 단행본으로 출간되기는 했지만 말이다. 바로 『지킬 박사와 하이드 씨』이다. 여러분이 이 작품을 생생한 서사로 받아들이든 아니면 놀랍도록 깊고 진실한 우화로 받아들이든, 내게는 어쨌든 대단히 훌륭한 작품이다. 내가 선택한 또 다른 작품은 『모래 언덕 위의 별장』으로 극적인 서사의 본보기라고 할 수 있다. 콘힐에서 그 작품을 읽었을 때 그 이야기는 내 머릿속에 똑똑히 각인되어 있었기 때문에 몇 년 후 단행본으로 다시 읽게 되었을 때 나는 원본에서 두 가지가—훨씬 더 나쁜 쪽으로—사소하게 수정되었다는 사실을 즉시 알아차릴 수 있었다. 수정한 것들은 정말 사소한 것이었지만 완벽한 조각상에 살짝 흠집이 난 것처럼 보였다. 확실히 그 작품은 겨우 그만한 것도 뚜렷한 인상을 남길 수 있을 정도로 아주 훌륭한 작품이다. 나중에 이야기하겠지만, 당연히 그의 다른 10여 편의 단편도 대개 다른 작가들의 최고의 작품을 부끄럽게 만들어 버리며 모두가 스티븐슨의 이야기에 넋을 잃게 하는 기이한 매력을 품고 있지만, 그 완벽하게 탁월한 두 편만이 내가 고른 팀의 일부가 되어 들어가게 할 것이다.

그리고 또 누가 있을까? 동시대의 작가를 언급하는 것이 부적절하지 않다면 나는 당연히 러디어드 키플링*에 중괄호를 칠 것이다. 힘, 압축미, 극적인 감각, 은은히 타오르다가 별안간 불꽃이 활활 튀는 방식 등 그 모든 것이 그가 위대한 거장임을 특징짓는다. 하지만 그 하고많은 다양한 모음집 중에서 어떤 것을 골라야 할까? 게다가 그중 많은 작품들이 저마다 최고의 작품이라고 주장할 수 있는데? 기억을 더듬어 말하자면, 그의 단편 중에서 가장 감명 깊었던 것으로 『배 안에 울리는 북소리』, 『왕이 되려 한 사나이』, 『왕이었던 사나이』, 『땔나무 소년』이라고 할 수 있다. 아마 대체로 내 걸작 목록에 추가해야 하는 것은 처음 두 편일 것이다. 그 두 편은 비판을 불러일으키면서도 그러한 비판을 잠재울 수 있는 이야기이다. 크리켓 시합에서 훌륭한 타자는 비정통적인 방식으로 경기를 펼칠 수 있는 사람이다. 이는 실력이 떨어지는 선수에게는 허락되지 않는 것이다. 그는 게임의 법칙을 대놓고 무시하는데도 눈부시게 성공을 거둔다. 이 두 편 역시 그렇다. 나는 젊은 작가가 이 이야기들을 모범으로 따르는 게 아주 위험하다고 생각한다. 주제에서 벗어나 옆길로 샌다는 점이 그렇다. 짧은 서사에는 대단히 치명적인 단점이다. 즉, 논리적으로 맞지도 않거니와 균형감각이 결여되어서 여러 페이지에 걸쳐 제자리걸음을 하게 만들며 몇 문장 때문에 발이 묶인 채 앞으로 나아가지 못하게 한다. 그러나 천재는 마치 훌륭한 크리켓 선수가 공을 옆으

*Rudyard Kipling(1865~1936). 『정글북』을 비롯한 많은 단편소설을 쓴 영국 소설가, 시인.

로 휘어가도록 쳐서 다리로 똑바로 미끄러지게 하듯 그 모든 것을 무효로 만들어 버린다. 전력을 다해 맹렬히 질주하고 자신만만하게 장악하여 완벽하게 성공을 거둔다. 그렇다, 적어도 키플링의 대표작 두 편을 포함해야 불후의 명작 목록이 완성될 것이다.

이제 또 누가 있을까? 너새니얼 호손*은 내게는 최고 수준으로 와 닿은 적이 없었다. 당연히 잘못은 내게 있지만, 나는 항상 그가 내게 주었던 것보다 더욱 강력한 즐거움을 열망하는 것 같다. 그의 작품은 아주 미묘해서 그 느낌을 포착하기가 퍽 힘들었다. 실은 나는 그의 아들인 줄리언**의 단편 몇 편과 섬세하고 매혹적인 문체에 더욱 감동을 받았다. 선배 작가인 아버지가 가졌던 높은 예술적 요구를 상당 부분 이해할 수 있을지라도 말이다. 그러한 요구를 하는 사람으로 불워 리턴***도 있다. 그의 『유령 저택』은 내가 아는 최고의 유령 이야기이다. 따라서 나는 그 작품을 불후의 명작 목록에 포함시켜야 한다. 옛날 「블랙우드」지에 실렸던 이야기 중 『윤회』라고 불리는 작품이 하나 있었는데, 읽은 지 수년

*Nathaniel Hawthorne(1804~1864). 미국의 소설가. 대표작 『주홍글씨』는 청교도 엄격함의 교묘한 묘사, 죄인의 심리 추구, 긴밀한 세부구성, 정교한 상징주의로 19세기의 대표적 미국소설이 되었다.

**Julian Hawthorne(1846~1934). 너새니얼 호손과 화가였던 소피아 피바디 사이에서 낳은 아들. 작가이자 언론인이었다.

***Edward Bulwer Lytton(1803~1873). 영국 정치가, 소설가. 문필 생활을 하면서 정계에 진출하여 식민지담당 대신大臣으로 활약했다. 많은 통속 소설을 썼는데 그 중에서도 장편 역사소설 『폼페이 최후의 날』이 가장 널리 알려진 작품이다.

이 지났는데도 내 마음속에 아주 깊은 인상을 남겼기에 그 작품 역시 최고로 꼽혀야 한다. 걸작의 특성을 지닌 또 다른 단편으로 그랜트 앨런*의 『존 크리디 목사』가 있다. 철학적 사유에 기반한 그토록 훌륭한 이야기는 최고의 작품들 사이에 자리잡을 만하다. 웰스**와 퀼러쿠치*** 같은 동시대 작가들의 작품 중에도 일급으로 꼽힐 정도로 높은 수준에 이르는 작품들이 있다. 그중에서도 퀼러쿠치의 『3목두기』에 수록된 「늙은 아이손」과 같은 짧은 이야기는 내 생각으로는 지금까지 좋게 읽었던 작품들만큼이나 좋다.

자꾸 가르치려 드는 듯한 이 말은 모두 포의 저 낡은 녹색 표지를 보면서 나온 것이다. 내 삶에 정말로 영향을 미친 책을 몇 권 지명해야 한다면 나는 매콜리의 『역사 비평집』에 버금가는 것으로 바로 포의 저 작품을 꼽을 것이다. 나는 포의 작품을 한창 감수성이 예민했던 젊은 시절에 읽었다. 그 책은 상상력을 자극했으며 이야기를 전하는 방식에 있어 위엄과 힘에 대한 최상의 본

*Grant Allen(1848~1899). 캐나다의 과학 작가이자 소설가로 다윈주의자였다.
**Herbert George Wells(1866~1946). 영국 소설가, 비평가. 『타임머신』, 『우주 전쟁』 등을 통해 과학소설의 독자적인 영역을 개척했다. 전쟁 후에는 『세계사 문화사 대계』 등 일련의 저술로 계몽가적 정열을 보여주었다. 예언소설 『도래할 세계』와 같은 걸작도 낳았다.
***Sir Arthur Thomas Quiller-Couch(1863~1944). 영국의 소설가, 비평가로 Q라는 필명을 가지고 20권의 장편, 12권의 단편 외에 많은 저서와 시집을 남겼다. 향리의 자연을 배경으로 한 우수한 단편소설들을 썼으며 문예평론가로서 『작문론』, 『독서법』 등 많은 저작이 있다.

보기를 제시하였다. 어쩌면 전적으로 건전한 영향을 끼치지만은 않았을 것이다. 여러 사유를 지독하게 병적으로 소름 끼치는 것, 괴기스러운 것으로 바꾸어 버렸으니 말이다.

그는 유머감각과 온정이라곤 찾아볼 수 없이 기괴하고 끔찍한 것에 열광하는 음울한 사람이었다. 독자는 스스로 포에 대응하는 자질을 갖추어야 한다. 아니면 그는 위험한 동지가 될지도 모른다. 우리는 무엇이 그의 기이한 마음을 위태로운 길을 따라 걷다가 치명적인 수렁으로 이끌었는지를 안다. 어느 흐린 10월의 일요일 아침, 그는 볼티모어의 거리에서 힘과 남자다움이 한창 절정으로 보이는 나이에 죽어가는 남자로 발견되었다.

나는 포를 세계 최고의 단편소설 작가로 여긴다고 말해왔다. 그의 가장 가까운 경쟁자는 단연 모파상이라 하겠다. 그 위대한 노르망디인은 미국인인 포의 극단적인 기백과 독창성을 절대 넘어서지 못하겠지만, 천부적인 유전적 능력, 즉 효과를 올바르게 발휘하는 타고난 본능을 지니고 있었는데 이는 그를 위대한 거장으로 이름을 날리게 했다. 그는 사과나무가 사과를 맺는 것만큼이나 자연스럽고 완벽하게 이야기들을 지어냈는데 그것은 그의 내면이 그렇게 하도록 했기 때문이다. 얼마나 멋지고 민감하며 예술적인 필치인가! 요지는 또 얼마나 쉽고 섬세한가! 문체는 또 얼마나 힘차고 간결하며, 또 우리 영국의 작품을 그토록 망가뜨리는 쓸데없는 중복은 얼마나 탈피했는지 모른다! 그는 중복되는 문장을 항상 철두철미하게 잘라내었다. 나는 모파상의 이름을 쓸 때면 내 삶에 영적으로 개입한 것이나 비범한 우연의 일치 같은 것을 떠올리지 않을 수 없다.

스위스에서 여행하고 있을 때 다른 여러 곳 중에서도 특히 젬미고개*를 방문한 적이 있었다. 그곳에는 독일 주와 프랑스 주를 분리하는 거대한 절벽이 있다. 이 절벽 꼭대기에 작은 여관이 하나 있었는데 우리는 그곳에서 여행을 중단해야 했다. 여관은 1년 내내 거주할 수 있지만 겨울에는 약 석 달 동안 완전히 고립되기 때문에 어느 때고 산비탈에 있는 오솔길로만 접근할 수 있으며, 그 오솔길은 폭설로 흔적이 사라지면 올라가거나 내려가는 것이 불가능하기 때문이라는 이유였다. 사람들은 계곡 아래의 불빛을 볼 수는 있었지만 마치 달에 사는 것만큼이나 외롭다고 했다. 그렇듯 특이한 상황은 자연스럽게 상상력에 불을 지폈다. 나는 마음속에서 재빠르게 짧은 이야기를 구성하기 시작했다. 이 여관에 갇혀 있으면서 서로를 혐오하면서도 서로에게서 절대 벗어날 수 없는, 극심하게 적대적인 인물들에게 날마다 비극이 점점 가까이 다가온다는 내용이었다. 일주일 정도 여행하면서 나는 계

*Gemmi Pass. 스위스 남쪽의 발레주써 로이커바트Leukerbad와 북쪽의 베른주써 칸더슈텍Kandersteg을 잇는 높은 고개. 셜록 홈스 시리즈 중 단편소설인 『마지막 사건』에 배경으로 등장했다.

속해서 머리를 굴렸다.

여행을 마칠 때쯤 나는 프랑스를 통해 돌아왔다. 읽을 게 하나도 없었기에 이전에는 한 번도 본 적이 없던 모파상의 단편집을 우연히 한 권 사게 되었다. 첫 번째 이야기는 「여관」이었다. 책을 훑어 내려가던 중 나는 두 단어를 보고 소스라치게 놀랐다. 바로 "칸더슈텍"과 "젬미고개"였다. 나는 자리를 잡고 앉아 점점 놀라움이 커지는 가운데 읽어 내려갔다. 내가 방문했던 여관의 광경이 펼쳐졌다. 폭설 속에서 고립된 사람들에 대한 줄거리였다. 내가 상상했던 모든 것이 거기에 있었다. 모파상이 몹시 사나운 사냥개를 한 마리 도입했다는 것만 빼고는 말이다.

물론 이야기의 발상은 누가 봐도 명백하다. 그는 그 여관을 방문할 기회가 있었으며, 내가 일련의 생각을 품었던 것과 동일한 인상을 받았던 것이었다. 그 모든 것은 상당히 납득할 수 있는 일이었다. 하지만 실로 놀라웠던 점은 그 짧은 여정 속에서 내가 온 세상에 널린 책들 중 우연히 한 권의 책을 샀는데 그게 바로 나 스스로를 공개적인 웃음거리로 만드는 것을 막아주었다는 것이다. 내가 만약 책을 냈더라면 누가 과연 모방작이 아니라는 사실을 믿어주겠는가? 나는 우연의 일치라는 추정이 모든 진실을 망라할 수 있다고 생각하지 않는다. 그것은 내가 살아가는 동안 영적 개입이 있다는 확신을 갖게 해준 몇 가지 사건들 중 하나이다.

우리 외부에 있는 어떤 은혜로운 힘이 가능한 곳에서 우리를 도와주려고 암시하는 것 말이다. 나는 수호천사에 대한 오랜 가톨릭 교리가 아름다운 것일 뿐만 아니라 그 안에 참된 진리의 원리가 있다고 믿는다.

아니면 새로운 심리학 용어에서 사용하는 "잠재의식 속의 자아", 혹은 새로운 신학 용어인 "영적 세계"가 우리 자신이 이미 알고 있는 감각으로는 파악할 수 없는 것을 알 수 있어서 마음에 전달하는 것일까? 그러나 이건 너무 옆길로 새는 이야기이므로 그만두기로 하겠다.

미국인 포가 완전히 자신의 것으로 만든 그 낯설고 기괴한 영역을 모파상이 선택했을 때, 그는 포를 바싹 뒤쫓을 수 있었다. 모파상의 『오를라』를 읽어본 적이 있는가? 그 이야기에는 여러분이 바랄 수 있는 온갖 악마적 세계가 있다. 그리고 그 프랑스인은 당연히 훨씬 더 폭이 넓었다. 그는 신랄한 유머감각을 가지고 있으며 일부 단편들은 점잖음과는 담을 쌓지만 그 또한 하위문화의 풍미를 더해준다. 하지만 그렇다 하더라도 누가 그 냉혹하고 지독한 미국인이 둘 중에 훨씬 더 위대하고 독창적인 정신의 소유자라는 사실을 의심할 수 있겠는가?

미국인의 기괴한 단편에 관해 이야기해보자. 혹시 앰브로즈 비어스의 작품들을 읽어본 적이 있는가? 나는 저기에 그의 작품

중 한 편을 가지고 있다. 『삶의 한가운데서』이다. 이 남자는 자신만의 독특한 취향을 갖고 있으며, 자신만의 방식을 취한 위대한 예술가였다. 기운을 돋우는 독서는 아니지만 여러분에게 깊은 인상을 남길 것이다. 그것이 바로 좋은 작품이라는 증거다.

나는 종종 포가 어디서 그런 문체를 얻었을까 궁금했다. 그의 최고의 작품에는 음산한 장엄함 같은 게 있다. 마치 반질반질 윤이 나는 흑옥黑玉을 깎아 만들어낸 것 같은 고유의 독특함이 있다. 만일 저 책을 끄집어낸다면 나는 어느 페이지에서라도 내가 의미하는 바를 여러분에게 보여주는 단락을 발견할 수 있을 거라고 장담한다. 예를 들면 이런 단락이다.*

쇠줄을 감은 마기**의 음험한 책들에는 멋진 이야기들이 많이 있다. 그 안에는 하늘과 땅, 장대한 바다의 영광스러운 역사가 있으며, 바다와 땅, 드높은 하늘을 지배하는 정령의 역사가 있다. 시빌***이 말했

*『침묵』(1839)의 한 구절이다.
**Magi. 본래 메디아 왕국에서 종교 의례를 주관하고 있던 페르시아계 제사장 계급의 호칭이다. 제사장을 의미할 때는 일반 명사이므로 소문자로 표기하지만, 동방박사를 의미할 경우엔 고유 명사로 쓰이며 첫 글자를 대문자로 표기한다. 기독교에서의 마기는 복음서 중의 하나인 「마태복음서」에 등장하는 동방박사들을 가리킨다. 여기에선 보통 '별을 바라보는 점성술사'라는 의미로 기록되었으며, 새로 나타난 별의 흐름을 보고 장차 유대인의 왕이자 그리스도가 될 자인 예수의 탄생을 읽어냈다.
***Sybil. 시빌Sibyl 또는 시빌라Sibylla라고도 한다. 원래는 트로이 부근 마르페소스에 살면서 아폴론한테서 예언 능력을 물려받은 한 여인의 이름이었으나 후대로 내려오면서 무녀의 총칭으로 사용되었다.

다는 예언에도 역시 가르침이 많으며, 도도나* 주위에서 파르르 떨고 있는 흐릿한 잎사귀들에서도 거룩하고도 거룩한 옛말이 들린다. 그러나 알라신이 살아계신대도, 악마가 무덤 바로 곁 내 옆에 앉아 이야기해줬던 우화가 나는 그 무엇보다도 가장 경이롭다고 생각한다!

아니면 이 문장은 어떤가.**

그래서 우리 일곱은 공포심에 자리에서 벌떡 일어나 벌벌 떨며 겁에 질려 있었다. 그림자의 목소리 음색이 살아있는 존재의 음색이 아니었기 때문이다. 그것은 다수의 존재들이 내는 목소리 음색으로 음절 하나하나마다 억양이 달라서 이미 세상을 떠난 수많은 친구들의 아직도 기억나는 익숙한 억양이 음울하게 귓가에 속삭이는 듯했다.

엄숙한 위엄이 느껴지지 않는가? 아무도 만들어내지 못하는 문체이다. 그것은 항상 어떤 영묘한 힘에서 나오거나 아니면 언제나 그렇듯 여러 영묘한 힘들 사이에서 절충해서 나온 것이다. 나는 포를 따라갈 수 없다. 그렇긴 해도, 만약 해즐릿과 드퀸시가 기괴한 이야기들을 발표하기로 작정했다면 이런 비슷한 이야기

*Dodona. 그리스 북서부, 에페이로스 지방의 산중에 있는 고대 성역. 제우스의 최고最古 신탁의 땅으로 일찍부터 유명했다.
**『그림자』(1850)의 한 구절이다.

들을 전개했을 것이다.

자, 이제 양해해주신다면, 내 귀한 『수도원과 화롯가』*를 지나쳐 그 왼쪽에 있는 다음 책으로 넘어가겠다. 나는 지금까지 두서없이 대충 훑어보면서 『아이반호』를 지난 100년간의 역사소설 중 2위로 매겼다. 아마 많은 이들이 『헨리 에스몬드』**를 1위의 자리에 올려놓을 것이다. 내 생각과는 다르긴 하지만 나는 그들의 입장을 꽤 잘 이해할 수 있다. 문체의 아름다움, 인물묘사에 있어서의 일관성, 앤 여왕 시대의 분위기를 완벽하게 구현한 점에 대해서도 잘 알고 있다. 자신이 살았던 시대를 그토록 철저히 아는 남자에 의해 쓰여진 역사소설은 없었다. 그러나 이러한 미덕들이 아무리 훌륭하다 할지라도 그것이 소설에서 필수 사항은 아니다. 소설에서 필수적인 것은 재미이다. 비록 조지프 애디슨은 "패이스트리를 만드는 제빵사는 절대 종이가 떨어지면 안 되는" 게 필수라고 야박하게 말하긴 했지만 말이다. 내 생각에 『헨리 에스몬드』는 롤런드 지방에서 벌어지는 일련의 전투와 마키아벨리처럼 권모술수에 능한 영웅인 공작이 등장할 때, 또 모훈 경이 불길한 안색을 내비칠 때는 굉장히 흥미롭다. 그러나 지루하고 재미없는

---

*찰스 리드(Charles Reade, 1814~1884)가 1861년에 쓴 역사소설. 16세기 네덜란드의 대학자 에라스무스의 전기에 입각해서 그의 부모를 둘러싼 파란 많은 일생을 다룬 작품이다.
**19세기 영국 문학을 대표하는 소설가 윌리엄 새커리가 1852년에 쓴 역사소설.

이야기들이 장황하게 펼쳐져 있다. 출중하게 뛰어난 소설은 언제나 전진해야 하며 제자리걸음을 해서는 안 된다. 『아이반호』는 단 한 순간도 멈추게 하지 않는다. 바로 그 점이 『헨리 에스몬드』보다 우위를 점하게 하는 것이다. 비록 문학 작품으로서는 『헨리 에스몬드』가 한층 완벽하다고 생각하긴 하지만 말이다.

아니, 만약 어떤 종류의 위대한 소설이든, 정말로 가장 위대한 역사소설 중 세 권을 꼽을 수 있다면 나는 『수도원과 화롯가』를 꼽는 데 대찬성할 것이다. 나는 지난 세기의 유명한 외국 소설을 대부분 읽었다고 주장할 수 있으며, (내 독서의 한계 내에서만 말하건대) 다른 어느 누구의 책보다 톨스토이의 『전쟁과 평화』와 리드의 『수도원과 화롯가』에 더욱 감명을 받았다. 그 책들은 내게는 100년간 나온 소설들 중 최상위에 있는 것 같다. 그 둘은 지면에 대한 감각, 인물들 숫자, 주인공들이 등장하고 사라지는 방식에서 어떤 유사성이 있다. 영국인인 리드는 좀 더 낭만적이다. 러시아인인 톨스토이는 한층 사실적이고 진지하다. 그러나 둘 다 위대하다.

리드가 그 한 권의 책에서 한 것을 생각해보라. 그는 독자의 손을 잡고 중세 시대로 데리고 간다. 공부해서 지어낸 관습적인 중세가 아니라 옥스퍼드가에서 버스에 가득 찬 승객들만큼이나 사실적인 사람들로 가득 찬, 삶이 전율하는 시대다. 그는 독자를 데리고 네덜란드로 가 화가들과 둑, 삶을 보여준다. 그는 독자를 중세 유럽의 척수인 긴 라인강 줄기로 이끌고 간다. 그는 독자에게 인쇄술의 시초, 자유의 기원, 남부 독일의 상업도시의 삶, 이탈리아의 형세, 로마에서의 예술가의 삶, 종교개혁 직전의 수도원을 보여준다. 그리고 이 모든 것을 한 권의 책에서 아주 자연스럽게 소개하며 또한 생생하고 활기차게 전해준다. 방대한 범위는 별개로 하더라도, 주인공 제라르의 본성, 성공, 몰락, 부흥, 종말에 맞는 온갖 가련한 비극을 면밀히 살핀 것만으로도 훌륭한 책으로 만든다. 내 생각에는 상상력과 지식이 조화를 이루는, 우리 문학사에서 독보적인 책이 아닌가 싶다. 거친 광석을 수집해 불같은 상상력으로 그 광석을 제련한 찰스 리드의 방식을 알고 싶어 하는 이가 있다면,『벤베누토 첼리니 자서전』*을 읽은 다음 리드가 중세 로마의 삶에 대해 묘사한 것을 읽게 하라. 여러 사실을 성실하게 수집하는 것은 좋은 일이다. 여러 사실을 얻게 되었을 때 그것을 이용하는 방법을 찾기 위한 전략을 갖는 것은 대단히 훌륭하면서도 비범한 것이다. 현학적인 면이 하나도 없고 또 철저하게 지루한 면도 없는 것, 그것이 바로 역사물 작가의 이상이 되어야 한다.

*벤베누토 첼리니는 16세기 이탈리아의 조각가, 음악가. 첼리니는 미술가로서의 뛰어난 솜씨 덕분에 귀족와 왕 그리고 교황의 후원을 받았다. 훌륭한 플루트 연주자로서 교황 클레멘트 7세를 위해 일한 것을 계기로 프랑수아 1세, 메디치가의 코시모 1세 아래에서 미술가로 일했다. 코시모를 위해 페르세우스 청동상을 제작했다. 자서전의 집필을 시작했으나 끝마치지는 못했다. 일반적으로 아우구스티누스의『고백록』, 새뮤얼 피프스의『일기』, 루소의『고백』과 더불어 최고의 자서전으로 꼽힌다.

리드는 우리 문학사에서 가장 당혹스러운 인물 중 한 사람이다. 그처럼 위치 짓기 어려운 사람은 없었다. 그가 전성기였을 때 그는 우리 시대 최고의 작가였다. 그가 최악이었을 때 그는 동네에서 통속극를 쓰는 작가 이하의 수준이었다. 그러나 최고의 작품에도 약점은 있었으며, 최악의 작품에도 장점은 있었다. 모든 목화솜 사이에도 비단이 있는 법이고 비단 사이에도 목화솜이 있는 법이다. 그러나 온갖 결함에도 불구하고 그는 앞서 말한 훌륭한 책 외에도 『늦게라도 고치는 게 낫다』, 『현금』, 『부정행위』, 『그리피스 곤트 혹은 질투』와 같은 작품들을 썼는데 이 책들은 언제나 우리의 소설가들의 첫 순위에 올라 있어야 한다.

그의 소설에는 다른 어느 소설에서도 볼 수 없는 진심 어린 감정이 있다. 그는 자신의 남녀주인공들에 대한 애정은 극진한 반면 자신의 악당들은 지독히도 싫어하는데, 그것은 독자들로 하여금 그의 감정에 따라 휩쓸리도록 한다. 그 누구도 그가 소설 속에서 그려냈듯 진심 어린 마음으로 여인들을 사랑스럽고도 인간미 넘치게 그려낸 적이 없다. 여성을 인간적이고 매력적으로 그려낸 이 힘은 특히 남자 작가에게는 아주 드문 비범한 재능이다. 19세기 소설 속에서 줄리아 도드*보다 더 괜찮은 여자를 만나는 즐거움을 나는 가져본 적이 없다. 그는 등장인물을 그토록 섬세하고 매

---

*『현금』(1863)에 나오는 여주인공 이름.

력적으로 그려낼 수 있는 남자임에도 불구하고 『수도원과 화롯가』에서는 "날강도 여인숙" 일화와 같은 것을 쓸 수 있는 남자이다. 모험담을 최상의 형태로 다양하게 그려내는 놀라운 힘은 극소수의 남자들에게만 주어진 것이다. 나는 언제나 찰스 리드에게 모자를 깍듯이 벗을 준비가 되어 있다.

7장

마법의 문이 우리 뒤로 닫히는 것은 좋은 일이다. 그 문의 반대편에는 세상과 세상의 고난, 희망, 두려움, 골칫거리와 속병, 야심과 낙담 등이 있다. 그러나 마법의 문 안에서 녹색 소파에 반듯이 누워 있으면서 아무 말 없이 위로해주는 벗들의 글을 접할 때면, 위대한 고인 일행들과 함께하는 우리에게는 오로지 마음의 안식과 정신의 평화만 있을 뿐이다. 그이들을 사랑하는 법을 배우고, 존경하는 법을 배워라. 동료애가 무엇을 의미하는지 아는 법을 배워라. 그렇게 할 때까지는 신이 인간에게 내린 커다란 위안과 평정심이라는 축복이 여러분에게 내려지지 않기 때문이다. 여기 마법의 문 뒤에 안식처가 있다. 그곳에서 여러분은 과거를 잊고 현재를 즐기며 미래를 준비할 수 있다.

녹색 소파에 나와 함께 앉기에 앞서 여러분은 위쪽 책장에 익숙해져 있다. 낡을 대로 낡은 매콜리, 말쑥한 기번, 충충한 다갈색의 보즈웰, 황록색의 스콧, 얼룩덜룩 물든 보로. 모두 서로 어깨를 나란히 하는 훌륭한 일행들이다. 그나저나 우리는 우리의 소중한 벗들이 서로 또한 벗이 되면 얼마나 좋을까 하고 바란다. 왜 보로는 스콧에게 그토록 무례하게 으르렁거려야만 했을까? 사람들은 아마 고결한 정신과 낭만적인 환상이 그 거대한 방랑자를 매료시켰을 거라고 생각할 수도 있다. 그렇다 하더라도 젊은이가 연장자를 향해 지독히도 쓴 말을 하지 말란 법은 없다. 진실은 보로가 해로운 독, 온 시각을 왜곡하는 독을 한 가지 품고 있다는 것이었다. 그는 종교적으로 아주 편협한 종파였기에 신이 내린 위대한 수수께끼에 대해 자신이 내린 해석 외에는 어떠한 미덕도 보지 못했다. 피로 얼룩진 베르세르크족*이라든가 아니면 주문을 외우는 드루이드족**처럼 순전히 이교도적인 것들은 그의 마음에 상상력을 불러일으켰지만, 종교적 의식의 세부 사항들이나 영적 의미를 갖는 구절들의 해석에 있어 자신과 다른 고유의 교리와 시기를 가진 사람은 곧바로 뼛속까지 사악한 사람으로, 그러한 사람에 대해서는 어떠한 종류의 자비도 베풀 수 없었다. 따라서 옛 관행을 숭배하는 스콧에게 그는 곧바로 혐오의 눈초리

---

*노르드의 전사들 중에서 거의 통제 불가능할 정도로 신들린 것 같은 격노에 휩싸여 전투에 임한 이들을 가리키는 말.

**켈트의 땅(현재의 영국과 프랑스)에서 신의 의사를 전하는 존재로서 정치와 입법, 종교, 의술, 점, 시가, 마술을 행한 자들. 신과 요정이 인간과 함께 살았던 고대 유럽에서 유일무이한 최고의 소환술사였다.

를 품게 되었다. 어쨌든 거물 보로는 기대에 어긋난 사람이었으며, 그가 과연 동료 저자에 대해 찬사의 말을 바친 적이 있었는지 나는 기억해낼 수가 없다. 오로지 웨일스의 음유시인들과 고대 북유럽의 음유시인들에게서만 정신적으로 맞는 것을 찾을 수 있었던 것으로 보인다. 비록 그의 강박적인 본성이 자신이 웨일스 말과 스칸디나비아 말을 읽을 수 있다는 사실을 이런 식으로 세상에 알리는 방식을 취했다는 주장이 제기되긴 했지만 말이다. 그러나 우리는 마법의 문 뒤에서 야박하게 굴어서는 안 되며, 게다가 무자비한 이들에게 자비를 베푸는 것이 분명 미덕의 극치이다.

　이미 6장에 걸쳐 맨 앞줄에 꽂혀있는 책들에 대해 충분히 떠들었으나, 독자 여러분, 여기서 끝이 아니다. 보시다시피 둘째 줄과 게다가 셋째 줄의 책도 내게는 모두가 똑같이 소중하며 모두가 똑같은 정도로 내 감정과 기억에 호소하기 때문이다. 내가 이 오랜 벗들에 대해 말하는 동안 최대한 인내심을 갖고 기다려준다면, 왜 그들에게 그토록 애정을 갖고 있는지, 그리고 그들이 과거에 내게 어떤 의미였는지에 대해 모두 전하겠다. 여러분이 저 줄에서 어떤 책을 고르더라도 내 마음의 본질 같은 것을 고르는 것이며, 그것은 아주 작더라도 틀림없이 현재의 나 자신의 일부를 이루는 내밀하고 근본적인 것이다. 유전적 충동, 개인적 경험, 책. 이 세 가지는 사람을 형성하는 힘이다. 이 책들이 바로 그러한 책들이다.

둘째 줄은 보다시피 18세기의 소설가들이나 필수적이라고 여기는 그들의 책들로 이루어져 있다. 요컨대 로렌스 스턴의 『트리스트럼 샌디』, 올리버 골드스미스의 『웨이크필드의 목사』, 프랜시스 버니의 『에블리나』와 같은 단행본들은 차치하고도, 중요하게 여겨지는 작가는 단 세 명이다. 그들은 1순위로 꼽히는 책을 차례대로 각자 세 권씩만 썼으며, 그래서 영문학 분야에서 가장 중요하고도 변별력 있는 그 아홉 권을 완독하면 상당히 폭넓은 시각을 가졌다고 주장할 수 있다. 그 세 사람은 당연히 헨리 필딩, 새뮤얼 리처드슨, 토비아스 스몰릿이다. 책들은 다음과 같다. 리처드슨의 『클라리사 할로우』, 『파멜라』, 『찰스 그랜디슨 경』. 필딩의 『톰 존스』, 『조지프 앤드루스와 친구 에이브러햄 애덤스 씨의 모험기』, 『아멜리아』. 스몰릿의 『페레그린 피클의 모험』, 『험프리 클링커의 원정』, 『로더릭 랜덤의 모험』. 이 책들에는 18세기 중반을 조명하는 세 명의 위대한 동시대인의 진정한 노고가 담겨있다. 불과 아홉 권이 전부다. 그러므로 우리는 이 아홉 권 주변에서 어슬렁거리며 150년이라는 세월이 지난 후 그들의 작품을 비교해 보고 차별화하는 데 해결의 실마리를 던질 수 없는지, 또 얼마나 영구적으로 가치 있는 작품임을 증명해 왔는지를 살펴보겠다. 런던에서 서점을 운영하던 작고 뚱뚱한 남자[새뮤얼 리처드슨], 귀족 혈통의 재기 넘치는 방탕아[헨리 필딩], 스코틀랜드 해군 군의관 출신의 단호한 남자[토비아스 스몰릿]. 이 세 명이 지금 비교의 시험대에 오른 기이한 불멸의 인물들이다. 이들은 당대의 소설계를 장악했으며, 그들의 5대째인 우리가 그 시대의 삶과 유형에 익숙한 것은 다 그들 덕이다.

이것은 신조나 주장에 관한 문제가 아니다. 나는 이 세 작가가 모든 기질마다 상당히 다르게 호소하는 것을 상상할 수 있기 때문이며, 또한 어느 쪽을 옹호하고 싶든 자신의 선택을 뒷받침하는 논거를 찾을 수 있으리라 여기기 때문이다. 그렇지만 대다수의 비평 여론은 스몰릿이 다른 두 작가와 같은 수준이라고 주장하지는 않을 것이다. 윤리적으로 그는 저속하다. 비록 그 저속함이 경쟁자들의 세련된 재치보다 더욱 큰 웃음을 주는 배꼽 빠지는 농담을 수반할지라도 말이다. 한없이 순수했던 철부지 소년 시절에 『페레그린 피클의 모험』을 읽으면서 '고대풍의 연회' 장면이 나오자 하도 많이 웃어서 눈물이 났던 일이 기억난다. 성인이 되어 다시 그 책을 읽었을 때도 결과는 똑같았다. 이번에는 인간의 타고난 야수성에 훨씬 더 공감했을지라도 말이다. 그는 저속하고 원시적이라는 장점에는 일가견이 있지만, 다른 면에서는 필딩이나 리처드슨과 비교할 수 없다. 그의 인생관은 훨씬 더 제한적이었고, 등장인물들은 덜 다양했으며, 사건들은 덜 독특했고, 사유는 덜 깊었다. 단언컨대 그에게는 셋 중에서 3위 자리를 주어야 한다.

그렇다면 리처드슨과 필딩은 어떨까? 참으로 거물들의 경합이다. 교대로 각자의 핵심을 짚어본 뒤 서로 비교해보자.

그들 각자에게는 극도로 희귀하면서도 미묘한 특징이 하나 있다. 각자는 여성들을 몹시 매혹적으로 그려내었다. 내 생각에 우리 문학사 전체를 통틀어 가장 완벽한 여성들이다. 18세기의 여성들이 그와 같았다면 18세기의 남성들은 마땅히 누릴 만한 것보다 훨씬 더 많은 것을 누렸다. 그들은 반할 정도로 품위가 있었으며 훌륭한 양식을 갖춘 데다 아주 사랑스럽고 예쁘고 우아하면서도 무척이나 인간적이고 매력적이었기에 지금도 우리의 이상형이 되었다. 사람들은 이중의 감정으로 그들을 알게 된다. 하나는 그들을 향한 정중한 몰두이고, 다른 하나는 그들을 둘러싼 돼지 떼들을 혐오하는 것이다. 파멜라, 해리엇 바이런, 클라리사, 아멜리아, 소피아 웨스턴*은 모두 하나같이 매력적인 여성들이었으며, 그것은 19세기의 귀여운 인형처럼 천진난만하고 아무 특색 없는 여자의 부정적인 매력이 아니라 기민한 정신, 명확하고 강력한 원칙, 진정 여성스러운 감정, 온전한 여성적 매력에 따르는 자연적인 아름다움이었다. 이런 면에서라면 우리의 경쟁 작가들은 무승부일지도 모른다. 왜냐하면 이 완벽한 창조물들을 두고 나는 어느 한쪽을 다른 한쪽보다 편애할 수 없기 때문이다. 통통한 인쇄출

*새뮤얼 리처드슨의 『클라리사 할로우』, 『파멜라』, 『찰스 그랜디슨 경』에 나오는 여주인공들 이름이다.

판업자[새뮤얼 리처드슨]와 닮아빠진 한량[헨리 필딩]은 각기 마음 속에 최고의 여성을 품고 있었다.

그러나 그들의 남자들이란! 아아, 그 질 떨어지는 수준하고 는! 『기아 톰 존스의 이야기』*에서 톰 존스가 했던 것을 우리 모두가 할 수 있다고 말하는 것은—앞서 언급했듯이—전도된 위선의 최악의 형태이며, 그 위선은 현재의 우리보다 우리를 더 나쁘게 만든다. 한 여자를 진심으로 사랑하는 남자는 대개 그녀를 배반한다는 것은 인류에 대한 모독이며, 그중에서도 선량한 톰 뉴컴의 분노를 불러일으킨 부도덕한 방식으로 배반해야 한다는 것은 특히 모욕이다. 『아멜리아』에서 부스 대령이 아멜리아의 배필이 되는 것과 마찬가지로, 톰 존스는 소피아의 옷자락에 손을 대기에 적합하지 않았다. 필딩은 아마 시골 지주인 올워디를 빼고는 신사를 그려낸 적이 한 번도 없었을 것이다. 혈기왕성하고 떠들썩하며 마음씨 착한 세속적인 창조물이 그가 만들어낼 수 있는 최선이었다. 그가 만들어낸 남자주인공들 중에서 차별성 있고, 정신적인 것을 중히 여기며, 기품 있는 주인공이 어디 있는가? 이 지점에서 나는 평민 인쇄업자가 귀족 출신보다 훨씬 더 잘 해

*1749년에 출간된 헨리 필딩의 소설. 기아棄兒로서 대지주의 저택에서 자란 톰은 명랑하고 분방한 청년으로 성장하여 갖가지 경솔한 행동과 주위의 모략으로 드디어 온화한 대지주의 보호마저 잃게 되어 나그넷길에 오른다. 더욱이 평소에 서로 사랑하던 소피아에게도 버림을 받았으나 이러한 고난을 타고난 착한 성품으로 극복하여 끝내 대지주의 조카였다는 사실이 밝혀지며 소피아와 사랑의 결실을 맺는다.

냈다고 생각한다. 『찰스 그랜디슨 경』은 아주 귀족적인 유형이었다. 리처드슨이 좀 심하게 나약한 인물로 만들어 망치긴 했지만 그래도 퍽 숭고한 정신을 가진 더없이 훌륭한 신사였다. 만약 그가 소피아나 아멜리아와 결혼했더라면 나는 결혼예고*에 이의를 제기하지 않았을 것이다. 심지어 지칠 줄 모르는 인내심을 가진 B 씨와 지나치게 육욕적인 로버트 러브플레이스는 탈선을 하는 데도 불구하고 천성이 다정한 남자였으며 내면에 위대함과 부드러움을 갖출 수 있었다.** 그렇다, 나는 리처드슨이 한층 더 고매한 유형의 남성을 그려냈다는 사실을 의심하지 않는다. 『찰스 그랜디슨 경』에서 그는 그때까지 좀처럼 없었거나 혹은 최고의 남자주인공을 그려내었다.

내 생각에 리처드슨은 한층 더 미묘하고 깊이 있는 작가이기도 하다. 그는 일관된 인물묘사와 인간의 심리에 대한 탐색과 분석을 추구하는데, 아주 쉽고도 매우 간결한 영어로 쓰여졌으며, 그 깊이와 진실은 오직 성찰에 의해서만 나온 것이었다. 그는 필딩의 책 여러 페이지에 걸쳐 자주 보이는 특성들, 즉 한층 생동감 있게 만들지만 격을 떨어뜨리는 활극이나 수난, 우스꽝스러운 상황 등은 거들떠보지도 않는다. 필딩의 인생관이 보다 폭넓다고 해도 무

*교회에서 결혼식을 올리기 전에 연속 3회 일요일에 행하는 것으로, 그 결혼에 이의가 있는지의 여부를 묻는 것.
**새뮤얼 리처드슨의 『파멜라』에 나오는 남자들이다.

방하다. 그는 자신보다 훨씬 신분이 높은 사람들과도 개인적으로 친분을 쌓았으며, 또한 훨씬 신분이 낮은 경쟁자였던 근실한 시민과도 친분을 쌓거나 흔쾌히 찾아가곤 했다. 『아멜리아』에서 감옥 장면이나 『조너선 와일드의 삶과 죽음』에서 도둑들의 소굴, 채무자 구류소, 빈민가 등을 통해 런던의 하층민의 삶을 그려내는데, 그러한 묘사는 그의 친구인 호가스*의 그림만큼이나 생생하고도 완벽하다. 필딩이 영국 작가들 중 최고였던 바로 그때 호가스는 영국 화가들 중 최고였다. 그러나 가장 위대하고도 영원한 삶의 진실은 가장 작은 사회에서 발견된다. 두 남자와 한 여자는 비극작가나 희극작가에게 아주 만족스러운 주제가 될 수 있다. 비록 리처드슨의 범위는 제한적이었지만 그는 바로 그 점을 숙지하는 게 자신의 목적에 필수적이라는 점을 아주 명확하고도 철저하게 알고 있었다. 파멜라는 비천한 인생에 맞는 완벽한 여자였고, 클라리사는 완벽한 귀부인이었으며, 그랜디슨은 이상적인 귀족이었다. 이러한 것들이 그가 가장 소중히 여기는 예술에서 아껴 마지않던 세 인물이었다. 150년이 지난 지금도 나는 이보다 더 만족스러운 유형을 어디서 찾을 수 있는지 모르겠다.

그가 장황하게 글을 쓴다는 것은 인정하지만, 차마 누가 좀 줄이라고 할 수 있을까? 그는 앉아서 시시콜콜 모두 말하는 것을

*William Hogarth(1697~1764). 영국의 화가이며 판화가. 인간 본성에 대한 예리한 통찰력과 재치, 살아있는 듯 생생한 표현력으로 18세기 영국 사회를 풍자했다.

대단히 좋아했다. 이야기하기를 좋아하는 문체는 편지들을 이용함으로써 더욱 용이해졌다. 우선 그는 지나간 모든 일을 편지로 써서 전한다. 이제 여러분은 그의 편지를 읽는다. 그녀도 동시에 친구에게 편지를 쓰고, 거기에 자신의 견해 또한 밝힌다. 여러분은 이 또한 본다. 친구들은 일일이 답장하며, 이제 여러분은 그들의 의견이나 조언까지 알고 있다는 이점이 생긴다. 책을 다 읽기 전에 여러분은 모든 사실을 낱낱이 알게 된다. 매 장마다 감정이 폭발하는 야단스러운 문체에 익숙해져 있었다면 처음에는 약간 지루할지도 모른다. 하지만 점차 여러분이 그 속에 살고 있다는 분위기를 조성하면서 그 사람들을 알게 되고 성격과 걱정거리를 더불어 알게 되며 소설 속 공상의 인물이 아니라고 느끼게 된다. 보통 책보다 세 배나 긴 것은 틀림없지만 왜 시간이 아깝겠는가? 뭐 하러 서두르는가? 분명한 것은 마음속에 영구히 인상을 남기지 못하는 세 권의 책보다 한 권의 걸작을 읽는 게 낫다는 것이다.

그것은 조용한 말년과 같은 차분한 삶에 딱 들어맞는다. 몇 안 되는 편지들과 그보다도 더 적은 몇 장의 문서밖에 없는 적적한 시골집에 사는 독자들이 책의 분량에 대해 불평할 거라고 생각하는가? 아니면 행복한 파멜라나 불행한 클라리사에 대해 질릴 수 있다고 생각하는가? 당시는 포용력 있는 마음가짐이었던 것이 이제는 특수한 상황에서만 받아들이게 된 것이다. 매콜리는 그러한 경우를 기록해 놓았다. 인도에 있을 때로, 책들이 아주 귀한 산간 마을로 더위를 피하러 갔을 때『클라리사 할로우』한 부를 풀어놓자 무슨 일이 벌어졌는지를 기록한 것이다. 효과는 당연히 예상했던 대로였다. 적절한 환경 속에서 리처드슨의 글은 가벼운 열병처럼 사람들에게 번져나갔다. 전체 에피소드가 문학사의 일부가 될 때까지 사람들은 그와 더불어 살고 그와 더불어 꿈을 꿨으며 그것을 경험한 사람들은 절대 잊지 못하게 되었다. 그것은 모두에게 통하도록 맞춰져 있었다. 수려한 문체는 아주 정확하면서도 매우 간결했기에 학자가 갈채를 보내지 않거나 하녀가 내용을 이해할 수 없는 페이지가 없었다.

당연히 서간체로 전해지는 이야기에는 명백한 단점이 있다. 스콧은『가이 매너링』에서 서간체로 되돌아가 혁혁한 성공을 거두었지만, 생동감은 언제나 독자의 착한 성품과 쉽사리 믿는 경향을 대가로 얻어지는 것이다. 사람들은 이처럼 끊임없이 시시콜콜한 사연들과 긴 대화들이 그런 식으로 기록되었을 수가 없다고 느낀다. 화가 머리끝까지 나고 옷매무새가 헝클어진 여주인공이 앉아서 자신이 도망친 사실을 그렇듯 차분하고 세세하게 기록할 수가 없다는 것이다. 리처드슨도 마찬가지로 할 수 있는 데까지 해보았으나 본질적으로 결함이 있었다. 필딩은 3인칭 시점을 써서 경쟁자들을 옭아매고 있던 족쇄를 모두 부수었으며, 소설에 자유와 사적인 권한을 부여했는데, 이는 전에는 결코 누리지 못했던 것이었다. 그 점에서 그는 적어도 거장이었다.

그렇다 하더라도 전체적으로 내 균형추는 리처드슨 쪽으로 기울어져 있다. 아마 나처럼 생각하는 이는 아주 드물지라도 말이다. 우선, 이미 주장했던 것 이상으로 그는 최초라는 최고의 평판을 얻었다. 창시자는 모방자보다 확실히 더 높은 위치를 차지해야 한다. 설령 모방자가 모방하면서 개선시키고 확충시켰을지라도 말이다. 그렇기에 영국 소설의 아버지는 필딩이 아니라 리처드슨이다. 그는 낭만적인 무용담 없이도, 또 기이한 상상력 없이도, 일상생활에서 일상적인 언어로 말해지는 것에서 매혹적인 이야기를 만들어낼 수 있다는 것을 처음으로 알아차린 남자다. 이는 그의 위대한 새 출발이었다. 그래서 전적으로 그의 모방자, 아니 오히려 어쩌면 패러디 작가인 필딩은 (어떤 사람들은 철면피처럼 뻔뻔하다고 하는데) 극히 대담하게도 가엾은 리처드슨이 『파멜라』에서 만들어낸 인물들을 자신의 첫 소설인 『조지프 앤드루스와 친구 에이브러햄 애덤스 씨의 모험기』에 갖다 썼으며, 그것도 모자라 그들을 조롱하겠다는 불순한 목적으로 이용했다. 문학 윤리상 그것은 마치 새커리가 피크위크와 샘 웰러*를 가져와 그들이 어떤 결함이 있는지를 보여주려고 소설을 쓴 것과 같다. 온화한 성품의 조그만 인쇄업자가 적개심이 커져 경쟁자를 다소 파렴치

한 남자로 암시하는 것은 조금도 놀랄 일이 아니다.

　게다가 도덕적으로도 골치 아픈 문제가 있다. 이 점에 대해 말할 때면 확실히 특정 비평가 부류 사이에는 상당히 전도된 위선의 말이 많다. 진정한 예술가의 특질은 마치 선정적인 것을 다루거나 묘사하는 데 있다는 듯, 외설과 예술 사이에는 어떤 미묘한 관계가 있는 것처럼 추론한다. 선정적인 것을 다루거나 묘사하는 것은 어렵지 않다. 반대로 그것은 여러 형태에 있어 아주 수월하고 또 근본적으로 아주 극적이어서 선정성을 이용하려는 유혹은 항상 있어 왔다. 그럴싸한 거짓된 효과를 만들어내는 모든 방법 중에서 그것만큼 쉽고 천박한 게 없다. 어려움은 그리하는 데 있는 것이 아니다. 어려움은 그것을 피하는 데 있는 것이다. 하지만 사람들은 그것을 피하려고 한다. 표면적으로는 작가가 점잖은 신사가 되는 것을 그만두어야 할 이유도 없고 여성의 시각으로 글을 써야 할 이유도 없지만, 바로 여성이 경청하게끔 말해왔던 것을 허물어뜨리기 때문이다. 그러나 "있는 그대로의 세상을 그려야 한다." 왜 그래야만 하는가? 분명 예술가는 단지 선택과 제약을 드러낼 뿐이다. 더 음탕한 시대에 살았던 위대한 작가들이 제약에 전혀 유의하지 않았다는 것은 사실이지만, 삶 자체의

---

*각기 찰스 디킨스가 1837년에 쓴 첫 소설 『피크위크 클럽 유람기』에서 가져온 인물이다. 피크위크는 당대 사람들의 행동을 유심히 관찰하는 주인공으로 아주 단순하고 무지한 노인이며, 샘 웰러는 그의 하인으로 세상 물정에 밝은 영리한 인물이다.

제약은 그 당시가 더 적었다. 우리는 우리의 시대를 살고 있으며, 시대에 맞게 살아가야 한다.

하지만 삶의 이러한 측면은 절대적으로 배제되어야 하는 걸까? 절대 그렇지 않다. 우리는 얌전한 척 내숭을 떨면서 체면치레를 할 필요가 없다. 모든 것은 그것이 행해진 정신에 달려 있다. 세 명의 위대한 경쟁자인 리처드슨, 필딩, 스몰릿의 글보다 이러한 다양한 정신에 관해 더 잘 설파해줄 수 있는 글은 없다. 비난할 목적으로 약간 자유롭게 부도덕한 행위를 그려낼 수는 있다. 그러한 작가는 도덕주의자이며, 리처드슨보다 더 좋은 예는 없다. 또 한편, 공감도 반감도 없이 부도덕한 행위를 그릴 수는 있지만, 단순한 사실로서만 그린다. 그러한 작가는 사실주의자이며, 필딩이 그런 사람이다. 또 한편, 재미를 뽑아내려고 부도덕한 행위를 그릴 수도 있다. 그런 사람은 음탕한 해학가이며, 스몰릿이 그런 사람이다. 마지막으로, 공감한다는 것을 보여주려고 부도덕한 행위를 그려낼 수도 있다. 그러한 사람은 사악한 사람이며, 왕정복고 시대의 작가들 가운데 많은 이들이 그렇다. 그러나 삶의 이러한 측면을 다루기 위해 존재하는 모든 이유들 중에서 단연 최고는 리처드슨이었으며 그보다 더 거장다운 솜씨로 능수능란하게 다룬 사람은 어디에서도 찾아볼 수 없다.

저술 외에도 필딩은 남자로서도 매우 뛰어난 면이 있었던 게 틀림없다. 그는 자신이 그려낸 어떤 주인공보다도 더 나은 사람이었다. 그 혼자만이 당시 유럽의 수도들 중에서 가장 위험하고 무법천지였던 런던을 대대적으로 청소하는 임무를 받아들였다.*
필딩 이전의 시대에는 호가스의 그림이 어느 정도 청소작업에 대한 개념을 주었다. 천민 부랑아들, 명문가 출신의 건달들, 주정뱅이들, 악당들, 들창 달린 강가의 소굴에 처박혀 있는 도둑들과 같은 이들이 청소의 대상이었다. 이것은 아우게이아스 왕**의 축사처럼 더러워 청소되어야만 했었고, 불쌍한 헤라클레스는 육체적으로 허약하고 노쇠해서 그러한 임무를 맡기보다는 병실에 더욱 적합했다. 이로 인해 그는 목숨을 잃었다. 47세의 나이에 온 힘을 다 바쳐 일하다가 지쳐 죽은 것이었다. 좀 더 극적인 방식으로 목숨을 잃었을 수도 있었다. 범죄 집단에게 요주의 인물이 되었기 때문이다. 그는 일부 매수한 악당들의 밀고로 악당들의 새로운 악의 소굴이 노출되었을 때 직접 수색조를 이끌고 가기도 했다. 그러나 그는 목적을 달성했다. 거의 1년 만에 범죄와의 전쟁은 끝났으며 런던은 제일 난폭한 도시에서 유럽의 수도들 중에서 제일

*헨리 필딩은 만년에 런던 치안 판사로 임명되어 범죄와의 전쟁을 벌여 도둑, 밀고자, 도박꾼, 매춘부 등을 잡아들였으며, 사법개혁을 강화하고 감옥을 개선하기 위해 많은 노력을 기울였다.
**그리스 신화에 등장하는 엘리스의 왕이다. 헤라클레스의 12과업 중 다섯 번째는 아우게이아스 왕의 엄청나게 크고 더러운 축사를 청소하는 것이었다. 왕은 하루 만에 축사를 청소하면 가축의 10분의 1을 주기로 약속했지만, 헤라클레스가 일을 완수한 뒤에도 약속을 지키지 않다가 그의 손에 목숨을 잃었다.

법을 준수하는 도시로 지금까지 남아있게 되었다. 여태껏 그보다 더 훌륭한 기념비를 남기고 떠난 사람이 있는가?

진짜 인간다운 필딩의 모습을 보길 바란다면 소설 속에서는 찾을 수 없을 것이다. 소설 속에서는 그의 진정한 온정이 가장된 냉소에 의해 빈번하게 가려졌지만 수필 『리스본으로의 항해 일기』에서는 찾을 수 있다. 그는 건강이 돌이킬 수 없을 정도로 망가졌으며 살날이 손에 꼽힌다는 사실을 알았다. 그 시기가 바로 사람들이 그를 있는 그대로 볼 수 있을 때이며, 참으로 지독한 현실 앞에서 허식이나 가식적인 동기가 없을 때였다. 필딩은 죽음이 가까이 다가왔을 때 조용하고도 점잖은 용기와 변함없는 마음가짐을 드러냈다. 그것은 초창기의 약점이 그의 빛나는 본성을 얼마나 가리고 있었는지를 보여준다.

다소 훈계조의 잡담을 마치기 전에 또 한 편의 18세기 소설에 대해 한 마디만 보태겠다. 여러분은 내가 전에는 이토록 단조롭게 이야기한 적이 없었다는 사실을 인정할 것이다. 시기와 주제가 그렇게 하도록 북돋는 것 같다. 나는 로렌스 스턴을 건너뛰었다. 그의 지나치게 까다로운 방법론에 대해 크게 공감하지 않기 때문이다. 프랜시스 버니의 소설들 역시 건너뛰었다. 그녀를 바로 앞서갔던 위대한 여성 거장들에 대한 반추 때문이다. 그러나 올리버 골드스미스의 『웨이크필드의 목사』는 확실히 단락 하나를 차지해야 마땅하다. 골드스미스의 모든 작품이 그렇듯 그 책은 전체가 아름다운 자연으로 물들어 있다. 고운 마음씨를 가진 사람이 아니었다면 『웨이크필드의 목사』를 쓸 수 없었듯이 『버려진 마을』과 같은 시 역시도 쓸 수 없었을 것이다. 시와 소설, 또 희곡에서 존슨과 골드스미스 중 아일랜드인인 골드스미스가 훨씬 더 훌륭하다는 것을 스스로 입증했을 때 늙은 존슨이 그 주눅 든 아일랜드인을 아랫사람 대하듯 깔보고 가르치려 든 것을 생각하면 얼마나 기이한 일인가. 『웨이크필드의 목사』에는 범죄행위 같은 게 없이도 어떻게 인생의 진실을 다룰 수 있는지에 관한 구체적인 실례가 있다. 조금도 게으름을 피우지 않고 모든 것을 마주하며 충실하게 기록했다. 어떤 식으로든 섬세한 감정을 오염시키지 않으면서 인생을 준비하는 민감한 마음의 젊은 여성 앞에 책을 한 권 놓고 싶다면 『웨이크필드의 목사』만큼 흔쾌히 고를 수 있는 책은 없을 것이다.

18세기 소설가들 이야기는 이제 이쯤에서 그만하겠다. 그들은 책장에 그들만의 책꽂이를 하나 마련하고 있으며, 내 머릿속에도 그들만을 위한 코너가 하나 있다. 몇 년 동안 여러분은 그들에 대해 생각도 하지 않을 것이다. 그러다 불쑥 어떤 말이나 일련의 생각들이 떠오르면 곧장 그들에게로 향할 것이며, 그때 여러분은 그들을 바라보고 애정을 느끼며 그들을 안다는 사실을 크게 기뻐할 것이다. 자, 이제 여러분이 더욱 흥미로워할 것들로 넘어가자.

　서로 다른 소설가들의 상대적인 인기를 증명하기 위해 대중들이 여러 무료 도서관에서 읽은 통계를 낼 수 있다면 나는 조지 메러디스*가 실제로 아주 낮게 나올 거라고 꽤 확신한다. 반면 여러 작가들을 소집해 정신적으로 가장 많이 자극하는 가장 위대한 동료 장인이 누구인지 결정하라고 한다면 나는 메러디스가 어마어마하게 우세한 표를 받을 거라고 똑같이 확신한다. 유일한 경쟁자로 토머스 하디** 정도를 생각해 볼 수 있다. 그러므로 그의 장점에 관해 왜 그토록 견해의 차이가 있는지, 또 어떤 특성 때문에 그토록 많은 독자들을 쫓아버렸는지, 그런데도 어떤 점이 그에게 특별한 무게감을 갖도록 하는 여론을 끌어모았는지는 흥미로운 연구과제가 된다.

　가장 명백한 이유는 그가 철저하게 인습에 얽매이지 않는다는 데 있다. 대중은 즐거워지려고 읽는다. 소설가는 자신의 예술을 일신하려고 읽는다. 메러디스를 읽는 것은 그저 즐겁지만은 않다. 일종의 정신적인 백치에 사고력을 발달시키는 지적 단련인 것이다. 메

---

*George Meredith(1828~1909). 영국의 소설가, 시인. 주지주의 작가라고 불렸으며, 작품 속에서 여성 문제를 다뤘던 진보파이기도 했다. 대표작으로 『에고이스트』, 『크로스웨이즈의 다이애나』 등이 있으며 그밖에 10여 편의 장편소설이 있다.
**Thomas Hardy(1840~1928). 영국의 소설가, 시인. 19세기 말 영국 사회의 인습, 편협한 종교인의 태도를 용감히 공격하고, 남녀의 사랑을 성적 면에서 대담히 폭로하였다. 대표작으로 『귀향』, 『테스』, 『미천한 사람 주드』 등이 있다.

러디스를 읽는 내내 여러분의 정신은 꼬박 긴장상태에 있게 된다.

사냥꾼이 사냥개의 후각을 따라가듯 내 후각을 따라오면, 여러분은 내가 총애하는『리처드 페버럴의 시련』* 때문에 이렇게 흥분해서 발언한다는 사실을 알게 될 것이다. 저 모퉁이에 숨어있는 책이다. 얼마나 대단한 책인지 모른다! 또 얼마나 지혜롭고 재기가 넘치는지 모른다! 그 거장의 소설들 중 다른 소설들이 더 특색이 있거나 심오할 수는 있지만, 다른 사람은 어떨지 몰라도 나는 아직 어떤 영향도 받지 않은 독서 입문자에게 언제나 선물하는 책이다. 빅토리아 시대에 가장 높이 평가하는 소설 세 권을 지명해야 한다면 나는 저 책을『허영의 시장』과『수도원과 화롯가』에 이어 3위에 올려놓겠다. 1859년에 출간된 저 책이 재판을 찍기까지 근 20년이 걸렸다는 사실이 믿기지 않는다. 이는 곧 비평가들이나 대중들의 안목이 형편없었다는 사실을 말해준다.

원인 없는 결과는 없다지만 원인이 부적절할 수는 있는 법이다. 그 책이 성공하는 데 걸림돌이 되는 것이 무엇이었을까? 의심할 여지없이 문체에 있었다. 그렇다 하더라도 저 책은 후기 작품들에서 이루어낸 현란함과 미사여구가 거의 없는, 억제되고 완화된 차분한 문체였다. 그러나 그것은 혁신적인 문체였으며 대중과

---

*메러디스가 1858년에 쓴 소설. 리처드 페버럴은 부친의 획일적 교육 방침에 대해 반기를 들고 제 고집대로 하다가 결국 고생하게 되는 아들이다. 뒤에 또 나오지만, 그 과정에서 그는 이웃 농부의 조카인 루시 데즈버러와 사랑에 빠진다.

비평가 모두 진도를 나가지 못하게 만들었다. 사람들은 칼라일*의 문체를 20년 전에 그리 여겼듯, 그가 틀림없이 뽐내며 으스대는 것이라 여겼다. 원래 독창적인 문체의 경우, 사람의 일부를 이루는 눈동자 색깔만큼이나 유기적인 것이라는 사실을 잊어버리고 말이다. 칼라일의 말을 인용하자면, 수시로 입었다 벗었다 해야 되는 것은 셔츠가 아니라 영원히 변치 않는 살갗이다. 그렇다면 그 낯설고 강렬한 문체는 어떻게 묘사되어야 할까? 아마도 그가 칼라일에 대해 말할 때 속마음에서 우러나오는 단호한 말이 그에게도 단호하게 적용되는 게 최선일 것이다. 그는 주인공의 입을 빌려 이렇게 말한다.**

그가 특히 좋아하는 작가는 말이지. 주인공들에 관해 쓸 때 너무 이른 건축물이거나 아니면 다 허물어진 건축물과 비슷한 문체를 쓴다네. 그만큼 헐겁고 거칠어 보이지. 황량한 바람이 거세게 휘몰아쳐 맛있는 열매를 여기저기 굴러떨어지게 하는 과수원에 부는 바람 같은 필치야. 문장은 방파제에 부딪히는 파도처럼 발단도 없이 갑작

*Thomas Carlyle(1795~1881). 스코틀랜드 출신의 비평가, 역사가. 영웅 숭배와 이상주의적인 사회개혁을 제창하여 19세기 사상계에 큰 영향을 끼쳤다. 저서로 『의상철학』, 『프랑스 혁명사』, 『영웅 숭배론』, 『과거와 현재』 등이 있다.
**조지 메러디스가 1875년에 쓴 『뷰챔프의 생애』에 나오는 구절. 상류층 급진주의자들의 삶과 사랑, 보수당 설립에 대한 풍자를 그린 정치소설이다. 여기서 그는 토머스 칼라일의 문체를 위와 같이 묘사한다.

스러운 결말로 치달으며 물보라를 일으키지. 또 사전에 나오는 박학한 낱말들이 속어를 거들어준다네. 억양은 몰려오는 구름 속에서 비스듬히 비치는 한 줄기 빛처럼 단어 위에 툭툭 꽂히지. 그의 책은 모든 페이지에서 산들바람이 불고, 책 전체가 마음과 뼈마디에 감전 같은 것을 일으킨다네.

참으로 멋들어진 묘사와 훌륭한 문체로다! "모든 페이지에서 산들바람이 분다"와 같은 표현은 얼마나 생생한 인상을 남기는가! 칼라일의 글에 대한 평이자 또 메러디스의 글에 대한 본보기로 그 구절은 똑같이 완벽하다.

자, 『리처드 페버럴의 시련』이 마침내 걸맞은 평가를 받았다. 나는 대중의 비평적 안목을 강력하게 믿는다는 점을 고백한다. 나는 좋은 작품이 흔히 간과된다고 생각하지 않는다. 바다와 마찬가지로 문학도 진정한 수위를 찾는다. 여론은 형성하는 것은 느리지만 결국엔 올바로 자리 잡는다. 비평가들이 단합하여 형편없는 책을 칭찬하거나 훌륭한 책을 비방했다면 그들은 5년간은 (지속적으로) 영향력을 행사할 수야 있겠지만 최종 결과에는 아무런 영향도 끼치지 않을 거라고 확신한다. 셰리던*은 자신의 침대

*Richard Brinsley Sheridan(1751~1816). 아일랜드 출신의 극작가, 정치가. 첫 작품 『연적』은 자신의 경험에서 소재를 찾은 희곡으로 교묘한 줄거리와 경쾌하고 절묘한 대화로 대성공을 거두었다. 『스캔들 학교』는 왕정복고기의 W. 콩그리브를 절정으로 하는 풍속희극의 전통을 잘 계승해 18세기 영국 연극의 뛰어난 작품으로 지목되고 있다.

에 있는 벼룩들이 모두 만장일치였다면 벼룩들이 자신을 침대에서 몰아냈었을 거라고 말한 바 있다. 나는 비평가들이 만장일치로 문학판에서 좋은 책을 몰아낸다고 생각하지 않는다.

『리처드 페버럴의 시련』의 사소한 장점들 중에는—열렬한 지지자의 장황함은 너그러이 봐주시라—우리 영국 잠언들 사이에 놓일 만한 경구들이 널려 있다는 것이다. "기도를 함으로써 더 나은 사람이 된다는 것은 그의 기도가 응답을 받았다는 것이다"나 "편의를 추구하는 것은 사람의 지혜이다. 올바르게 행하는 것은 하느님의 지혜이다." 또는 "모든 위대한 생각은 마음으로부터 나온다"와 같은 말들보다 더 절묘한 말이 있을 수 있을까? "우리 중에서 겁쟁이는 인간의 결점을 비웃는 자이다"와 같은 좋은 말도 있으며, "단 한 줌의 행복이라도 추구하는 게 인간의 마음이다. 지혜의 최절정인 곳에서 보면 우리는 이 세상이 제대로 만들어졌음을 알게 된다"는 문구에서는 건전한 낙관주의가 울려 퍼진다. "여자는 남자에 의해 개화될 최후의 것이다"라는 좀 장난스러운 경구도 있다. 자, 얼른 서둘러 가자. 『리처드 페버럴의 시련』에서 인용을 시작하는 자는 길을 잃기 때문이다.

보다시피 그의 곁에는 훌륭한 형제들이 나란히 있다. 이탈리아인이 주인공인 『산드라 벨로니』와 『비토리아』*가 그것이다. 또 로버트 루이스 스티븐슨이 대단히 열광한 『로다 플레밍』도 있다.

시대착오적인 정치 문제를 다룬 정치소설 『뷰챔프의 생애』도 있다. 위대한 작가는 일시적인 주제에 자신을 소모하지 않는다. 그것은 마치 한때 유행하는 드레스로 채색된 미인과도 같다. 그녀는 액자와 마찬가지로 한물가기 쉽다. 책꽂이에는 멋진 여성 『크로스웨이즈의 다이애나』도 있다. 『에고이스트』도 있는데 여기에는 인습적인 남성 이기주의자의 전형인 윌러비 패턴이 나오며, 『해리 리치몬드의 모험』의 첫 장은 내 생각에 가장 훌륭한 산문체 서사 중 하나다. 그 위대한 인물은 나이가 받쳐주었더라면 어떤 형태로든 작업을 했을 것이다. 법률을 공부한 그는 어쩌다 소설가가 되었다. 엘리자베스 1세 시대에 살았더라면 훌륭한 극작가였을 것이다. 앤 여왕 시대였다면 훌륭한 산문가였을 것이다. 그러나 그가 작업했던 표현수단이 무엇이었든 간에, 그는 틀림없이 위대한 사람과 위대한 정신에 대한 상을 똑같이 투사했을 것이다.

---

*1864년 메러디스는 『영국의 에밀리아』를 출간한 뒤, 1886년 제목을 『산드라 벨로니』로 바꿔 다시 출간했다. 한편 속편인 『비토리아』도 등장하는데 처음에는 「격주비평」지에(1866년) 실렸다가 1867년에 단행본으로 출간했다. 메러디스는 처음부터 두 소설을 하나의 프로젝트로 계획했다.

8장

    우리는 18세기 소설가들인 필딩, 리처드슨, 스몰렛의 견실함과 대담함, 진실함, 그리고 또 외설적인 기질까지도 모두 무사히 두고 떠나왔다. 여러분도 눈치챘다시피 그들은 우리를 여기 책꽂이 끝까지 데려왔다. 뭐, 싫증 나지 않는다고? 또 다른 작가들을 만날 준비가 되었다고? 그렇다면 얼른 다음 줄을 보자. 여러분을 흥미롭게 해줄 몇 가지를 말하겠다. 비록 신이 주신 가장 좋은 선물 가운데 하나인 책을 소중히 여기는 마음이 없이 태어났다면 지루하고도 남을 테지만 말이다. 책을 소중히 여기는 마음이 부족하다는 것은 귀머거리에게 악기를 연주하는 것이나 색맹이 왕립미술원을 거니는 것이나 매한가지이며, 불행히도 책에 대한 감각을 갖지 못한 사람에게 호소하는 것이나 마찬가지이다.

    저 구석에 갈색의 낡은 책이 있다. 어떻게 그곳에 있게 되었는지는 짐작할 수도 없다. 에든버러에서 떨이로 판매하는 가판대에서 3펜스를 주고 산 것 중 하나로, 그때 같이 산 비바람에 시달린 동무들은 저 뒤쪽 진열실에 있는데 이 한 권만 1등석 진열대에 떡하니 자리 잡고 있기 때문이다. 그러나 이 책은 한두 마디 거들만 하다. 꺼내서 한번 논해보자! 얼마나 거무스름한지, 얼마나 땅딸막한지 보라. 미늘 모양 가죽으로 장정되어 꼭 날아오는 탄알도 막아낼 것 같다. 면지를 펼치니 빛바랜 노란색 잉크로 "굴리엘미 화이트의 장서에서, 1672년"이라고 쓰여 있다. 윌리엄 화이트가 어떤 사람이었는지, 또 찰스 2세가 통치하는 시대에 그가 도대체 무엇을 했는지 궁금하다. 내 판단으로는 야무지고 각진 필체로 보아 17세기의 법률에 정통한 변호사인 것 같다. 발행연도는 1642년으로, 이른바 '순례의 조상들Pilgrim Fathers'인 청교도가 새로운 아메리카 땅에 정착하고 있던 바로 그 시기에 인쇄되었으며, 찰스 1세의 머리가 아직 어깨 위에 단단히 붙어있을 때*였다. 주변에서 벌어지고 있는 일들이 약간 어수선할 때가 틀림없긴 하지만 말이다. 그 책은 라틴어로 쓰여 있으며, 키케로**는 인정하지 않을지라도, 전투의 법칙을 다루고 있다.

나는 좀 박식한 체하는 두갈드 달게티***가 들소가죽으로 만

---

*찰스 1세는 1625년 제임스 1세 사후 스튜어트 왕가의 두 번째 왕으로 즉위했다. 그는 신앙심이 깊었지만 왕권신수설을 고수한 전제적인 통치 방식 때문에 의회와 마찰을 빚었고, 의회와의 정치적 갈등이 심화되어 국가 분열의 내전 상황을 초래했다. 결국 1649년 단두대에서 처형당했다.

**Marcus Tullius Cicero(106~43 B.C.). 고대 로마의 정치가, 철학자.

든 군복 속이나 권총집 밑에 그 책을 품고 있다가 새로운 비상사태가 발생할 때마다 참조하려고 뒤적이는 모습을 그려본다. "여어! 여기 우물이 있군!" 그가 말한다. "독을 타면 되지 않을까?" 그는 책을 꺼내 지저분한 집게손가락으로 색인을 넘긴다. "쯧쯧, 그건 안 되겠군. 그런데 여기 헛간에 적들이 있으면? 그럴 땐 어떡하지?" 그리고는 또 라틴어 색인을 넘긴다. "그래, 그럼 되겠군. 앰브로즈, 얼른 지푸라기와 부싯깃 통을 들어 올려." 틸리가 마그데부르크를 함락시키고, 술통을 쥐고 있던 크롬웰의 손이 검을 뽑아 들었을 때 전투는 식은 죽 먹기처럼 쉬운 일이 아니었다. 병사들이 무자비해지고 격분했을 때는 장기간의 군사 작전을 펼치는 것이 훨씬 더 안 좋을 수도 있다. 이러한 법칙들 중 많은 것들이 여전히 유효하며, 고도로 훈련된 영국 군대가 바다호스와 로드리고에서 자신들의 권리를 지독하게 주장한 지 1세기도 채 되지 않았다. 최근의 유럽 전쟁은 아주 짧아져서 규율과 인간성이 허물어질 만한 시간이 없지만, 장기간의 전쟁은 사람은 예나 지금이나 늘 똑같으며 문명은 가장 얄팍한 겉치장이라는 사실을 보여준다.

책꽂이를 거의 가로지르다시피 일렬로 늘어선 책들이 한눈에 보이는가? 나는 저 책들이 상당히 자랑스럽다. 나폴레옹 1세 시대 군인들의 회고록 모음집이기 때문이다. 문맹인 대부호가 도매상

***Dugald Dalgetty. 월터 스콧이 쓴 『몬트로즈의 전설』의 주인공. 17세기 군인이었던 제임스 터너와 로버트 몬로의 실화를 바탕으로 하고 있다.

에게 나폴레옹의 생애를 다룬 책이라면 어떤 언어라도 상관없이 모든 책을 주문했다는 이야기를 들은 적이 있다. 그는 서재의 책장 하나를 채울 거라고 생각했다. 그러나 얼마 지나지 않아 그는 깜짝 놀랐다. 몇 주도 안 돼 도매상으로부터 4만 권의 책을 입수했으며, 1회분을 먼저 보내야 할지 아니면 다 모으길 기다렸다 보내야 할지 지시를 기다리고 있다는 전갈을 받았기 때문이다. 수는 정확하지 않을 수도 있지만, 그들은 적어도 그 주제를 망라하는 게 불가능할 정도로 집에 가져왔다. 수년 동안 거대한 독서의 미로 속에서 자기 자신을 잃을 위험에 처할 지경이었다. 이는 여러분의 마음속에 뚜렷한 인상을 조금도 남기지 않으면서 끝날지도 모른다. 그러나 내가 그랬듯 누군가는 저 구석을 차지하고 있는 군인들의 회고록에서 어떤 궁극의 것을 얻을 수 있을지도 모른다.

이쪽 끝에 마르보*가 있다. 세상의 모든 군인 서적 중에서 『마르보 장군의 회고록』은 최고다. 세 권짜리 프랑스 판형으로 붉은색과 금색의 표지가 꼭 저자처럼 맵시 있고 당당하다. 권두 삽화 한쪽에는 그가 애용하는 추격병 복장의 대위로서 쾌활하고 동글동글한 사내아이 같은 얼굴이 그려져 있다. 그리고 여기 다른 한쪽에는 머리가 반백이 된 늙은 불도그 같은 육군 대장이 변함없

*Jean Baptiste Antoine Marcellin Marbot(1782~1854). 『마르보 장군의 회고록』을 말한다. 마르보는 업적보다는 저술로서 크게 유명했고, 나폴레옹도 세인트헬레나에서 그의 책을 보고 "최근 읽은 책 중에서 최고"라고 했다. 마르보의 회고록은 나폴레옹 자신의 회고록보다도 오히려 나폴레옹과 관련된 최고의 회고록 중 하나로 꼽힌다.

이 투지만만한 얼굴을 하고 있다. 어떤 사람이 마르보 회고록의 진정성에 의문을 제기하기 시작했을 때 나는 참으로 충격을 받았다.* 호머라도 가죽옷을 입은 유랑시인들 무리 속으로 사라졌을 것이다. 셰익스피어조차도 언변 좋은 베이컨 철학 신봉자들에 의해 영광스러운 왕좌에서 떠밀렸을 것이다. 그러나 마르보는 얼마나 인간적이고 용맹하며 독보적인가! 그의 책은 우리에게 나폴레옹 1세 시대 병사들에 관해 단연 최고의 묘사를 해주었으며, 나에게는 그들의 위대한 지도자보다도 병사들이 훨씬 더 흥미로웠다. 비록 그 지도자가 역사상 단연 뛰어난 인물일지라도 말이다. 병사들은 깃털 장식이 달린 커다란 군모를 쓰고 털투성이의 배낭**을 멘 채 불굴의 정신으로 무장하고 있었다. 진정 위대한 병사들이었다! 잠시 멈출 틈도 없이 23년간 계속해서 자식들의 피를 쏟아부을 수 있는 이 프랑스라는 나라의 잠재력은 얼마나 대단한가!

프랑스 혁명이 병사들의 가슴에 남긴 들끓는 흥분을 가라앉히는 데에는 그만큼의 시간이 걸렸다. 게다가 그들은 지치지도 않았다. 최후의 전투가 프랑스가 싸운 모든 전투 중에서 가장 뛰어

---

*『마르보 장군의 회고록』에는 1809년 5월 7일부터 8일까지 보트를 타고 다뉴브강을 건너가서 오스트리아군에게 잡혔던 포로들을 구출했다고 쓰여 있다. 그러나 이 기록은 거짓임이 판명되었다. 오스트리아 군대의 행군일지에는 그때 마르보가 말한 지점에 있지 않았으며, 다뉴브강이 붙은 것은 5월이 아니었다. 또한 마르보 자신이 서명한 승진 신청서에도 이 포로를 구출한 공적이 없으며, 이 외에도 몇 가지가 사실이 아님이 확인되었다.

**당시 프랑스 병사들의 배낭은 털을 깎지 않은 염소가죽으로 만들었다.

났기 때문이었다. 우리가 워털루전투에서 싸운 보병대를 자랑스럽게 여기듯, 푸르른 월계관이 놓여 있던 위대한 서사는 바로 프랑스 기병대였다. 그들은 우리의 기병대를 제압했으며, 거듭해서 우리의 총포를 탈취했고, 전쟁터에서 우리 동맹국들 대부분을 일소해버렸으며, 결국에는 손상도 입지 않고 변함없이 투지만만하게 말을 몰고 가 버렸다. 그로노*의 『회고록』을 읽어보시라. 저기 약간 노란색의 격의 없는 어조로 쓰여진 그 책은 그 어떤 허세 부리는 작품보다 더욱 생생하게 우리를 그 시대로 되돌아가게 한다. 그 책에서 여러분은 우리의 장교들이 프랑스 기병들의 탁월한 공적에 표하는 정중한 찬사를 발견하게 될 것이다.

역사를 돌이켜볼 때, 우리는 언제나 좋은 동맹국도 아니었으며, 전쟁터에서 너그러운 동맹군도 아니었다는 사실을 인정해야 한다. 우선 정치의 잘못이다. 한 당은 다른 당이 맺어 놓은 조약을 깨부수는 것을 반색한다. 피트**와 카슬레이*** 하에서의 토리당이나 앤 여왕 시대의 휘그당에서처럼 조약의 입안자들은 충분

---

*Rees Howell Gronow(1794~1865). 웨일스의 근위 보병 제1연대 장교로 후에 군대 지휘관으로 있을 때의 회고록을 써 저술가로 더욱 유명했다.
**William Pitt(1759~1806). 토리당, 즉 영국보수당의 당수로서 1783년 24세의 나이에 영국의 수상이 되었다. 반나폴레옹주의자였다.
***Viscount Castlereagh(1769~1822). 영국의 정치가로 아일랜드와 인도 총독, 육군장관 등을 역임하며 아일랜드 통합문제 등 중책을 맡아 수행하였다. 그 후, 리버풀 내각의 외무장관 겸 하원의장이 되어 나폴레옹에 대항하는 대동맹을 이끄는 등 많은 활약을 하였다.

히 믿음직하지만 조만간 나머지 사람들이 가담한다. 말버러전쟁*
이 끝날 무렵, 우리나라는 갑작스럽게 평화로운 척 날조하고는 국
내 정세가 변했다는 이유로 동맹국들을 저버렸다. 우리는 프리드
리히 대왕 때도 똑같은 짓을 했으며, 폭스**가 나라를 장악했더
라면 나폴레옹 1세 시절에도 똑같은 짓을 했을 것이다. 전쟁터에
서의 우리의 동맹군들에 관해 말해볼까. 우리는 워털루전투에서
프로이센군의 탄복할만한 충실함에 대해 진심 어린 말을 한 적
이 거의 없다. 균형 잡힌 시각을 얻고 당시 그들이 담당했던 역할
을 이해하려면 프랑스인인 우세***를 읽어야 한다. 일흔 살 난 노
령의 블뤼허****는 전전날 기병연대가 습격하는 통에 낙마로 부
상을 입었으면서도 자신의 말에 동여맬 수 있다면 웰링턴*****과
합류하겠다는 맹세를 했다. 그는 당당하게 약속을 이행했다.******

*18세기 초 스페인의 왕위계승 전쟁(1701~1714)을 말한다. 영국에서 말버러 장군
등을 파견해 네덜란드 등에서 프랑스의 부르봉 왕조에 맞섰다. 이때 공을 세운 전
쟁영웅 존 처칠 말버러 1대 공작이 윈스턴 처칠의 조상이다.
**Charles James Fox(1749~1806). 영국의 정치가. 휘그 내각의 외무장관을 맡았었으
며, 프랑스혁명을 지지하는 한편, 대프랑스전쟁을 반대하였다.
***Arsène Houssaye(1815~1896). 프랑스의 시인, 소설가.
****Gebhard Leberecht von Blücher(1742~1819). 프로이센의 육군 원수로 1815년
워털루에서 나폴레옹과 싸웠다.
*****Arthur Wellesley Wellington(1769~1852). 영국의 군인, 정치가. 포르투갈 원정군
사령관이 되어 나폴레옹 군을 이베리아반도에서 몰아내었고 워털루에서 대전하였다.
******1815년 6월 나폴레옹은 워털루에서 영국의 명장 웰링턴과 프로이센의 명
장 블뤼허가 이끄는 동맹군에게 최후의 패배를 당했다. 나폴레옹과 같은 나이였던
웰링턴은 나폴레옹과의 마지막 전투에서 승리함으로써 명성을 떨쳤고, 영국인들
은 그 사실을 대단한 자랑거리로 내세웠다.

워털루에서 잃은 프로이센군 수는 우리 병사들 수와 얼추 비슷하다. 우리나라 역사가들의 책을 읽으면 그러한 사실에 대해 알지 못한다. 거기다 벨기에 동맹군들에 대한 학대는 도를 지나쳤다. 그들 중 일부는 장렬하게 싸웠으며, 한 보병 여단은 전세가 뒤바뀌는 아슬아슬한 순간에 크게 한몫을 했다. 이 또한 영국의 자료에서는 알 수 없는 것이다. 또한 포르투갈 동맹군들은 어떠했는가! 그들은 뛰어난 대규모 병력을 양성했으며, 웰링턴의 간절한 소망 중 하나는 워털루전투에 그들 중 1만 병력을 투입하는 것이었다. 바다호스의 성벽을 처음으로 오른 것은 한 포르투갈 병사였다. 그들은 합당한 공로를 인정받은 받은 적이 한 번도 없었으며, 이는 스페인군도 마찬가지였다. 그들은 비록 종종 패배하긴 했지만 싸움터에서 아무도 당해낼 수 없는 불굴의 의지로 대단히 큰 역할을 하였다. 그렇다, 나는 우리가 아주 우호적인 동맹군이라 생각하지 않는다. 하지만 우리나라의 전 역사도 비슷한 혐의를 면치 못할 거라 생각한다.

　　마르보가 쓴 세부사항은 가끔은 약간 믿기 어렵다는 사실을 고백해야겠다. 레버*의 글을 보면, 그가 구사일생으로 탈출했다든가 물불 가리지 않고 달려들어 위업을 이루었다든가 하는 이야기들이 전혀 없다. 때때로 조금씩 과장한 게 틀림없다. 아마 아일라

---

*Charles James Lever(1806~1872). 아일랜드 출신의 편집자, 작가. 나폴레옹 이후의 아일랜드와 유럽을 무대로 악한을 소재로 한 전쟁영웅을 생생하게 그려냈다.

우전투*였던 것 같은데, 여러분은 아일라우에서 그가 목숨을 걸고 싸운 모험담을 기억할 것이다. 그 과정에서 어떻게 포탄이 그의 군모 꼭대기를 뚫고 척추에 충격이 가해지면서 손가락 하나 까딱할 수 없을 정도로 일시적으로 마비되었는지 말이다. 또 러시아 장교가 그를 죽이려고 앞으로 돌진하고 있을 때 어떻게 그의 군마가 장교의 얼굴을 거의 물어뜯다시피 했는지도 기억할 것이다. 사납기로 유명한 그 말에게 물리면 거의 목숨을 잃은 거나 다름없었기에 평소에 자신을 물려고 할 때 입에 삶은 양고기 다리를 밀어 넣어 난폭한 버릇을 이미 고친 말이었다. 이러한 일들을 납득하기 위해서는 확실히 굳건한 믿음이 필요하다. 다 좋다 치자. 하지만 그렇더라도, 나폴레옹 1세 때의 장교가 견뎌냈어야 할 수 백건의 전투와 접전을 생각해보면, 검은 수염이 갓 돋아나기 시작할 무렵부터 머리털이 희끗희끗하기 시작할 때까지인데, 과연 어떻게 부단하게 일상생활을 영위할 수 있었을까? 그렇듯 전례 없는 이력을 두고 뭐는 가능하고 뭐는 불가능했을 거라고 이러쿵저러쿵 말하는 것은 주제넘은 일이다. 어쨌든, 사실이든 허구든—내 생각에 역사적으로 중요한 사건에 예술가의 손길이 덧

---

*쾨니히스베르크(지금의 러시아 칼리닌그라드)에서 남쪽으로 37km 떨어진 도시 아일라우에서 벌인 격전을 말한다. 나폴레옹은 러시아군의 기습적인 겨울 공세로 인해 7만 4,000명을 이끌고 맞섰고 러시아-프로이센 동맹군은 레온티 레온티예비치 베니히센 장군이 7만 6,000명을 이끌고 맞섰다. 나폴레옹의 군대는 막대한 피해를 입었으며, 이 전투에서 프랑스군은 러시아군의 겨울 공세까지 받았다.

입혀진 것은 사실인 것 같다—맹장 마르보의 회고록보다 내 책장을 차지할 정도로 좋은 책은 거의 없다.

나는 이 특별한 책이 최고라서 이토록 장황하게 이야기하는 것이다. 그러나 죽 늘어선 모든 책들 중에 흥미가 넘치지 않는 책은 한 권도 없다. 마르보는 여러분에게 장교의 관점을 제공한다. 각자 병과가 다르긴 했지만 드 세귀De Segur, 드 페장삭De Fezensac, 곤빌Gonville 대령도 마찬가지다. 그러나 사병으로 복무한 사람의 펜 끝에서 나온 어떤 글들은 장교들의 글보다 훨씬 더 생생하다. 예를 들면, 코니에Cogniet의 훌륭한 기록과 같은 것이 그렇다. 그는 왕실 근위대 보병이었는데 전투가 끝날 때까지 읽을 줄도 쓸줄도 몰랐다. 부르고뉴Bourgogne 하사 또한 러시아에서 치른 끔찍한 악몽 같은 전투에 관해 썼으며, 보병대 나팔수인 용맹한 쉐빌레Chevillet는 자신이 본 것을 모두 있는 그대로 이야기했다. 그에 의하면 매일 일어나는 "전투"는 간소한 아침밥과 저녁 끼니를 찾아다니는 하루의 일과 사이에 끼어있었다. 이렇듯 전투에 참여한 병사들의 기록보다 더 잘 쓴 글도, 더 쉽게 읽히는 글도 없다.

영국인이라면 이 병사들이 어떤 사람들이었는지를 깨달으면 자문하지 않을 수 없다. 만약 코니에와 부르고뉴와 같은 15만 명의 병사들, 또 그들을 이끄는 마르보와 같은 장교들, 또 역대 최고의 명장이 전열이 불타오를 때 진두에 서서 켄트*에 상륙했었다면 어떻게 되었을까? 몇 달 동안 일촉즉발의 상황이었다. 군함이 단 한 척이라도 영국해협을 떠났더라면 분명 불로뉴**에서의 승선으로 이어졌을 것이다. 불로뉴는 출발하기 두 시간 전에 마지막 말이 탑승할 수 있는 아주 좋은 지점이 되도록 부단한 연습을 한 곳이었다. 저녁에는 얼마든지 전 부대원들을 페븐시 평원*에서 볼 수 있었을지도 모른다. 그다음에는 어떻게 될까? 우리는 윙베르가 아일랜드에서 소수의 병력으로 한 일***을 알고 있기에 이 이야기는 불안감을 더한다. 물론 정복은 상상도 할 수 없는 것이다. 무장한 세상은 그렇게 정복할 수 없다. 그러나 나폴레옹은 영국을 정복한다는 것을 생각해 본 적이 없었다. 그는 분명히 그것을 부인해왔다. 그가 숙고한 것은 향후 몇 년간 영국에 크나큰 피해를 입힐 수 있는 방대한 침공이었다. 그렇게 한다면 영국은

*잉글랜드 남동부의 주. 지리적 조건 때문에 역사적으로 중요한 역할을 하였다. 기원전 1세기 이후에는 로마인의 침략 거점이 되었으며, 6세기 말에는 성 아우구스티누스가 상륙하여 그리스도교를 전도하였다. 켄트 왕국의 수도인 캔터베리가 후일 잉글랜드의 종교적 중심이 된 전통은 이때 기인한다. 근세부터는 유럽 대륙과의 교전이 있을 때마다 영국군의 진공 기점이 되었다.
**프랑스 북부의 항구 도시. 1805년에 나폴레옹이 이곳을 통해 영국에 프랑스군을 상륙시키려 하였다.
***1789년 8월 27일 윙베르가 지휘하는 아일랜드-프랑스 연합군은 포격으로 인한 피해에도 불구하고 브리튼군을 상대로 승리를 거두었다. 1천 명이 안 되는 의용군들이 거둔 값진 승리였다. 8월 31일 윙베르는 독립선언문을 낭독하고 코너트 공화국을 공식적으로 선언하였다. 그러나 9월 8일 발리나뮈 전투에서 브리튼군은 아일랜드-프랑스 연합군을 상대로 결정적으로 승리했다. 아일랜드군은 패주했으며 살아남은 일부 프랑스군은 브리튼군에 투항해 버렸다. 9월 23일 코너트 공화국은 최후의 결전을 벌인 뒤 멸망하고 만다.

대륙정벌 계획에 힘을 쓰는 대신 국내에서 몇 년간 입은 피해를 수습하는 데 총력을 기울일 것이기 때문이다.

포츠머스, 플리머스, 시어네스*가 화염에 휩싸이고, 런던은 완전히 파괴되거나 혹은 배상금을 치르는 것, 그것이 더욱 실현 가능성이 높은 계획이었다. 그런 다음, 정복된 유럽의 연합함대와 함께 배후에서 영국의 배상금을 부풀려 어마어마한 병력과 무궁무진한 국고를 가지고 아메리카 정복에 나서면 프랑스의 옛 식민지들을 되찾고 세계의 주인으로 남을 수 있을 터였다. 만약 최악의 사태가 발생해서 사우스 다운즈**에서 워털루와 같은 전투를 맞닥뜨린다면, 그는 이집트에서 했던 것을 다시 하고 러시아에서 또다시 했던 것을 했을 것이다. 즉, 신속하게 배를 타고 서둘러 프랑스로 돌아가는 것이었다. 그는 여전히 대륙에서 자신의 위치를 고수할 정도의 충분한 힘을 가지고 있었다. 15만 명이 최대였다. 그들을 가지고 내기를 거는 것은 커다란 도박이 틀림없었지만, 만약 잃어도 다시 게임을 할 수 있을 터였다. 한편 그가 이긴다면 판돈을 싹쓸이할 수 있을 터였다. 멋진 게임이었다. 하찮은 넬슨이 멈추게 하지만 않았더라도, 그리고 한 번의 타격으로 나폴레옹의 권능의 한계를 해안가에 국한시키지만 않았더라도 말이다.

*포츠머스는 잉글랜드 남부의 군항이고, 플리머스는 남서부의 군항, 시어네스는 동남부 템스강 어귀에 있는 항구 도시이다.
**잉글랜드 남동부에서 동서로 뻗은 초지성 구릉지.

저 장식장 꼭대기에 있는 메달은 여러분에게 어떤 의미인지를 뼈저리게 느끼게 할 것이다. 나폴레옹이 런던에 도착한 날 발행하기로 예정된 금형으로 박아낸 훈장이다.* 어쨌든 그것은 그의 대규모 소집 명령이 허세가 아니라 진지하게 직무를 수행했다는 것을 뜻한다. 한쪽 면에는 그의 얼굴이 있다. 다른 쪽 면에는 프랑스가 불충한 앨비언**을 상징하는 물고기 꼬리가 달린 기이한 사람을 옥죄며 땅으로 내동댕이치고 있다. 한쪽 면에는 "런던 타격", 또 다른 쪽 면에는 "영국 침공"이라는 글자가 박혀 있다. 정벌을 기념하기 위한 타격은 이제 실패작의 기념품으로 남아 있다. 그러나 간신히 살아남은 아슬아슬한 상황이었다.

그나저나 나폴레옹이 이집트에서 도주한 이야기를 다룬 독특한 작은 책을 본 적이 있는가? 내 기억이 맞다면 『가로챈 편지』라는 제목이었을 것이다. 아니, 내 책장에는 없다. 친구가 나보다 운이 더 좋다. 그 책은 18세기 말 영국과 프랑스 두 나라 사이에 존재했던, 아주 사소한 사적 짜증으로까지 전락한 믿을 수 없을 정도의 놀라운 증오심을 보여준다. 이 시기에 영국 정부는 이집트에서 프랑스 장교들이 고국의 친구들에게 보내는 행낭을 가로챘으며, 그 편지들을 출간하거나 적어도 출간되는 것을 허용했다. 의심할 여지 없이, 국내에 분규를 초래하기 바라서였다. 이보다 더 비열한

---

*1804년 성공적인 영국 침공을 기념하기 위하여 만든 메달.
**Albion. 영국이나 잉글랜드를 가리키는 엣 이름.

짓이 있었던가? 하지만 그러한 보복을 이끌어 내기 위해 또 다른 해를 가했었는지 과연 누가 알겠는가? 나는 드 벳 장군*이 떠난 곳에서 훼손되고 불태워진 영국의 우편물을 내 눈으로 직접 보았다. 그러나 그가 일부러 우편물을 출간하게끔 정교하게 복수를 꾀한 것이라고 생각하면, 얼마나 청천벽력과도 같은 일이었는가!

프랑스 장교들에 관한 편지들을 읽노라니 한 세기가 지났어도 당시 한 짓에 대한 죄책감이 느껴진다. 하지만 대체로 그들은 작가들에게 자랑거리이며 고매하고 정중한 사람들이라는 인상을 준다. 그들이 모두 맞는 사람들 앞으로 보냈는지 그리고 그 안에 가장 반영국적인 독 묻힌 바늘이 있는지 여부는 또 다른 문제이다. 또 다른 측면에서 행해진 가공할만한 일들을 보자. 여러분은 1803년 전쟁이 재개되었을 때 마침 프랑스에 머물고 있던 불쌍한 영국인 관광객들과 사업가들이 모두 체포되었던 일을 기억할 것이다. 그들은 프랑스에 잠시 바람을 쐬러 가도 좋겠다는 전적인 신뢰와 자신감을 갖고 있었다. 나폴레옹은 그들을 단단히 억류시켰고, 1814년에 와서야 가족의 품으로 다시 돌아갈 수 있었다. 그는 강철 같은 의지와 금강석처럼 단단한 심장을 갖고 있었던 게 틀림없다. 그가 해군 포로들에게 한 행동을 보라. 그들을

*남아프리카에서 보어군 지휘관으로 있으면서 앙골로-보어전쟁에서 게릴라전술을 이용한 탁월한 전투능력을 보였다. 아서 코난 도일은 1900년 4월 2일 보어전쟁에 참여하기 위해 남아프리카 공화국 블룸폰테인에 도착, 7월 6일까지 있었다.

교환하는 게 자연스러운 과정이었을 것이다. 그런데 어떤 이유에 선지 교환하는 게 좋은 정책이라고 생각하지 않았다. 고위급 장교들의 경우만 빼고 영국 정부의 항의는 모두 무시되었다. 그리하여 그들은 잉글랜드에서 감옥선과 끔찍한 막사 교도소에서 비참한 상태로 있었다. 베르됭*에 있던 불행한 선원들 또한 마찬가지였다. 자신들에게 그 모든 엄청난 불행을 가져온 장본인에게 단 한순간도 격렬하게 맞서지 않은 것을 보면 그 미천한 프랑스인들은 충성심이 대단했던 게 틀림없다. 보로는 『라벵그로』에서 감옥에 대해 생생하고도 통절한 묘사를 했다. 이 구절을 보라.

거대한 막사, 창문도 쇠창살도 없이, 출구도 아무것도 없는 벽, 비스듬히 기울어진 지붕, 타일이 제거된 구멍 틈으로 수십 명이 암울한 고개를 삐죽 내밀고, 드높이 솟은 하늘에 드넓게 펼쳐진 땅을 감옥에서 찌든 눈으로 즐기는 모습은 참으로 기이하다. 아! 막사 안은 몹시 비참했으며, 많은 이들이 그리운 프랑스를 향해 애절한 눈빛을 보냈다. 가련한 수감자들은 견뎌야 할 게 많았고, 하소연 할 것도 허다했으며, 잉글랜드의 수치라는 말도 자주 들어야 했다. 전반적으로 무척이나 친절하고 풍요로운 그 잉글랜드의 수치, 말이다. 무력하게 감금되었을 때 배급받는 썩은 고기와 빵을 때로는 사냥개들도 외면

*프랑스 북동부의 도시. 후에 제1차 세계 대전의 격전지다.

해버리는 것을 나는 보았다. 그것은 잔악한 적들조차도 부당하게 여기는 대접이었다. 아아! 슬프게도 그러한 것이 막사의 끼니였다. 그런 다음, "끄나풀 사냥"이라는 은어로 부르며 순찰이랍시고 무자비하게 들이닥쳐서는 수감자들이 어렵게 구한 몇 가지 생필품들과 편의도구들을 찾아내었다. 군복 차림의 대대는 감옥으로 행군하여 총검을 들이대며 초라한 편의도구마저 모두 엉망진창으로 부수어 못쓰게 만들곤 했다. 그런 뒤에는 그 보잘것없는 전리품들을 가지고 득의만면해서 퇴장했다. 그중에서도 최악은 끄나풀로 엮은 밀수품들에 빌어먹을 모닥불을 피운 채 그 높은 지붕에서 그 광경을 보고 눈동자를 번들거리며 병사들이 환호성을 지르는 가운데 소나기처럼 빈번하게 욕설을 퍼붓거나 프랑스어로 "황제 폐하 만세!"라는 소름 끼치는 함성을 질렀다는 것이다.

저기에 포로가 된 나폴레옹의 병사들에 관한 짤막한 글이 있다. 전쟁터에서 부상당했을 때 그의 참전 용사들이 간직한 태도를 잘 보여주는 또 다른 글이다. 바로 머서 지휘관의 워털루전투에 관한 회고록*이다. 머서는 45~180미터의 사정거리에서 프

*Alexander Cavalié Mercer(1783~1868). 영국군 포병 장교에서 지휘관까지 올라갔다. 사후인 1870년에 『워털루전투 일기』가 발간되었는데, 이 책은 워털루전투에 대한 역사적인 자료로서만이 아니라 19세기 초반의 벨기에와 프랑스인들, 또 그들의 풍경에 대한 상세한 기술로서도 중요하다.

랑스 기병대에 포격을 하며 시간을 보냈고, 그 과정에서 자신의 포병 3분의 2를 잃었다. 저녁에 그는 자신이 저지른 참혹한 소행을 살펴보러 나갔다.

우구몽에서 호기심을 채우고는 왔던 길을 되돌아 언덕을 올라가고 있을 때 한 무리의 부상당한 프랑스군들이 나의 시선을 사로잡았다. 그들 중 한 명이 나머지 병사들에게 차분하고 위엄이 넘치며 군인 같은 말투로 연설하고 있었다. 나는 나의 영웅을 위해 티투스 리비우스처럼 열변을 토할 수도 없고 또 당연히 정확한 말을 기억해 둘 수도 없지만, 말뜻인즉슨 꿋꿋하게 괴로움을 꾹 참고 견디라고 간곡히 촉구하는 것이었다. 여자들이나 어린아이들처럼 징징대지 말고 자신들이 영국군들에게 포위되어 있다는 사실을 기억하면서 모든 군인은 전쟁의 흥패를 견디기로 마음먹어야 하지만 무엇보다도 특히 그전에 군인다운 불굴의 용기가 없는 모습을 치욕스럽게 드러내는 일이 없도록 거듭거듭 조심해야 한다는 것이었다. 연사는 긴 창을 곁에 똑바로 꽂은 채 땅바닥에 앉아 있었다. 희끗희끗한 턱수염이 텁수룩한 노병으로 꼭 사자 같은 외모였다. 친위대 창기병으로 틀림없이 여러 전쟁터에서 싸웠으리라. 그는 말하면서 한 손은 공중에 흔들어 댔고, 손목이 절단된 다른 한 손은 땅을 짚고 있었다. 포탄 하나가 (아마 대포 산탄이었을 것이다) 몸을 관통했으며, 또 다른 포탄 하나는 다리를 부러뜨렸다. 심하게 훼손된 채 하룻밤을 노출해 있었던 터라 아마 어마어마하게 고통스러웠을 것이다. 그런데도 그는 고통을 드러내지 않고 있었다. 그의 인내심은 로마인의 인내심, 아니 아메리칸 인디언 전사의 인내심 같았으며, 나는 그가 멕시코 왕의 말을 인용해 이렇게 연설을 적절하게 마무리하는 모습을 상상할 수 있었다. "나도 같은 말을 하고 싶다네. '내가 장미꽃으로 장식된 침대에 있다고 생각하는가?'*"

한 남자가 짊어진 도덕적 책임감은 얼마나 대단한가! 그러나 그의 마음은 도덕적 책임감 따위는 의식하지 못했다. 도덕적 책임감이 없었더라면 겁내고 움츠렸을 게 확실하지만 말이다. 자, 나폴레옹이란 인물을 이해하고 싶은가. 그렇지만 그처럼 거창한 주제에 들어가기 전에 새로 시작해야 한다.

그러나 이 군인들의 회고록을 떠나기에 앞서, 내 조국의 명예를 위해 저 악명 높은 우편물 사건 이후에 나온 네이피어의 『반도전쟁사』**라는 여섯 권짜리 손때 묻은 책을 먼저 짚어보자. 이

---

*1520~1521년이라는 짧은 기간 동안 아즈텍족을 통치한 통치자이자 아즈텍 문명의 마지막 왕 쿠아우테모크가 했다는 유명한 말이다. 그는 1521년 8월 31일 에스파냐군에게 생포되어, 황금을 숨긴 곳을 대라며 두 다리를 불로 지지는 등의 고문을 당했지만 끝내 입을 열지 않았다. 혹독한 고문을 받는 동안 추장 중 한 명이 실토해버리라고 재촉하자 "내가 장미꽃으로 장식된 침대(편하고 안락한 상황)에 있다고 생각하는가?"라는 유명한 말을 남겼다.

책은 반도전쟁***에 관한 이야기이다. 네이피어 자신이 직접 참전해 싸운 이야기로 역사상 자신의 적이 이보다 더 정중하고 의협심 강하게 비춰진 적이 없다. 나는 참말로 네이피어가 너무 과하게 나간 것 같다는 생각이 든다. 그의 예찬이 자신에게 대항하는 용맹한 병사들뿐만 아니라 그들의 지도자의 궁극적인 목적과 인품으로까지 확장된 것처럼 보이기 때문이다. 그는 실제로 찰스 제임스 폭스의 정치적 추종자였으며, 병사들을 이끌고 가 적들과 맞서 필사적으로 싸우는 순간조차도 마음이 적에게 가 있었던 것 같다. 당시 그들의 행동에 대해 역사적으로 심판하자면, 자유에 대한 순수한 열망 속에서 정치적 투쟁에 의해 다소 격앙되면서 정작 진짜로 "자유의 수호자"가 되었을 때 그들은 자신의 조국에 등을 돌렸으며 가장 비타협적인 유형의 전제군주를 인정한 것은 지극히 어리석어 보인다.

그러나 네이피어의 정치적 견해는 마뜩잖아 보일지 몰라도, 군인으로서는 탁월했으며, 그가 쓴 산문은 내가 아는 최고 중 하나이다. 그의 글에는 바다호스의 견고한 성벽을 어떻게 돌파했는

**William Francis Napier(1785~1860)가 쓴 회고록. 무어 장군이 이끄는 첫 반도 원정에서 복무하다 코루나 퇴각전 때 건강을 심하게 해쳐 그 때문에 평생 고생하게 되는데도 반도전쟁의 거의 모든 주요 전투에 참전하였다. 16년간『반도전쟁사』집필에 몰두한 뒤, 1828년 제1권을 필두로 1840년에 제6권을 완성하였다.
***1808~1814년 나폴레옹의 이베리아반도 침략에 저항하여 에스파냐·영국·포르투갈 동맹군이 벌인 전쟁. 이 전쟁은 나폴레옹의 군사지배 체제에 금이 가기 시작한 직접적인 원인이 되었다.

지에 대한 묘사, 알부에라에서 보병연대의 습격, 또 푸엔테스 데 오뇨로에서 프랑스군의 진군에 관한 구절들이 있는데, 이는 한번 읽으면 영원히 마음을 사로잡는다. 이 책은 훌륭한 국가적 서사로도 기념비적인 가치가 있다. 그렇지만 아아, 슬프게도 책은 이런 함축성 있는 문장으로 끝을 맺는다. "그렇게 전쟁은 끝났고, 그와 더불어 노병들의 복무에 대한 기억도 모두 끝났다." 이와 똑같이 끝맺지 않았을 수도 있는 대영제국의 전쟁이 있었던가?

앞서 머서의 책에서 가져온 인용문은 나의 생각을 그 시기 영국군의 회고록 쪽으로 향하게 한다. 영국군의 회고록은 생각보다 적고, 별로 다양하지도 않으며, 프랑스군의 회고록보다 주요하지도 않지만, 그래도 역시 온갖 흥밋거리와 인물들로 가득 차 있다. 내가 대형 도서관에서 돌아다니며 30분 정도 표지를 뒤적거리며 주저하다가 끄집어낸 것은 보통 군인 회고록이었다. 사람은 극히 진지할 때만큼 관심을 기울일 때도 없으며, 목숨이 경각에 달려 있을 때만큼 진지할 때도 없다.

그러나 모든 유형의 군인 중에서 최고는 자신의 임무에 열중하면서도 그 임무를 균형잡힌 시각으로 볼 수 있으며 인류의 한층 고결한 염원에 공감할 수 있는 일반적인 교양을 갖추고 있는 자이다. 머서가 바로 그와 같은 사람이다. 그는 냉철한 전사로 포탄이 발 사이에서 슉슉 소리를 내고 있을 때도 꿈쩍도 하지 않는

군율과 예법을 갖추고 있으면서도 사려 깊고 이성적인 기질을 갖고 있었고, 아이들과 꽃, 홀로 사색하는 것에 푹 빠지는 사람이었다. 그는 포대 지휘관의 관점에서 본 전쟁서에 관한 영원한 고전을 썼다. 웰링턴의 다른 여러 부하들도 사적인 회고담을 썼다. 저기 책장에 꽂혀 있어 여러분도 접할 수 있는데, 피체트 박사*가 머서와 "스코틀랜드 산악지방 사람" 안톤, "소총수" 해리스, "소총 여단"의 킨케이드의 전쟁담을 대단히 훌륭하게 편집한 『웰링턴의 부하들―반도전쟁을 겪은 네 부하가 전한다』란 재미있는 책이다. 이 책은 비국교도인 호주 출신 성직자를 그 늙은 영웅들에게 열렬히 공감하는 열성적인 재구성자로 만든 참으로 특이한 운명이었지만, 50년이 넘는 역사적 기간 동안 50개로 흩어진 땅을 여전히 애통해하거나 혹은 여전히 기뻐하는 영국 민족의 통합에 대한 고귀한 본보기이다.

이 지나치게 길고 두서없이 산만한 잡담을 마치기 전에 딱 한마디만 더 하겠다. 저기 책장 측면에 있는 한 쌍의 붉은색 책에 관한 것이다. 맥스웰**의 『웰링턴 공작의 생애』로 나는 여러분이 저 책보다 더 낫거나 더 읽기 쉬운 책을 찾을 수 있을 거라 생각하지

---

*W. H. Fitchett(1841~1928). 호주 출신의 목사이자 교육자, 작가로 「스펙테이터」지에 칼럼을 썼다. 여러 소설과 논픽션을 썼으며 그중 1909년에 쓴 『영국은 어떻게 유럽을 구했는가』가 유명하다.
**William Hamilton Maxwell(1792~1850). 아일랜드 출신의 소설가. 영국군에 입대하여 반도전쟁과 워털루전투에 참가하였다.

않는다. 독자는 직속 부하들이 명장을 향해 느꼈던 점, 즉 애정보다는 존경심을 느낄 수 있을 것이다. 애정 어린 감정에 이르지 못하는 이유는 그게 바로 절대 웰링턴이 청하거나 바라지 않는 것임을 알기 때문이다. "빌어먹을 멍청이처럼 굴지 마시오!" 이것이 그에게 찬사를 보낸 선량한 시민에게 그가 한 고언이었다. 그것은 기이하고도 냉담한 본성이었고, 퉁명하게 선을 그어버리는 것이었다. 열성적인 사냥꾼이었던 웰링턴은 자신의 사냥개들을 사랑하는 법은 배웠지만, 자신의 도구였던 병사들에게는 애정이라곤 조금도 없이 상당한 경멸심을 드러내었다. "그들은 지상의 인간쓰레기다. 영국군 병사들은 죄다 술을 퍼마시려고 입대한 놈들이다. 모조리 술을 퍼마시려고 입대한 놈들이라는 것, 그것이 명백한 사실이다"라고 웰링턴은 말했다. 그가 내리는 일반명령은 부당한 질책투성이였으며 부대가 정말로 공적을 세웠을 때도 아낌없는 칭찬을 하는 일이 좀처럼 드물었다. 전쟁이 끝나자 그는 공식적인 자격으로 만나는 것 외에는 옛 전우들을 거의 만나지 않았다. 그럼에도 불구하고 소장에서부터 군악대 고수에 이르기까지 한 번 더 복무해야 한다면 모두들 그의 부하로 차출되고 싶다고 했다. 그들 중 한 명은 이렇게 말했다. "전쟁터에서 그분의 매부리코를 보는 것은 만 명의 병사를 보는 가치가 있었다." 그들은 강인한 유형이었으며, 프랑스군을 대패시키는 한 좀더 부드러운 말투라든가 예의 따위는 별로 신경 쓰지 않았다.

교전 시 이해력이 빨랐고 기민했던 그의 정신은 유독 민간 업무에서는 한계가 있었다. 정치가로서 그는 의무, 자기희생, 사리사욕 없는 고결한 인품의 소유자로 끊임없이 헌신한 본보기여서 그에게는 나랏일을 하는 게 더욱 맞았다. 그러나 그는 가톨릭교도 해방령*, 선거법 개정 법안, 또 현재 우리들의 삶의 근간이 되는 모든 법안에 격렬하게 반대했다. 그는 피라미드가 꼭대기가 아니라 바닥에 기초한다는 사실을 결코 깨달을 수 없었으며, 더욱 큰 피라미드일 경우 바닥이 더욱 폭넓어야 한다는 사실도 결코 알 수 없었다. 군대 업무에 있어서도 그는 모든 변화를 싫어했다. 그가 최고의 권위를 가졌던 기간 내내 주도적으로 개선안을 만들었다는 이야기를 들어본 적이 없다. 그는 사람의 정신과 자존감을 망가뜨리는 태형笞刑, 움직임을 방해하는 폭이 넓은 가죽 깃과 같은 온갖 낡은 인습적인 체제를 옹호했다. 다른 한편, 그는 머스킷 장총에서 부싯돌로 점화하는 방식과는 대조적인 격발 장치가 있는 소총 도입을 강력히 반대했다. 전쟁이든 정치든 그는 앞날을 올바르게 판단하지 못했다.

그럼에도 불구하고 그의 편지들과 공문서들을 읽다 보면 우리는 때때로 그의 예리한 생각과 활기찬 표현에 놀라게 된다. 병

---

*1829년 신교도와 동일한 정치상의 권리를 부여한 법률.

사들이 가끔 그가 포위하고 있던 어떤 마을로 탈영하는 것을 묘사한 구절이 있다.

그들은 반드시 잡힌다는 것을 알고 있다. 조만간 우리의 피 묻은 손이 반드시 그곳을 손에 넣을 것이기 때문이다. 그러나 그들은 건조한 날씨와 악천후를 피하는 것을 좋아했으며, 그렇기에 날씨에서 오는 죽 끓듯 한 변덕은 언제나 영국인의 성격에 만연해 있다! 적군은 우리의 탈영병들을 몹시 부당하게 다뤘다. 즉, 프랑스로 탈영한 병사들은 노예나 넝마주이처럼 제일 천한 인간으로 취급받았다. 영국인이 변덕이 심하다는 말 외에는 그것을 달리 설명할 길이 없다. 우리의 귀족들이 역마차 마부와 어울리다가 결국 스스로 역마차 마부가 되는 까닭을 도대체 어떻게 설명하겠는가.

이 구절을 읽은 뒤에는 죽 끓듯 한 변덕이 새로이 나타나는 것을 목격할 때마다 "죽 끓듯 한 변덕은 언제나 영국인의 성격에 만연해 있다"는 구절이 얼마나 자주 되살아나는지 모른다!
그러나 그 훌륭한 공작에 대한 나의 마지막 기록이 트집 잡는 것으로 끝낼 수는 없다. 그보다는 여러분에게 그의 검소하고 금욕적인 삶, 양탄자도 깔리지 않은 마룻바닥과 조그만 간이침대, 가장 신분이 미천한 이가 보낸 편지라도 꼭 답장을 보내는 정중함, 결코 움츠러들지 않는 용기, 흔들리지 않는 불굴의 정신, 국가에 가장 큰 이익이 되는 것처럼 보이는 것을 위하여 자신의 삶을 사리사욕이 없도록 만든 의무감 등을 상기시키는 것이 마지막 문장이 될 것이다. 가서 세인트 폴 대성당 지하실의 어스레한 불빛 속 거대한 화강암 석관 곁에 서 있어 보라. 그리고 그 엄숙한 곳에서 작은 잉글랜드가 지금까지 세상에 알려진 가장 위대한 군인과 그 군대에 대항해서 홀로 꿋꿋이 버티었던 시절로 거슬러 올라가 보라. 그러면 여러분은 고인이 무엇을 상징하는지 느낄 것이다. 그리고 먹구름이 다시 한번 감돌 때 우리들 중에서 웰링턴과 같은 또 다른 이를 여전히 찾을 수 있게 해달라고 기도할 것이다.

여러분은 워털루전투를 다룬 문학이 내 조그만 군인 관련 서가에 잘 소장되어 있는 것을 보고 있다. 그 문제에 대해 개인적인 견해를 다루는 모든 책들 중에서 나는 『시본의 편지들』이 가장 흥미롭다. 1827년 시본*이 생존한 장교들의 이야기들을 묶어서 낸 책이다. 그로노 대위**의 『회고록』 또한 무척 생생하고 흥미롭다. 전략적인 측면을 다룬 이야기 중에서는 우세의 책이 제일 좋다. 그 책은 영국인이나 독일인의 관점이 아니라 프랑스인의 관점을 취했기에 동맹군들의 교전을 보다 진실한 관점에서 다루었지

---

*William Siborne(1797~1849). 영국의 장교이자 역사가. 워털루전투 당시 영국군 대위로 전쟁모형도를 제작했다.
**Rees Howell Gronow(1794~1865). 웨일스 출신으로 근위 보병 제1연대 장교였다.

만, 위대한 전투에 관한 모든 이야기가 자신도 모르게 빨려들어갈 정도로 흥미롭고 매혹적이다.

웰링턴은 워털루전투에 대해 지나치게 대단하게들 생각한다며 사람들이 영국군이 전에는 한 번도 전투를 벌인 적이 없었다고 상상할 거라고 말하곤 했다. 그것은 특유의 화법이었지만, 사실상 영국군은 여러 세기 동안 유럽에서 벌어진 결정적인 대전에서 전투를 벌인 적이 없었다는 사실을 인정해야 한다. 워털루전투에 대한 관심이 끊이지 않는 이유가 거기에 있으며, 워털루전투가 바로 오랫동안 질질 끈 연극의 마지막 막이었기에 무대의 막이 내려질 때까지 아무도 그 공연이 어떻게 끝날지 알 수 없었다. "지금까지 여러분이 본 것 중 가장 아슬아슬한 장면." 이것이 승자의 설명이었다. 끊임없이 전투가 벌어진 25년 동안 전쟁의 소재와 방식이 거의 진전되지 않았다는 점은 참으로 특이한 일이다. 내가 아는 한, 1789년과 1805년 사이에도 커다란 변화가 없었다. 전쟁의 기술에서 후장총, 중포, 장갑함과 같은 일대 약진은 평화의 시기에 고안되었다. 아주 확실하면서도 동시에 아주 유용하게 개선된 것들이 있는데도 채택되지 않았다는 것은 놀라운 일이다. 예를 들어, 태양 광선의 반사를 이용하든 깃발을 흔들든 신호체계는 나폴레옹 1세 때 벌어진 여러 전투에 지대한 영향을 미쳤을 것이다. 수기 신호의 원리는 잘 알려져 있었으며, 풍차가 수도 없이 많은 벨기에는 자연적인 수기 신호가 설비되어 있는 모양 새였다. 그런데도 워털루에서 전투를 치르고 있던 나흘 동안 양 측의 모든 군사작전 계획은 연거푸 위험에 빠졌으며, 아주 수월 하게 전달할 수 있었던 지략이 부족한 프랑스군은 결국 완전히 참패하고 말았다. 6월 18일은 드문드문 햇살이 비치는 날이었다. 10센티미터 크기의 거울이면 나폴레옹은 그루쉬*와 의사소통이 가능했을 것이며, 그랬다면 전 유럽의 역사가 바뀌었을지도 모른 다. 웰링턴 역시 수월하게 받을 수 있었던 정보를 제대로 받지 못 함으로써 호되게 곤욕을 치렀다. 예기치 않았던 프랑스군의 출 현은 6월 15일 새벽 4시에 처음 발견되었다. 브뤼셀에서 웰링턴에 게 신속하게 소식을 전달하는 것은 대단히 중요한 일이었다. 그 랬다면 그는 즉시 흩어진 병력을 최전선에 집중시킬 수 있었을 것이다. 하지만 단 한 명의 전령만 파견하는 어리석음으로 인하 여 이 중차대한 정보는 오후 3시가 될 때까지도 50킬로미터 거리 에 있는 그에게 도달하지 않았다. 또, 16일에 블뤼허가 리니에서

*Emmanuel de Grouchy(1766~1847). 프랑스의 육군 원수. 이날 나폴레옹은 워털루 인근에 주둔한 웰링턴의 영국군과 대치하고 있었다. 새벽 4시에 그루쉬는 나폴레 옹에게 다음 작전행동을 물었고 나폴레옹은 오전 10시에 "바브르 방면으로 진격하 여 프로이센을 압박하라"는 답장을 보낸다. 그러나 프로이센군이 영국군과 합세 한다는 첩보가 들어왔고, 나폴레옹은 다시 "당장 돌아와 프로이센군을 격파하라" 는 "편지"를 급파한다. 그러나 그때 그루쉬는 "나는 황제의 명령에 따라 바브르로 진격"하고 있었다. 얼마 뒤 블뤼허의 프로이센군은 웰링턴과 합세, 총공격을 감행 하여 프랑스군을 대파한다.

나폴레옹에게 패배했을 때에도, 프랑스군이 그들 속에 파고드는 것을 막으려면 웰링턴이 퇴각선을 즉각 알아차리는 게 굉장히 중요했다. 그런데 이 정보를 갖고 급파된 단 한 명의 프로이센 장교가 부상당하는 바람에 목적지에 도착하지 못했다. 웰링턴은 다음날이 되어서야 프로이센군의 계획을 알게 되었다. 역사란 얼마나 사소한 것들에 의존하는가!

9장

일렬로 늘어선 나의 작고 멋진 프랑스 군인들의 회고록들을 응시하고 있으려니 나폴레옹에 관한 문제가 떠오르지 않을 수 없다. 보다시피 그를 다루는 책들도 꽤 멋지게 줄지어 있다. 거기에는 월터 스콧이 쓴 『나폴레옹전』도 있는데, 그 책은 완전한 성공작은 아니다. 그의 잉크는 그러한 모험을 하기에는 너무 소중했다. 그러나 여기에 나폴레옹을 아주 잘 아는 "내과의사" 부리앙*이 쓴 세 권의 책이 있다. 의사만큼 한 사람을 잘 아는 이가 어디 있는가? 그 책은 상당히 우수하고 번역도 훌륭하다. 부리앙이 나폴레옹의 의사였다면 나폴레옹의 "환자"라고 할 수 있는 메네발**은 실

*Louis Antoine Fauvelet de Bourrienne(1769~1834). 프랑스의 외교관. 한때 나폴레옹의 비서를 지내기도 했다. 8세 때 나폴레옹을 만나 평생에 걸쳐 우정과 굴욕을 나눈 관계였으며 『나폴레옹 보나파르트 회고록』으로 유명하다.
**Claude-François de Méneval(1778~1850). 11년간 나폴레옹의 개인 비서로 서신을 받아 적는 역할이자 유럽 전역에 벌어진 전투에 나폴레옹과 동행하면서 "나폴레옹의 그림자"라 불리었다. 그러나 나폴레옹이 너무 빨리 말하여 받아 적기가 어려울 때도 많았으며, 그에게 반복해서 말해달라고 요구하는 것은 불가능했기에 자신만

로 엄청난 시간을 나폴레옹이 보통 말하는 속도에 따라 받아 적으면서도 당연히 알아볼 수 있어야 하고, 실수도 없어야 했다. 하지만 적어도 그의 주군은 가독성을 공정하게 비판할 수 없었다. 나폴레옹이 상원의장 앞으로 교전에 관한 자필문을 제출했을 때 그 기록은 알아볼 수 없었기 때문이다. 그 훌륭한 양반은 그것이 전투 계획을 세운 거라고 생각했던 걸까? 메네발은 주군보다 더 오래 살았으며, 주군에 대한 탁월하고도 내밀한 이야기를 남겼다.

저기 콩스탕*이 쓴 회고록도 있는데, 그 역시 영웅도 시종에게는 평범해 보인다는 속담식의 관점으로 썼다. 그러나 나폴레옹에 관해 소름 끼치도록 생생하게 묘사한 모든 회고록들 중에서 가장 마음을 사로잡는 것은 그를 한 번도 본 적이 없는 사람이 쓴 책으로, 심지어 그 책은 그를 직접적으로 다루지도 않는다. 바로 테느** 의 『현대 프랑스의 기원』 제1권이 그렇다는 말이다. 그 책은 한 번 읽으면 절대 잊을 수 없다. 한 편의 소설과도 같은 그 책은 내게

의 속기를 개발한 뒤 나중에 다시 작성했다고 한다.
*Louis Constant Wairy(1778~1845). 나폴레옹의 제1시종. 『황제의 시종, 콩스탄의 회고록―황제의 사생활과 가족, 그리고 궁정에 관하여』를 썼다.
**Hippolyte Adolphe Taine(1828~1893). 프랑스의 철학자, 사상가, 비평가, 역사가로 19세기 프랑스 실증주의에서 가장 존경받는 사상가 중 한 사람이다. 그는 『현대 프랑스의 기원』에서 프랑스의 1차적인 결함이 앙시앵 레짐(구체제)에서 시작되어 프랑스 혁명으로 강화된 과도한 중앙집권화에 있다는 것을 증명하려 하고 있으며, 그 점에 관해 에드먼드 버크의 냉담한 의견에 공감하고 그 의견을 전개하고 있다. 제1권인 『앙시앵 레짐』은 1876년에 나왔고 뒤이어 혁명에 관한 책 세 권이 나왔다(1878~1885).

놀라운 방식으로 영향을 미쳤다. 예를 들어, 그는 나폴레옹이 중세 이탈리아인[마키아벨리]보다 훨씬 더 교활했다는 식의 조야한 말로 이야기하지 않는다. 대신 기록들을 잇달아 제시한다. 즉, 그의 교활함을 입증하기 위해 일련의 동시대적 실례들을 보여주는 것이다. 그는 여러분의 머리에 연달아 충격을 주면서 곤혹스러운 상황에 빠지게 한 다음, 또 다른 국면으로 넘어간다. 나폴레옹의 성품, 비정한 육욕, 일에 대한 능력, 버릇없는 아이처럼 제멋대로 군다든가 그 외 또 다른 특징과 같은 실례들을 차곡차곡 열거한다. 예를 들어, 황제가 시시콜콜한 것들에 관해 비상한 기억력을 갖고 있었다고 말하는 대신, 우리는 포병대 대장이 그의 주군 앞에서 프랑스에 있는 모든 총포 목록을 제시하는 광경을 본다. 주군은 목록을 검토하며 이렇게 언급한다. "흠, 그런데 디에프* 근처의 요새에 있는 두 대를 빼먹었군." 그렇게 그는 점차 지워질 수 없는 잉크로 각인된다. 그것은 여러분이 결국엔 인식하게 되는 경이로운 모습, 대천사의 모습이지만, 분명 어둠의 대천사의 모습이다.

테느의 방식에 따라 하나의 사실을 취해 그것이 스스로 드러나도록 해보자. 나폴레옹은 웰링턴을 암살하고자 하는 이에게 유언보충서 속에 유산을 남겼다.** 바로 거기에 중세 이탈리아인의

---

*프랑스 북부, 영국 해협에 면한 항구 도시.
**1821년 5월 5일, 나폴레옹은 남겨진 시간이 얼마 안 된다는 사실을 알았다. 그는 유언장을 작성했고 여러 종류의 유산을 넣어 가며 고쳐 쓰곤 했는데, 그중에는 웰링턴 공작을 암살하는 이에게 500파운드를 남긴다는 조항도 있었다.

모습이 있다! 영국인이 인도에서 태어났다고 해서 힌두인이 아니 듯 그도 코르시카인이 아니었다. 보르자가家, 스포르차가家, 메디치가家 외에도 보나파르트가家*가 이주해 온 제노바 공화국** 을 포함, 작은 이탈리아 도시국가들의 유능한 전제군주들의 온 갖 욕망, 잔혹함, 대범함, 예술애에 관해 쓴 전기를 읽어보라. 여러분은 그이에게 그 가문들의 흔적이 선명하게 새겨져 있다는 사실을 곧바로 접한다. 화산 위에 겹겹이 쌓인 눈처럼 겉으로 보기엔 평온하지만 속에서는 정념이 들끓는 마키아벨리의 제자들의 특징이자 조국의 옛 전제군주들을 특징짓는 모든 것들, 그러나 완전히 천재의 차원으로까지 승격된 모든 흔적이 그에게 선명히 남아있다. 여러분은 그 흔적을 하얗게 칠해버릴 수는 있지만, 고

*보르자가家는 르네상스 시대 동안 타락한 교황들을 배출한 것으로 기억되는 스페인 기원의 이탈리아 귀족 가문. 스포르차가家는 15세기 중엽에서 16세기 초 이탈리아의 밀라노를 지배한 귀족 가문. 메디치가家는 15~16세기 피렌체공화국에서 가장 유력하고 영향력이 높았던 시민 가문이며 공화국의 실제적인 통치자였다. 보나파르트가家는 이탈리아 명으로는 부오나파르테Buonaparte로 1796년 이탈리아 원정 후 나폴레옹 1세가 프랑스식으로 짧게 보나파르트라 하였다. 이탈리아 귀족 가문으로 1100년 이전 피렌체에 정착, 나폴레옹 1세의 부친 샤를은 소지주였으며, 제노바 지배에 반대하는 코르시카 독립운동에 가담하였고, 1768년 코르시카가 프랑스의 영토가 되자 프랑스 총독에 귀순하였다. 차남인 나폴레옹이 프랑스 황제로 등극하였다. 1814년 나폴레옹의 몰락과 함께 가운이 기울어졌으나, 프랑스 제2 제정을 성립시킨 나폴레옹 3세의 출현으로 또 한 번의 영광을 누렸다. 나폴레옹 3세는 나폴레옹 1세의 동생 루이의 셋째 아들이었다.
**이탈리아 북서부의 항구 도시. 나폴레옹이 태어난 코르시카는 1768년까지 제노바 공화국 소유였다.

매한 정적의 암살을 냉혹하게 고의로 배서했던 얼룩을 뒤덮을 정도로 두텁게 칠할 수는 없을 것이다.

그이에 관해 놀라울 정도로 생생한 모습을 보여주는 또 다른 책은 『레뮈사 부인의 회고록』이다. 레뮈사 부인*은 궁정에서 매일 그와 접촉했으며, 영리한 여성의 재빠르고 예리한 눈초리로 그를 면밀히 관찰했다. 삶에서 가장 적확한 것들은 사랑에 눈이 멀지 않았을 때 보이는 법이다. 그 책을 읽으면 마치 직접 그를 만나 대화를 나눈 것처럼 그를 안다고 느낄 것이다. 하찮음과 위대함이 뒤섞인 특이한 조합, 엄청난 상상력의 범위, 극히 제한된 지식, 극심한 자기중심성, 장애물에 대한 조바심, 촌스러움, 여자들에 대한 지독한 무례, 자신을 알현하러 온 모든 이들의 약점을 극악무도하게 노리는 점. 이 모든 것들이 나폴레옹에 관해 쓴 책들 사이에서 가장 빼어난 역사의 초상 중 하나를 만들어낸다.

내가 소장하고 있는 책 대부분은 그가 위용을 떨쳤던 시절을 다루지만, 여기에 있는 책 세 권은 보다시피 세인트헬레나섬에서의 고달팠던 시절을 말하고 있다. 누가 가두어진 독수리를 동정할 수 있겠는가? 그렇다 하더라도 크게 승부를 걸려면 밑천을 걸어야 한다. 이것이 바로 자신의 왕좌에 위협이 된다며 공작에게 발포하도록 했던 바로 그 사람과 같은 사람이었다. 유럽에서 모

---

*Claire Elisabeth Jeanne de Rémusat(1780~1821). 1802년부터 황후인 조세핀에게 소속되어 있었다. 이 회고록은 1880년에 손자인 폴 드 레뮈사가 서문과 각주를 붙여 출간했다.

든 왕좌를 위협한 것은 바로 그 자신 아니었던가? 왜 세인트헬레나처럼 황량한 곳으로 유배를 보냈는지 정녕 모른단 말인가? 전에는 좀 덜 엄한 섬에 보냈었다는 사실을 기억하라. 그 섬에서 도망쳐 나왔을 때 5만 명의 목숨이 잘못된 관용을 베푼 대가를 치러야 했다. 이 모든 것들은 이제 잊혀졌으며, 바위에 쇠사슬로 묶여 자신의 무자비한 생각의 독수리에게 잡아먹히는 현대판 프로메테우스의 애처로운 이 그림은 지금껏 세상이 그에 대해 간직해 온 단 하나의 인상이다. 이성보다는 감정을 따르는 것이 언제나 훨씬 더 쉬운 법이다. 특히 값싼 아량과 간접적인 관용이 관련된 곳에서는 말이다. 그러나 이성은 여전히 유럽이 나폴레옹에게 보복성 처우를 한 것이 아니며, 허드슨 로*는 조국이 자신에게 맡긴 신뢰에 부응하려고 애쓴 사람이었다고 주장해야만 한다.

그 자리는 분명 어느 누구도 명망을 바라는 자리가 아니었다. 허드슨 로가 태만하고 부주의한 사람이었다면 아무런 문제가 없었을 것이다. 하지만 그 결과로 인한 두 번째의 탈주 기회가 있었을지도 모른다. 그가 엄격하고 끈기 있는 사람이었다면 옹졸한 폭군으로서의 면모를 확실히 표출했을 것이다. 어느 전투에서 허드

---

*Hudson Lowe(1769~1844). 아일랜드계 영국의 군사지휘관. 세인트헬레나의 총독으로 부임하여 임무를 수행하는 도중 워털루전투에 패배해 영국군에 붙잡혀 항복한 나폴레옹이 유배 오자 상상을 초월하는 가혹행위를 자행했다고 알려졌다. 나폴레옹이 병들자마자 치료를 받지 못하도록 나폴레옹의 주치의를 강제로 영국으로 보낸 일화는 유명하다.

슨 로의 사령관은 이렇게 말했다. "자네가 전초기지에 있어 기쁘네. 그래야 내가 푹 쉴 수 있기 때문이라네." 그가 세인트헬레나의 전초기지에 있었고, 자신의 의무에 충실했기 때문에 프랑스를 포함한 유럽은 푹 쉴 수 있었다. 그러나 그는 자신의 평판을 걸 각오를 하고 그 자리로 갔다. 세상에서 가장 위대한 책략가는 힘을 발산할 일이 달리 없었으므로 그 힘을 모두 자신의 감시인인 허드슨 로를 비방하는 일에 돌렸다. 세부적인 사항들에 대해 생각할 의향이 조금도 없는 감상주의자들이 황제의 관점을 받아들이는 것은 당연한 일인지도 모른다. 그렇지만 개탄스러운 것은 바로 우리의 국민들이 일방적인 이야기에 오도된다는 것이며, 거기다 거의 대부분이 견딜 수 없었을 책임감을 떠맡은 채 불안하고 위험한 자리에서 자신의 조국에 봉사했던 사람을 희생양이 되도록 내버려둔다는 것이다. 국민들에게 몽톨롱*의 이 말을 기억하게 하자. "하늘에서 천사가 내려왔어도 우리를 만족시키지는 못했을 것이다." 또 허드슨 로가 자신의 주장을 진술하는 데 조금도 애먹지 않을 정도로 충분한 자료를 가지고 있었다는 사실도 상기시키도록 하자. "저는 제 의무를 다하는 것 외에는 관심이 없습니다." 그

---

*Charles-Tristan de Montholon(1783~1853). 프랑스의 장군. 나폴레옹이 엘바섬으로 유형流刑된 뒤 원수에 진급되었으나, 1815년의 워털루전투에서는 다시 나폴레옹에게 협력하였고, 나폴레옹이 세인트헬레나섬으로 유배될 때도 동행하여 그의 유언집행자가 되었다. 뒤에 『세인트헬레나의 나폴레옹 유폐록』(2권, 1847)을 간행하였다.

는 황제와 면담하면서 이렇게 말했다. 그 말은 헛소리가 아니었다.

　이 특수한 시대와는 별개로 프랑스 문학은 모든 분야에서 아주 풍성했으며 그중에서도 회고록이 가장 풍성했다. 향후 흥밋거리가 나타날 때마다 언제나 그것에 대한 모든 것을 알고 있는 사람이 흔쾌히 뒷이야기를 전했으며, 후세를 위해 적어 내려갈 준비가 되어 있는 사람들이 언제고 있었다. 그러나 우리 영국은 이렇듯 매력적인 측면에서 설명하는 역사가 턱없이 모자라다. 이를테면 나폴레옹 전쟁 당시 우리의 수병들을 보라. 그들은 획기적인 역할을 했다. 거의 20년 동안 "자유"는 바다 위에서 "망명" 중이었다. 만약 우리 해군이 씻겨 떠내려갔더라면 유럽 전체가 하나의 전제군주국으로 재편되었을 것이다. 때로는 모두가 우리에게 대항했다. 그 끔찍한 지배자의 압제하에 자국의 직접적인 이해관계에 맞서 싸운 것이었다. 우리는 해상에서 프랑스군, 스페인군, 덴마크군, 러시아군, 터키군, 심지어는 친족인 미국군과도 싸웠다. 장기간의 전투를 벌이는 동안 해군 소위 후보생들은 함장인 해군 대령들로 성장했으며, 해군 제독들은 노망난 늙은이들이 되었다. 그렇다면 우리 문학사는 어떤 결과물을 보여줄 수 있을까? 다수가 개인적 경험에 기반하고 있는 메리어트*의 소설들, 넬슨과 콜링우드**의 서간집들, 코크런 경***의 전기가 있다. 그게 전부다. 콜링우드 같은 이가 더 많았더라면 얼마나 좋을까. 그는 일

필휘지로 펜을 휘둘렀다. 그가 트라팔가르에서 대령들에게 보낸 일반명령에서 격조 높게 울려 퍼지던 서두 부분을 기억하는가?

총사령관이자 브론테 공작****인 넬슨 자작의 죽음을 영원히 애도하노라. 21일 교전 중 쓰러져 영광으로 가득 찬 승리의 여신의 품에 안겼도다. 대영제국 해군과 대영제국은 영원히 그를 소중히 기억할 것이며, 왕의 명예와 조국의 이익을 위한 열정은 대영제국 수병들에게 영원히 빛나는 본보기가 될 것이다. 감사의 말을 드리는 의무는 내게 남겨졌도다……

그를 둘러싸고 있는 배들이 온통 가라앉고 있는 거센 폭풍우 속에서 쓰여진 이 글은 그러한 내용을 전하기에 알맞은 문장이었다. 그러나 그러한 토양에서 나온 글들 대부분은 흉작이었다. 수병들은 글을 쓰기에는 눈코 뜰 새 없이 바빴다. 그렇기는 하지만

*Frederick Marryat(1792~1848). 영국의 해군 장교, 소설가. 오늘날 해양소설의 선구자로 평가받고 있다.
**Cuthbert Collingwood(1748~1810). 영국 해군 제독으로 나폴레옹과의 전쟁에서 넬슨과 힘을 합쳐 여러 번 승리를 거두었다. 트라팔가르해전에서 넬슨이 저격수의 총탄에 맞아 죽는 순간에도 함께 싸웠다.
***Thomas Cochrane(1775~1860). 영국 해군 제독으로 나폴레옹과의 전쟁에서 싸웠다. 넬슨 제독보다도 더 파란만장한 삶을 살았다고 전해진다.
****1799년 프랑스군이 나폴리를 침공하자 넬슨은 나폴리 왕가를 구출하였으며, 7월 우샤코프 제독과 함께 나폴리 탈환에 참여하여 나폴리 왕으로부터 브론테 공작 작위를 받았다.

그 수천 명의 수병들 가운데 자신들의 경험이 후손들에게 얼마나 소중한 것이 될지 이해하지 못하는 이들이 있다는 것은 놀라운 일이다. 각 갑판에 대포를 비치했었던 오래된 3층 갑판의 전함들이 생각난다. 그 전함들은 포츠머스 항구에서 썩어가고 있었다. 나는 수병들이 자신들의 이야기를 전할 수 있었다면 우리 문학에서 누락된 것을 그들이 제공할 수 있을 거라고 종종 생각해왔다.

프랑스인들은 나폴레옹 1세 시대의 회고록들에서만 복을 받은 게 아니다. 루이 14세 때도 거의 엇비슷하게 흥미로운 시대로 훨씬 더 놀라운 작품들이 연속해서 나왔다. 그 주제에 심도 깊게 들어가면 여러분은 얼마나 많은 작품이 나왔는지 그 수에 놀랄 것이다. 또 마치 "태양왕"의 궁정에 있는 사람들 모두가 이웃들에게 비밀을 누설하는 것처럼 느낄 것이다. 생시몽*의 『루이 14세와 베르사유 궁정』을 보면 한층 더 명확해진다. 그 회고록은 내가 빅토리아 여왕 시대를 다룬 책들을 통해 알게 된 어떤 것보다도 그 시대에 관해 더욱 포괄적이고 내밀한 것들을 알게 해주었다. 또 생 테브르몽**의 회고록도 거의 완벽에 가깝다. 여성의 관점에서

*Louis de Rouvroy(1675~1755). 프랑스의 군인이자 외교관으로 귀족 가문에서 태어났다. 생시몽의 두 번째이자 마지막 공작이었다. 1691년 베르사유에서 루이 14세를 처음 알현한 뒤 1723년까지 그곳에 거주했다. 이때의 관찰과 경험을 토대로 1694년부터 시작된 『회고록』 집필은 1749년까지 계속되었으며, 이는 프랑스 궁정의 일상적인 삶을 들여다볼 수 있는 중요한 자료로 평가받고 있다.
**Charles de Saint-Évremond(1613~1703). 프랑스의 군인이자 수필가, 비평가. 계속해서 글을 써왔으나 살아있는 동안에는 스스로 출판을 금지, 사후에 출간되었다.

쓴 글을 원하는가? 세비네 부인*의 서간집 총 8권이 있다. 아마도 여태껏 여성이 쓴 서간집 중에서 가장 놀라운 작품일 것이다. 그 시기 한량의 고백을 듣고 싶은가? 짓궂은 로크로 공작**의 상당히 외설스러운 회고록도 있다. 당연히 아이들 방에 어울리는 독서도, 안방에서 읽음직한 책도 아니지만, 매우 기묘하고도 대단히 내밀하게 시대상을 그리고 있다. 이 모든 책들은 서로 맞닿아 있다. 저 책에 나왔던 등장인물들이 다른 책에 또다시 나타나기 때문이다. 독서를 다 마치기 전에 여러분은 그들의 사랑과 증오, 다툼, 음모, 그리고 최후의 운명까지도 꽤 친숙하게 알게 된다. 그다지 깊게 파고들고 싶지 않다면 줄리아 파르도***의 네 권짜리『루이 14세 시대의 궁정』만 읽으면 된다. 이 책은 소금물을 증류해 소금만 대부분 남겨놓은 것처럼 아주 훌륭하게 압축시켜 놓았다. 저기에 있는 또 한 권의 책 역시 갈색과 금색 표지 사이에 그 모든 이야기를 담고 있다. 책장 하단에 있는 커다란 책이다. 내게는 금화를 지불했을 정도로 사치스럽지만 루이 14세, 독실한 가톨릭 신자였던 맹트농 부인, 부정한 몽테스팡 부인, 보쉬에, 페늘롱,

*Madame de Sevigne(1626~1696). 파리 사교계의 생활, 영지領地에서 체류한 일, 독서의 감상 등 약 1,700통에 이르는『서간집』을 통해 루이 14세 시대의 프랑스를 생생하게 묘사했다.
**Gaston Jean Baptiste de Roquelaure(1615~1683). 1896년에 출간된 로크로 공작의 『은밀한 사생활』을 말한다.
***Julia Pardoe(1806~1862). 영국의 시인, 소설가, 역사가, 여행가. 다재다능한 작가로 여행과 역사에 관한 책을 주로 썼다.

몰리에르, 라신, 파스칼, 콩데공公, 튀렌느* 등 그 시대의 온갖 기라성 같은 성인들과 죄인들의 초상을 그리고 있다. 여러분 자신에게 선물을 주고 싶을 때 『루이 14세 시대와 17세기 프랑스의 궁정』을 발견한다면, 절대 돈을 낭비했다는 생각이 들지 않을 것이다.

흠, 여러분을 상당히 지루하게 한 것 같다. 내 인내심 많은 친구여, 나폴레옹 1세 시대와 그 밖의 회고록에 내가 애정을 갖는 것은 새로운 게 없이 무미건조한 역사의 기록에 인간적인 흥미를 살짝 더해 주기 때문이다. 역사가 무미건조해야 한다는 것이 아니다. 그것은 당연히 지상에서 제일 흥미로운 주제여야 하며, 우리 자신에 관한 이야기, 우리 선조들에 관한 이야기, 인류에 관한 이야기로, 현재의 우리를 만든 사건들이다. 바이스만**의 견해가 우세한 입장을 차지한다면, 우리는 바로 이 몸의 극히 미세한 부분 속에 아주 짧은 순간 동안 기거하면서 하나의 역할을 떠맡았

---

*Marquise de Maintenon(1635~1719)은 루이 14세의 두 번째 아내. Marquise de Montespan(1641~1707)은 루이 14세의 애첩으로 거의 10년 동안 베르사유궁의 실질적인 안주인으로서 왕비 역할을 수행했다. Jacques Bénigne Bossuet(1627~1704)은 프랑스의 성직자, 신학자, 설교자. Francois de Salignac de La Mothe Fènelon(1651~1715)은 프랑스의 신학자, 저술가. Moliere(1622~1673)는 프랑스의 극작가. Jean Baptiste Racine(1639~1699)는 프랑스의 극작가. Blaise Pascal(1623~1662)은 프랑스의 수학자, 물리학자, 철학자. Louis II de Bourbon Conde(1621~1686)는 17세기 프랑스의 대표적인 장군. Henri de la Tour d'Auvergne de Turenne(1611~1675)는 프랑스의 육군 원수.
**August Weismann(1834~1914). 독일의 진화생물학자. 유전 기능을 맡은 물질이 염색체에 있다는 사실을 발견하여 창조론에 반대하였다. 이는 멘델의 유전법칙을 다시 확인한 것으로, 다윈 이전에 성 선택에 대한 기초적인 입장을 밝힌 최초의 연구이다.

을지도 모른다. 그러나 불행히도 지식을 축적하는 능력과 그것을 전하는 능력은 매우 다른 것이며, 그 어떤 영감도 없는 역사가는 그저 연감을 증보하는 위엄 있는 편찬자가 되고 말 뿐이다. 그중에서도 최악은 공상력과 상상력을 다 같이 갖춘 사람이 백골에 생명의 숨결을 불어넣을 때, 학구적이기만 한 지루한 역사가가 정통파의 길에서 벗어난 사람은 필연적으로 부정확할 수밖에 없다며 그 사람을 매도하는 풍조다. 프루드*가 그런 식으로 공격받았다. 매콜리 역시 한창때에 공격받았다. 그러나 그 둘은 학자연하는 사람들이 잊혀졌을 때 읽힐 것이다. 역사가 어떻게 쓰여지는 것이 이상적인가라고 내게 묻는다면, 나는 저기 책장에 두 줄로 놓인 책을 가리킨다. 하나는 매카시**의 『우리 시대의 역사』이고, 다른 하나는 렉키***의 『18세기 영국의 역사』이다. 둘 다 아일랜드 출신이 썼다는 게 신기하다. 아일랜드 문제가 격렬한 분쟁을 야기했던 시대에 서로 상반되는 정치적 견해를 갖고 살긴 했지만

*James Anthony Froude(1818~1894). 영국의 역사가, 소설가, 전기 작가. 토머스 칼라일에게서 영향을 받은 그의 역사 저술은 종종 논쟁적이면서 동시에 노골적인 반대자들에 의해 논쟁거리가 되었다. 그는 역사를 과학적으로 기술하는 게 아니라 극적으로 기술하고자 했다.

**Justin McCarthy(1830~1912). 아일랜드의 민족주의자이자 자유주의 역사가, 소설가, 정치가였다. 『우리 시대의 역사』는 빅토리아 여왕의 즉위 60년간의 역사를 다루고 있다.

***William E. H. Lecky(1838~1903). 아일랜드의 역사학자, 평론가. 『18세기 영국의 역사』에서 권력 및 국가의 존속과 관련된 요소에서 벗어나 중립적인 역사를 기술하고자 하였다.

둘 다 발군이었다. 그들은 단지 문학적인 품격만 돋보인 게 아니라 문제를 다각도로 보는 폭넓은 관용을 보였으며 모든 문제를 결코 종교적 당파성이 아닌 철학적 관찰자의 관점에서 다루었다.

그나저나 역사에 관해 이야기하다 보니 생각났는데 여러분 혹시 파크먼*의 저서를 읽은 적이 있는가? 내 생각에는 가장 위대한 역사가들 중 한 명인데도 어찌 된 일인지 그의 이름을 거의 들어보지 못했을 것이다. 뉴잉글랜드 출신으로 주로 미국의 정착과정과 프랑스의 캐나다 정착과정에 대한 초기 역사를 썼는데, 영국에서 크게 인기를 얻지 못한 것은 그럴 수 있다 치지만 미국인들 사이에서도 그의 책을 읽지 않은 사람들이 많다는 사실을 알게 되었다. 저 아래에 녹색과 금색으로 된 그의 책이 네 권 있다. 『17세기 북아메리카의 예수회 선교사들』(1867), 『프롱트낙 백작과 루이 14세 치하의 새로운 프랑스』(1877)다. 하지만 『신세계에서 프랑스 개척자들』(1865), 『몽칼름과 울프』(1884), 『라살과 대서부의 발견』(1869) 등등 다른 책들도 충분히 읽을 가치가 있다. 언젠가는 전질을 갖고 싶다.

『17세기 북아메리카의 예수회 선교사들』만 보더라도 그 자체로 명성을 얻을 만하다. 청교도의 피가 흐르는 남자가 그 놀라운

---

*Francis Parkman(1823~1893). 미국의 역사가. 아메리칸 인디언과 변경인邊境人의 역사에 열의를 쏟아, 스스로 작성한 탐험기록을 『오리건의 오솔길』이라는 제목으로 발표하였다.

수도회에 경의를 표하는 것은 얼마나 고귀한 일인가! 그는 열의에 가득 찬 이 용감한 십자군들이 중국이나 위험에 직면했던 그 외 다른 곳에서 그랬듯 어떻게 캐나다를 침략했는지를 보여주며, 또 어떻게 끔찍한 죽음을 맞이했는지를 보여준다. 나는 어떤 사람이 신앙이 무엇이라고 고백하든지, 또는 기독교도인지 아닌지 신경 쓰지 않지만, 그가 이 책을 읽는다면 인간이 성스러움과 헌신 속에서 진화해왔다는 것을 바로 이 경이로운 수도회 사람들 사이에서 발견할 수 있으리라 느낄 정도로 이 책은 진실한 기록이다. 어떤 신조 때문에 원주민들 사이에 유럽의 빼어난 문화를 가져왔을까를 떠나서 그들은 실로 문명의 개척자들이었다. 그리고 그들은 실제로 모범적인 품행을 통해 사람이 얼마나 순결하고 금욕적이며 고결하게 살 수 있는지를 보여주었다. 프랑스는 전쟁터에 용맹한 남자들을 수도 없이 보냈지만, 그 모든 기나긴 영광의 기록 속에서 이로쿼이족*에게 선교활동을 했던 사람들처럼 그들이 확고하고도 절대적으로 영웅다운 용기를 냈다고는 생각하지 않는다. 그들이 얼마나 고결하게 살았는지가 책의 본문을 이룬다면, 결말은 그들이 얼마나 평온하게 죽었는지로 구성된다. 지금 다시 읽어도 무시무시한 악몽처럼 몸서리치는 전율 없이는 읽을 수 없는 이야기이다. 마흐디** 무리가 전에 하르툼***에서

*현재의 뉴욕주에 살았던 아메리칸 인디언.

그랬듯, 광신은 사람을 옥죄어 스스로 망각 속에 내던지게도 하지만, 힘들기만 하고 보상도 받지 못하는 삶을 눈썹 하나 까딱 않고 천천히 견디는 곳에서 사람들은 적어도 한층 더 숭고한 감정을 발현하며 무시무시한 죽음을 받아들인다. 모든 신앙은 다 똑같이 자신들의 순교자들을 자랑할 수 있지만—얼마나 많은 사람들이 잘못된 믿음으로 목숨까지 바쳤었는지를 보여주므로 이는 생각만 해도 고통스럽다—신앙을 증명함에 있어서 이 용감한 사람들은 육신의 정복과 정신의 절대적인 우월성이 훨씬 더 중요하다는 것을 증명해왔다.

조그 신부****의 이야기는 여러 이야기 중 하나일 뿐이지만, 사람들의 정신을 보여주는 것으로서 자세히 말할 만한 가치가 있다.

**mahdī. "인도된 자"를 의미하는 아라비아어. 한편으로는 "신에 의해서 올바르게 인도된 자", "구세주"라는 의미로도 이용되며, 아브라함, 무함마드, 알리 외에 4명의 정통 칼리프, 아바스 왕조 칼리프인 나시르 등이 마흐디라고 불린다.

***1884년에서 1885년 마흐디 신정국가와 영국 사이에 수단의 하르툼에서 벌어진 전투로 마흐디의 대승으로 끝났으며 마흐디 신국의 세력을 확립하는 계기가 되었다. 이로 인해 영국군과 이집트군은 수단에서 철수하였고, 영국은 1890년대 말엽까지 수단에 개입하지 못했다. 이후 마흐디 신국은 1899년 몰락할 때까지 아프리카의 강국으로 존재하였다.

****Isaac Jogues(1607~1646). 프랑스의 예수회 선교사였다. 1636년 성직에 임명되어 캐나다 지역을 맡아 6년 동안 인디언에게 선교활동을 했다. 1642년 이로쿼이족에게 붙잡혀 손가락 두 개가 잘리는 고문을 당하고 1년간 감금되어 있다가 네덜란드 사람의 도움으로 탈출하지만, 1646년 다시 이로쿼이족의 영토로 돌아갔다. 그가 도착하자 모호크족은 그를 살해하고 머리를 모든 사람들이 보도록 장대에 매달았다. 그의 죽음에 대해서는 참수가 아니라 도끼로 때려 죽였다는 설도 있다.

그도 또한 이로쿼이족 선교활동을 하고 있었으며, 그러던 중 그가 아껴 마지않는 교구민들에게 모진 고문을 당해 인체가 훼손되었다. 끔찍하게 일그러진 그의 모습을 보자 개가 목 놓아 울부짖을 정도였다. 그는 프랑스로 돌아갔다. 개인적으로 휴식을 취하거나 회복하겠다는 이유에서가 아니라 미사를 올리기 위한 특별허가를 받아야 했기 때문이다. 당시 가톨릭교회법은 성체를 엄지와 검지 외에는 다른 어떤 손가락으로도 만질 수 없었다. 이로쿼이족에게 붙잡혀 있는 동안 손가락을 두 개 잘린 조그는 이 법을 따를 수 없었기에 교황을 찾아가야 했던 것이고, 원주민들은 칼을 갖고 자신들이 알고 있는 것보다 더 큰일을 저지른 것이었다. 그는 특별허가를 받았으며 루이 14세에게 불려갔다. 루이 14세는 청이 있다면 무엇이든 말하라 했다. 모여 있던 조신들은 틀림없이 다음 차례에 공석으로 되어 있는 주교직을 요청하는 말을 듣게 될 거라 예상했다. 하지만 그가 실지로 요청한 것은 하해와 같은 성은을 베풀어 다시 이로쿼이족에게 선교활동을 하러 보내 달라는 것이었다. 원주민들은 그를 산 채로 불태워 그의 도착을 알렸다.

파크먼의 글은 읽을 만한 가치가 있다. 인디언에 관한 이야기만 읽는다면 말이다. 인디언들에 관해 가장 기이하고도 이해할 수 없는 것은 아마 그들의 인원이 소수라는 것일 게다. 이로쿼이족은 제일 막강한 부족 중 하나였다. 다섯 부족의 연합체인 그들 "

머릿가죽을 벗기는 무리"*는 끝도 없이 광활한 땅을 유랑하고 다녔다. 그런데도 과연 통틀어 다섯 부족이 수천 명의 전사를 전쟁터에 투입할 수 있었을까 하는 것은 합리적 의심이다. 동쪽, 북쪽, 서쪽에 있는 북아메리카의 다른 부족들도 마찬가지였다. 그들의 수는 언제나 미미했다. 그런데도 그 거대한 땅덩어리를 갖고 있었다. 기후는 최적이었으며 먹을거리는 늘 풍성했다. 그런데 인구가 꽉 차지 않았던 이유는 무엇일까? 이는 인간사를 관통하는 목적과 설계의 놀라운 예로 여겨진다. 구舊세계**가 사람들로 넘쳐나려 했던 바로 그 순간 신세계는 텅 빈 채로 그들을 받아들였다. 북아메리카가 중국처럼 사람들로 가득 차 있었다면 유럽인들은 정착촌을 몇 군데 세웠을지는 몰라도 절대 그 대륙을 손아귀에 넣지는 않았을 것이다. 뷔퐁***은 "창조주의 힘이 아메리카에서는 크게 활기를 띠지 못한 것처럼 보인다"는 놀라운 발언을 한 적이 있다. 그는 지구 표면에 있는 다른 위대한 부문들의 풍부함과 비교하면서 동식물의 풍부함을 시사했다. 인디언의 숫자가 동일한 사실을 설명하는 것인지, 또는 거기에 무슨 특별한 이유가 있는지 여부는 내 변변찮은 과학적 소양을 넘어서는 것이다. 서부의

---

*과거 일부 아메리카 원주민들은 전리품으로 적의 시체에서 머릿가죽을 벗겨냈다.
**유럽, 아시아, 아프리카를 가리킨다.
***Georges Louis Leclerc Buffon(1707~1788). 프랑스의 박물학자. 거의 50년에 걸쳐 32권에 걸친 『박물지』를 썼으나 완성하지는 못하였다.

평원을 뒤덮곤 했던 무수한 들소 떼나 오늘날 대륙 한쪽 끝에 있는 프랑스계 캐나다인들과 다른 쪽 끝에 있는 남반구 흑인들의 인구 통계에 대해 곰곰이 생각해볼 때, 다른 곳들만큼이나 풍성한 이곳을 자연에 맞서는 어떤 지리학적인 이유가 있을 거라고 추측하는 것은 터무니없어 보인다. 그렇지만 이 바다가 아무리 깊을지라도, 미안하지만 우리는 다시 한번 내 15센티미터 깊이의 책장을 힘겹게 헤치며 나아갈 것이다.

10장

저 두 권의 작은 책이 어떻게 저기에 있는지 모르겠다. 헨리*
의 『칼의 노래』와 『시집』이다. 저 책들은 오히려 한정된 시집 분
야에 있어야 마땅하다. 아마 내가 산문이든 시이든 그의 작품을
무척 좋아하기 때문에 쉽게 손닿는 곳에 두려고 했었나 보다. 그
는 범상치 않은 사람이었다. 자신의 작품보다도 훨씬 더 위대했
던 사람, 자신의 작품의 어떤 위대한 인물처럼 위대한 사람이었
다. 나는 그보다 더 끌리고 자극을 주는 인물을 좀처럼 알지 못
한다. 전지가 완전히 충전되어 발전소를 떠나듯 여러분은 완전히
충전된 채 그를 떠날 수 있다. 그는 여러분에게 해야 할 일이 얼마
나 많은지, 또 그렇게 할 수 있어서 얼마나 영광스러운지, 또 즉시

---

*William Ernest Henley(1849~1903). 영국의 시인, 비평가, 편집자. 열두 살 때부터 결
핵성 관절염을 앓았으며 1868년에는 왼쪽 다리를 절단해야 했다. 오른쪽 다리는 외
과의사의 수술을 통해서야 겨우 구제받았다. 20개월 동안 에든버러의 병원에서 치
료받으면서 시를 썼다. 그의 시는 흔히 내적인 힘과 인내를 주제로 한다.

그 시간에 시작하는 게 얼마나 필요한 일인지를 느끼게 한다. 힘을 발산할 모든 수단을 잔인하게 빼앗긴 그는 거장다운 틀과 생명력으로 치열한 언어, 따뜻한 연민, 강력한 편애, 온갖 인간적인 태도와 자극을 주는 감정의 정수를 뽑아내었다. 스스로 불멸의 이름을 만들어내는 데 들어갔을 많은 시간과 에너지가 타인들을 격려하는 데 쓰였다. 그러나 그것은 헛되이 쓰인 게 아니었다. 그의 시를 읽는 모든 이들의 마음속에 넓디넓은 지문을 남겼기 때문이다. 여남은 명의 간접적인 "헨리들"이 오늘날 우리 문학을 탄탄하게 뒷받침하고 있다.

아아, 하지만 슬프게도 우리에게 남겨진 그의 작품들은 너무 적다! 그의 최고의 작품이야말로 우리 시대에 가장 빼어난 것이기 때문이다! 잘 알려진 4행시로 시작하는 이 시*보다 더욱 숭고하고 강렬하게 연속적으로 16행을 쓴 시인들은 드물었다.

나를 감싸고 있는 밤은
온통 지옥 같은 암흑.
어떠한 신이 거기 있을지라도 나는 감사하리
굴하지 않을 영혼을 내게 주셨기에.

*「인빅터스(Invictus, 굴하지 않으리)」중 한 구절이다.

웅장한 문학이고, 불굴의 결단이기도 하다. 자신의 잘못 때문도 아닌데, 잘못 자란 관목의 가지를 쳐내고 또 쳐내듯, 외과의사의 칼에 의해 몇 번의 수술 끝에 다리가 절단된 사람에게서 나온 것이기 때문이다.

잔인한 운명의 마수에 빠져도
움츠러들거나 목 놓아 울지 않으리.
재앙이 몽둥이를 내리쳐
내 머리가 피투성이가 되더라도 굽히지 않으리.

그것은 바이런 부인*이 "시인의 모방 비애"라고 부른 것이 아니었다. 오히려 화형에 처한 원주민 전사의 당당한 저항과도 같은 것이었다. 그의 자긍심 강한 영혼은 떨리는 육신을 부여잡을 수 있었다.

헨리의 시에는 상당히 뚜렷한 흐름이 두 가지 있는데, 서로 아주 극단적인 것이다. 영웅적이고 거창하게 파죽지세의 이미지들이 흐르며 천둥소리처럼 격렬한 말들이 치닫는 게 하나다. 「칼의 노래」와 그가 쓴 많은 시들이 그러하다. 마치 고대 스칸디나비아 음유시인들이 격렬하게 노래 부르는 것 같다. 또 다른 하나는, 내

---

*Anne Isabella Noel Byron(1792~1860). 시인 바이런의 부인.

마음에는 더 독특하고 더 뛰어난 면이 있는 작품으로, 고심 끝에 끌어낸 구절과 균형 잡힌 영어로 비상하리만치 생생하면서도 아주 섬세하고 정교하며 선명하게 그린다는 것이다. 이를테면 「병원 시」가 그렇다. 한편, 「런던 즉흥곡」은 그 두 문체 사이 중간쯤에 위치한다. 이런! 「병원 시」를 읽지 않았다고? 그렇다면 『시집』을 구해 지체하지 말고 읽어보라. 좋든 나쁘든 그 시집에서 분명 아주 독특한 점을 발견할 것이다. 그와 비교할 수 있는 이름은 아무도 없을 것이다. 적어도 나는 그렇다. 올리버 골드스미스와 조지 크래브는 실내를 주제로 썼다. 그러나 그들의 시는 단조로운데다 장엄한 운율 때문에 요즘 독자들에게는 지루하다. 그러나 『시집』은 아주 다채롭고 유연하며 극적이다. 타의 추종을 불허한다. 저주받을 주간 잡지들*과 그 외 다른 모든 경영자들은 그러한 사람을 세상을 뜨게 만들었으며, 그는 고작 다섯 권 정도의 소책자만을 남기게 되었다!

그렇지만 이 모든 이야기는 완전히 옆길로 샌 것이다. 그의 시집들이 이 책장에 있을 이유가 없기 때문이다. 이 코너는 다양한

---

*헨리는 1889년 예술 및 시사 잡지인 「스코틀랜드 옵저버」의 편집자가 되었으며, 1891년 런던으로 이전해 「내셔널 옵저버」로 명칭을 바꾼 뒤 1893년까지 편집장으로 일했다. 헨리에 의하면 이 잡지는 독자만큼이나 많은 작가들을 보유하고 있었고 명성은 주로 문학계에 국한되었으며, 보수적이고 종종 제국주의에 공감하는 논조를 취했다. 이 외에도 그는 여러 잡지사에서 열성적으로 일하다가 53세에 폐결핵으로 세상을 떠났다.

종류의 연대기를 위한 곳이다. 여기 세 줄로 (보통 유럽 역사를 의미하는) 눈부신 프랑스 역사가 한눈에 펼쳐지는데, 각각의 책은 공교롭게도 다른 책이 중단된 시기쯤에서 시작한다. 첫 번째는 프루아사르*의 책이고, 다음은 몽스트렐레**, 세 번째는 코민느***다. 이 세 권을 읽으면 여러분은 백 년 이상의 상당한 역사에 관해 당대 최고의 해설을 직접 듣게 된다. 즉, 인류의 기록된 전체 역사 중 상당한 단면을 알게 되는 것이다.

프루아사르는 언제나 근사하다. 전문가만이 기쁘게 읽을 수 있는 중세 프랑스어가 꺼려진다면 버너스 경****의 번역본을 읽으면 된다. 프루아사르와 거의 엇비슷하게 중세풍이지만 대단히 멋진 영어로 번역되어 있다. 아니면 존스*****가 오늘날의 영어로 번역한 번역본에 의지할 수도 있다. 버너스 경의 번역본은 한 페이

*Jean Froissart(1333?~1400?). 프랑스 북동쪽 에노Hainault 출신으로 14세기 최대의 문학작품으로 꼽히는 『연대기』를 쓴 작가이자 시인, 궁중 역사가. 잉글랜드와 웨일스, 스페인, 플랑드르 등 유럽 각지를 돌며 연대기 자료를 수집, 동시대 역사의 충실한 기록자가 되었다. 후에 에노 지역의 대성당 참사원이 되었으며, 각종 여행 경비와 저작에 필요한 자금 일체를 필리파 왕비에게 후원받았다.
**E. de Monstrelet(1370~1453). 1400년부터 1444년까지 다룬 『연대기』에서 귀족들의 전쟁에 약탈당하는 하층민들을 동정적으로 그렸다.
***Philippe de Comines(1445?~1511?). 『회고록』에서 이야기식 서술을 통해 역사 서술이 근대로 들어섰음을 보여주었다.
****John Bourchier(1467~1533). 버너스 2대 남작. 영국의 군인, 정치인, 번역가였다. 왕의 바람으로 프루아사르의 『연대기』를 번역했는데, 이로 인해 영국 역사물 번역은 크나큰 쾌거를 이루었다.
*****Thomas Johnes(1748~1816). 정치인이자 작가. 프루아사르의 『연대기』 전 4권을 근대 영어로 번역했다.

지만 읽어도 아주 즐겁긴 하지만 내 생각에는 고어체로 쓰여진 커다란 부피의 책을 읽는다는 게 좀 부담이 될 것 같다. 개인적으로 나는 근대적인 것을 선호하긴 하지만, 존스의 번역본도 하편 끝에 도달하기 전까지 약간의 인내심을 보여주어야 할 것이다.

나는 에노의 대성당 참사원[프루아사르]이 당시 자신이 하고 있던 일에 대해 어떤 생각을 갖고 있었는지 궁금하다. 즉, 자신의 책이 그가 살았던 시대뿐만이 아니라 중세 기사제도 사회를 통틀어 크나큰 권위를 지니게 될 날이 올 거라는 생각이 뇌리에 스쳤는지 말이다. 나는 그의 목적이 여러 남작들과 기사들의 이름과 행위를 자세히 기술함으로써 그들로부터 실제적인 이득을 얻는 데 있었을 공산이 훨씬 더 크지 않을까 싶다. 예를 들어, 잉글랜드의 궁정을 방문했을 때 그는 멋들어지게 장정된 자신의 저작물을 가져갔다는 사실을 기록으로 남겨놓았다. 그리고 그 훌륭한 대성당 참사원의 발자취를 따라가다 보면 우리는 그가 여행 시 수령인에게 값비싼 선물이 되었을 법한 책들을 여럿 가지고 다녔다는 사실을 알게 된다. 전쟁터에서의 용맹함을 소중히 여기는 기사도적인 정신을 만드는 책에 대한 답례는 무엇이었을까?

그러나 그의 진의에 관해 지나치게 호기심을 갖고 들여다보지 않는다고 해도, 작업 자체는 아주 철저하게 이루어졌다는 사실을 인정해야 한다. 받아들이든 말든 상관없다는 식의 활기차고 허물없고 친근한 이야기꾼 방식에는 헤로도토스* 같은 면이 있다. 그러나 그에게는 옛 그리스어**에 정통하다는 이점이 있었다. 존 맨더빌 경의 『존 맨더빌 경의 여행』***을 진지하게 받아들인 시대와 그가 같은 시대에 속해 있었다는 사실을 고려해 보면, 그 연대기가 얼마나 꼼꼼하고 정확한지 놀라울 따름이다. 스코틀랜드와 스코틀랜드인에 관해 그가 한 이야기를 예로 들어 보겠다. 어떤 이야기들은 장 르 벨**** 덕분이긴 하지만 그건 별개의 문제이다. 14세기 에노 사람에게 스코틀랜드인에 대한 설명은 그의 상상력이 꽤 개입될 수 있는 주제이다. 그럼에도 불구하고 우리는 그의 이야기가 전체적으로 아주 정확했다는 것을 알 수 있다. 갤러웨

*Herodotus(484?~425? B.C.). 그리스의 역사가. 여러 연회에서 이야기꾼의 역할을 하였으며, 청중에게 주로 아테네의 여러 명문 가문 이야기, 전쟁 이야기, 그 밖의 역사적 사건들, 미지의 땅에 대한 경이로움을 들려주었다. 들은 그대로 기록하고 전해지는 것을 그대로 전하는 것을 서술 원칙으로 삼았다. 이를 위해 갈 수 있는 곳이라면 어디든지 찾아다녔고, 현지에서 만난 사람들과 나눈 대화 내용이 9권으로 이루어진 저서 『역사』의 가장 중요한 자료가 되었다.
**고대 그리스어와 현대 그리스어 중간 정도에 있는 그리스어의 한 형태. 대략 1세기에서 16세기 사이의 그리스어를 말한다.
***대략 1356년에서 1357년 사이에 출간되었다. 초판본은 프랑스어로 되어 있으나 여러 언어로 번역되면서 비상한 인기를 끌었다. 화자인 맨더빌은 자신을 세인트 알반스의 기사라고 명시했으나 존 맨더빌이 실존했는지 여부는 확실하지 않다.
****Jean le Bel(1290?~1370). 벨기에의 연대기 작가. 라틴어 대신 프랑스어로 연대기를 쓴 최초의 작가 중 한 명이자 사실을 확인하고 보완하기 위해 인터뷰를 이용한 최초의 작가이다. 로버트 1세라든가 에드워드 3세, 또 에드워드 3세가 흠모한 솔즈베리의 백작부인과 관련된 에피소드 같은 것들은 그의 이야기에서 가져온 것으로, 프루아사르는 그에게 크게 영향을 받았다.

이종種 말이라든가, 철판에 구운 딱딱한 비스킷, 백파이프 등 온 갖 시시콜콜한 것들이 정말처럼 들린다. 장 르 벨은 실제로 잉글랜드와 스코틀랜드의 국경 전쟁에 참전했었으며, 프루아사르는 그에게서 자료를 얻었다. 그러나 우리가 어느 정도 검증할 수 있는 곳에서는 그는 조금도 윤색하려 들지 않았으며, 우리가 확인할 수 없는 곳에서는 그의 이야기를 받아들일 수밖에 없게 만든다.

그러나 프루아사르의 작품에서 가장 흥미로운 부분은 그의 시대의 기사들의 모험과 행동, 습관, 말하는 방식 등을 다룬 부분이다. 그가 중세 기사제도의 전성기가 끝난 조금 뒷시대에 살았다는 것은 사실이다. 그러나 당시 기사단의 꽃으로 여겨졌던 사람들을 다수 만날 수 있을 정도로 충분히 이른 시기였다. 그의 책은 바로 그 사람들도 읽었으며, 읽은 사람들 대다수가 견해를 밝혔기에 우리는 그것이 상상에서 나온 묘사가 아니라 기사들에 대한 정확한 모습이라고 믿는다. 이야기들은 언제나 앞뒤가 맞는다. 조합해 볼 필요가 있었을 때 내가 그랬듯, 만약 여러분이 기사들이 한 발언이나 대화를 조합해 본다면 그들을 관통하는 놀라운 일관성을 발견할 것이다. 따라서 우리는 이 책이 프랑스와 스코틀랜드 왕들이 런던에서 포로로 잡혀 있던 시대, 그리고 잉글랜드가 역사상 필적할 수 없는 무위武威를 떨치던 시대에 크레시*에서 또 프와티에**에서 싸웠던 기사들을 정말로 대변하고 있다는 것을 믿을 수 있다.

　이 기사들은 우리가 지금까지 보아왔던 역사적 모험담 속 기사들과 한 가지 면에서 다르다. 최고의 모험담 주인공에게로 눈길을 돌려보자. 여러분은 월터 스콧의 중세시대 기사들이 인생의 전성기에 대체로 체격이 근육질의 운동선수 같다는 사실을 발견할 것이다. 브와 길베르, 프롱 드 뵈프, 리처드, 아이반호, 로버트 백작 등이 모두 그러하다. 그러나 간혹 프루아사르의 책에 나오는 제일 유명한 기사들은 늙고 불구에다 눈까지 멀었다. 긴 창을 휘두르며 전성기를 구가하던 챈도스 경***이 이미 잃은 한쪽 눈 밑을 습격당해 목숨을 잃었을 때는 틀림없이 일흔 살이 넘었을 것이다. 그가 아침에 나바레타에서 영국군에서 말을 타고 나와 거구의 스페인 용장 마르틴 페라라를 죽였을 때도 상당한 나이였다. 특히 무거운 갑옷으로 무장하고 다녀야 했을 때 젊음과 힘은 필시 크게 도움이 될 터이지만, 일단 말 등에 올라타면 용맹

---

*Crécy. 프랑스 북부, 영국 해협에 가까운 마을로 1346년 에드워드 3세의 영국군이 프랑스군을 크게 이긴 곳이다.
**Poitiers. 프랑스의 중서부, 비엔에 있으며 백년전쟁 초기에 이곳에서 프랑스군이 영국군에게 패배하였다.
***Sir John Chandos(1320?~1369). 더비셔 출신의 기사. 흑기사인 에드워드의 절친한 친구였다. 프루아사르는 그를 "지혜롭고 책략이 뛰어났다"고 기술했으며, 백년전쟁에서 영국이 승리를 거둔 세 전투, 즉 크레시전투, 프와티에전투, 오레전투 뒤에는 그가 지도자로서 전두지휘했을 거라고 믿었다. 그러나 아서 코난 도일의 설명과는 달리 챈도스 경은 대략 50세 전후의 나이에 죽었다고 전해진다.

한 준마駿馬가 근력을 대신해 주었다. 잉글랜드의 사냥터에는 비실거리는 노인이 허다했으나 일단 자신의 익숙한 안장에 단단히 자리 잡으면 젊은이들보다 앞서 나갔다. 기사들 사이에서도 마찬가지였다. 그리고 다른 이들보다 더 오래 산 이들은 여전히 전쟁터에서 자신들의 책략과 무기를 다룬 경험을 수행하고, 무엇보다도 침착하고 의연한 용기를 수행할 수 있었다.

그가 윤색한 기사제도 하에서는 기사가 종종 피에 굶주린 흉포한 야만인이었다는 사실을 부정할 수 없다. 기사는 전쟁에서 몸값을 청구할 수 있을 때를 빼고는 적에게 거의 자비를 베풀지 않았다. 그러나 온갖 흉포함에도 불구하고 끔찍한 게임을 즐기는 무시무시한 사내아이처럼 속 편한 사람이었다. 기사는 또한 전투 중일지라도 자신만의 특이한 규범에 충실했으며, 자신의 계급과 관련된 한 놀랍게도 다정하고 연민에 찬 감정을 느끼기까지 했다. 프랑스군과 독일군 사이의 전쟁에서 지금은 있을 법한 사적인 감정이나 괴로움이라곤 없었다. 반대로 적수들은 서로 아주 부드러운 어조로 말하며 예의를 지켰다. "그대의 고통을 덜어줄 조그마한 맹세라도 있느냐?", "내 목숨을 베어 자그마한 무공을 세우고 싶은 것인가?" 한창 싸움을 벌일 때는 숨을 돌리기 위해 잠시 멈추고 그 와중에 서로의 용맹함에 대해 칭찬을 늘어놓으며 우호적으로 대화를 나눴다. 스코틀랜드인 세톤이 프랑스 기사단 일행

중 한 명과 서로 주거니 받거니 하면서 바랐던 만큼 창으로 공격했을 때, 그는 "고맙소, 정말 고맙소!"라고 말하면서 말을 몰고 질주해갔다. 한 잉글랜드 기사는 "자신의 출세와 부인의 승격을 위해서" 적군의 도시 파리로 말을 몰 거라고 맹세하면서 창으로 시합장을 에워싼 목책을 건드렸다. 이 모든 이야기는 그 시대의 가장 전형적인 이야기이다. 그가 말을 몰고 질주할 때 목책 주변에 있던 프랑스 기사들은 그가 맹세했던 것을 감안해 아무런 공격도 가하지 않았으며 그에게 잘 싸웠다고 크게 소리쳤다. 그렇지만 그가 다시 말을 몰고 올 때 인도에 커다란 도끼를 한 자루 든 야비한 살인자가 서 있다가 그가 지나갈 때 도끼로 쳐서 죽였다. 연대기는 여기에서 끝난다. 그러나 나는 그 살인자가 프랑스 기사들의 손아귀에서 몹시 지독한 시간을 보냈을 거라는 사실을 추호도 의심하지 않는다. 설령 적군이라 할지라도 기사단 중 한 명이 그토록 비속한 죽음을 맞이하는 것을 보고 좌시하지는 않았을 것이기 때문이다.

연대기 작가로서 코미느는 프루아사르보다 덜 예스럽고 더 관습적이지만 역사물 작가로서는 자신만의 작은 집채를 짓는 용도로 돌산에서 숱하게 돌멩이들을 캐낼 수 있었다. 물론 월터 스콧의 『퀜튼 더워드』는 코미느의 여러 페이지에서 송두리째 나온 것이다. 루이 11세에 대한 모든 내력, 또 그와 용담공 샤를 1세*와의 관계, 쁠레시 르 뚜르**에서의 기이한 삶, 속된 조신들, 이발사와 교수형 집행인, 점성술사들, 야수와도 같은 잔혹성과 미신을 맹종하는 행위가 번갈아 나오는 것 등 모두가 여기에서 나온 것이다. 사람들은 그런 군주는 유일무이하며, 그토록 기이한 특성과 극악무도한 죄악이 뒤섞인 모습은 전혀 조화롭지 않지만, 그럼에도 원인 없는 결과는 없을 거라고 생각한다. 발리셰프스키***의 『폭군 이반 4세』를 읽어보라. 백 년이 지난 뒤 러시아는 훨씬 더 극악무도한 군주를 만들어내긴 했지만, 아주 시시콜콜한 것들에 이르기까지 루이 11세와 정확히 똑같은 노선을 걸었다는 사실을 알게 될 것이다. 잔혹성도 똑같고, 미신을 믿는 것도 똑같고, 점성술사들을 대동하고 다니는 것도 똑같고, 미천한 신분의 패거리들과 어울리는 것도 똑같으며, 대도시의 영향력이 미치지 않는 곳에 거주지를 만든 것도 똑같다. 더 이상 완벽할 수 없을 정도로 유사하다. 『폭군 이반 4세』를 다 읽고 난 뒤에도 공포심을 충분히 맛보지 않았다면 같은 저자의 『피터 대제』로 넘어가 보라. 대단한

*Charles Ier le Téméraire(1433~1477). 부르고뉴의 공작으로, 실질적으로 부르고뉴를 통치한 마지막 공작(재위 1467년~1477년)이다. 그의 치세에 부르고뉴 공국은 가장 크게 번성하였으나, 그의 죽음 이후 급격히 와해되어 결국 프랑스 왕국에 합병되고 말았다.

**Plessis-lèz-Tours. 루이 11세가 가장 좋아하던 성. 직접 지시하여 지은 이 성에서의 생활은 신비에 휩싸였다고 한다. 루이 11세는 이곳에서 죽었다.

***Kazimierz Waliszewski(1849~1935). 폴란드의 역사 작가. 바르샤바와 파리에서 공부했으며, 주로 러시아 역사에 관해 글을 썼다.

나라다! 잇따른 군주들은 또 얼마나 대단한가! 피와 눈과 강철의 나라! 이반과 피터 둘 다 자식들을 죽였다. 또 종교에 대한 섬뜩한 조롱이 책을 관통하는데, 그것은 그 자체로 괴기스러운 공포를 준다. 우리 영국에는 헨리 8세가 있었지만 바로 그 최악의 왕조차도 러시아에서는 어질고 자애로운 통치자로 군림했을 것이다.

역사물과 기사들에 관해 이야기하다 보니, 저기 아래에 아주 평판이 좋지 않은 표지들 사이에 다 낡아빠진 책이 보인다. 바로 워싱턴 어빙*의 『그라나다 정복 연대기』이다. 그가 저 책을 쓰는 데 필요한 자료를 어디서 구했는지 모르겠지만, 내 짐작에 스페인 사람의 연대기에서 가져온 것 같긴 한데, 무어인들과 기독교 기사들 사이의 전쟁은 둘째가라면 서러울 무용담 넘치는 이야기임이 틀림없다. 어두컴컴한 협곡에서 번득이는 창기병들의 머리, 험준한 바위에서 붉게 타오르는 봉화, 갑옷을 입은 기독교도들의 신심, 돌진하는 이슬람교도들의 당당하고도 용맹한 모습을 저 책보다 더 멋지고 매력적으로 그려낸 책을 나는 거명할 수 없다. 워싱턴 어빙이 다른 책을 한 권도 쓰지 않았더라도 저 책 하나만으

*Washington Irving(1783~1859). 미국 소설가, 수필가. 19세기 미국 낭만주의 문학의 대표작가로 "미국 문학의 아버지"라 불린다. 뉴욕의 네덜란드인 정권에 대한 해학적 역사서 『뉴욕의 역사』와 『스케치북』 등을 발표하여 크게 인정받았다. 『그라나다 정복 연대기』는 15세기 그라나다에서 스페인이 무어인들과 벌인 전쟁의 역사로, 프레이 안토니오 아갑피다라는 연대기 작가의 원고에 기초한 것이나, 당시 이 작가의 이름은 스페인 작가들의 목록에서 전혀 찾아볼 수 없었다.

로도 모든 서재의 문을 열어젖혔을 것이다. 나는 그의 저서라면 무조건 열광한다. 지금까지 그보다 더 명쾌한 필치의 생생한 영어로 쓴 작가는 아무도 없었기 때문이다. 그러나 그중에서도 『그라나다 정복 연대기』가 여전히 내가 제일 자주 뒤적이는 책이다.

과거를 배경으로 하는 공상물에서 보여지는 역사를 잠시 떠올려보자. 여기 새로운 정취를 풍기는 이국적인 책 두 권이 나란히 있다. 두 권 다 외국 소설가가 쓴 것으로 내가 아는 한 각자 책을 두 권씩만 썼다. 녹색 바탕의 금박으로 된 이 책은 둘 다 포메라니아 태생의 마인홀트* 작품으로, 제인 와일드**가 탁월하게 번역해 놓았다. 첫 책은 『마법사 시도니아』이며 다음 책은 『호박 마녀』이다. 소박하게 살아가는 사람들의 예스러운 세부사항들과 더불어 이따금 갑작스럽게 벌어지는 야만적인 행위 등 중세 시대에 관해 이보다 더 기이한 시각을 어디에서 찾을 수 있을지 모르겠다. 아주 기괴하고 야만적인 것들이 인간적이면서도 납득할 수 있도록 만들어졌다. 책을 쭉 읽다 보면 한 가지 사건이 뇌리에서 떠나지 않는데, 사형 집행인이 어떤 젊은 마녀를 고문하면 자신에게 대가를 얼마나 줄 수 있는지에 관해 마을 사람들과 이야기를 주고받는 장면이다. 그는 자신이 이제 늙었고 류머티즘에 걸렸기

---

*Johannes Wilhelm Meinhold(1797~1851). 포메라니아의 사제이자 작가.
**Jane Wilde(1821~1896). 스스로를 "스페란자"(이탈리아어로 "희망"이라는 뜻)라 불렸던 시인이자 아일랜드 민족주의자로 오스카 와일드의 어머니이다.

때문에 구부정하게 서서 근육을 무리하게 사용하는 것은 등에 좋지 않다는 이유를 대며 사과 한 궤짝에서 한 궤짝 반으로 값을 올린다. 그러면서 그 일은 비탈진 언덕에서 해야 한다고 설명한다. 그래야 "우리 귀여운 아이들이" 잘 볼 수 있기 때문이다. 『마법사 시도니아』와 『호박 마녀』 둘 다 내가 이전에 다른 어디서도 볼 수 없었던 옛날 독일을 그렇게 묘사한다.

그러나 마인홀트는 벌써 옛날 세대에 속한다. 문단의 신성이자 탁월한 필력을 지닌 메레츠코프스키*야말로 내가 틀리지 않는다면 젊은 데다 전도양양하다. 나는 『선각자』와 『신들의 죽음』, 이 두 가지만 겨우 구할 수 있었지만, 르네상스 시대의 이탈리아를 다룬 『선각자』와 로마의 쇠퇴기를 다룬 『신들의 죽음』은 내가 보기에는 걸작 소설이다. 그 책들을 읽으면서 내가 새로이 받는 인상들에 대해 얼마나 마음이 열려있는지를 발견하고는 무척 기뻤다는 사실을 고백한다. 나이가 들면서 맞닥뜨리는 극도의 정신적 위험 중 하나는 예전에 좋아하던 것들에 굉장히 집착하게 된다는 것이다. 따라서 새로운 것이 들어설 자리가 없으며, 좋았던 시절이 다 끝나버렸다고 확신한다. 하찮은 두뇌가 단단히 굳어버

---

*Dmitry Merezhkovsky(1865~1941). 러시아의 소설가, 시인, 사상가, 문학 평론가. 러시아 상징주의 운동의 선구자로 정치적 망명을 두 번 했다. 두 번째 망명(1918~1941) 기간 동안 그는 계속해서 소설을 출간, 잇따라 성공을 거두며 러시아의 비평가로 인정받았다.

리기 때문이다. 그 질병이 얼마나 흔한지 보려면 아무 비평지나 펼치기만 하면 된다. 그러나 문학사에 대한 지식은 우리로 하여금 비평지는 언제나 똑같았다는 사실을 확인시켜주며, 게다가 젊은 작가가 불리하게 비교당해서 낙심한다 할지라도 그것은 애초부터 공통적인 운명이었다. 그는 하나의 자산만 가지고 있으면 된다. 그러니 비평 같은 것은 신경 쓰지 말고 자신의 최상의 기준을 충족시키려 애써야 한다. 나머지는 시간과 대중에게 맡기는 것이다. 여기 내 책장 옆에 운율이 고르지 않은 엉터리 시가 걸려 있다. 이 시는 초조한 시간을 보내는 젊은 아우들에게 마음의 평화를 가져오는 길잡이가 될 것이다.

비평가들의 친절─신경 끄자!
비평가들의 칭찬─관심 없다!
비평가들의 비난─늘 그렇다!
비평가들의 악담─최악이다!
최선을 다하자─나머지는 상관 말자!

11장

　영웅들과 모험심 넘치는 기사들에 관해 과거시제로 이야기해 왔지만, 그들의 시대는 분명 아직 지나가지 않았다. 지구가 모두 탐험되었을 때, 최후의 야만인이 길들여졌을 때, 마지막 대포가 폐기되었을 때, 그리고 세상에 미덕이 줄을 잇고 이루 말할 수 없을 정도로 세상의 모든 고통이 누그러졌을 때 사람들은 우리 시대를 회상할 것이며, 우리의 모험과 우리의 용기를 이상화할 것이다. 우리가 먼 선조들의 모험과 용기를 이상적이라고 생각하듯 말이다. "조잡한 도구와 제한된 기구들을 가지고 그 사람들이 한 일을 보면 정말 경이롭지 않습니까!" 우리의 탐험, 우리의 항해, 우리의 전쟁에 관해 읽었을 때 그들은 그렇게 말할 것이다.

　자, 여행용 서적이 놓인 책꽂이에서 첫 번째 책을 꺼내보자. 나이트*의 『팔콘 여행기―30톤짜리 배를 타고 남아메리카로 항해하다』이다. 선체에 팔콘**의 혼을 불어넣은 이름을 붙인 말장난에 대해 자연은 유죄였다. 이 간결한 기록을 읽어본 뒤에도 해클루트***의 『항해기』에 더 근사한 것이 있다면 내게 말해보라. 육지사람 둘이—내가 올바로 기억하고 있다면 사무 변호사들이었는데—사우샘프턴 부두로 내려간다. 그들은 항만에서 일하는 젊은이를 뽑고 출항할 조그만 배에 승선한다. 그들은 어디에서 모습을 드러낼까? 부에노스아이레스다. 그런 다음 파라과이를 거쳐 서인도제도로 돌아가 작은 보트는 거기서 팔아버리고는 고국으로 돌아온다. 엘리자베스 시대의 선원들이 무엇을 더 할 수 있었을까? 단조로운 항해에 변화를 줄 고대 스페인의 대형 범선들은 없었지만, 만약 있었더라면 나는 우리의 모험가들이 스페인 금화를 나눠 가졌을 거라 확신한다. 그러나 그들을 항해에 끌어당긴 그러한 황금 미끼 없이 모험에 대한 순수한 욕망과 바다의 부름에 대한 응답을 마쳤을 때 그것은 확실히 더욱 숭고한 것이었다. 중절모자와 긴 코트, 온갖 따분한 차림새로 변장할지라도 여러분에게 그 옛날의 정신은 아직도 살아있다. 아마 몇백 년이 흘러 그들에 대한 기억이 희미해졌을 때는 심지어 낭만적으로 보

*Edward Frederick Knight(1852~1925). 영국의 변호사, 군인, 언론인. 20종이 넘는 책을 썼는데 그중 많은 저서가 종군기자로 파견되었을 때를 기반으로 한 것이다.
**Falcon. 배의 이름으로, 본래 "매"라는 뜻이다.
***Richard Hakluyt(1552?~1616). 영국의 지리학자. 세계 각국의 항해기록을 독파하여, 그 결과를 『아메리카 발견의 여러 항해』와 『영국국민의 주요 항해·무역 및 발견』으로 간행하였다. 이후 3권의 개정판이 간행되었는데, 이른바 해클루트의 『항해기』라 하여 "바다의 서사시"로 애독되었으며, 영국 국민의 해외 진출을 크게 고무하였다.

이기까지 할 것이다.

여전히 지상을 떠나지 못하고 서성이는 모험담과 영웅주의를 보여주는 또 다른 책은 스콧 대령*의 『남극 탐험 항해기』이다. 과장하거나 덧입히지 않고 뱃사람 특유의 명료하고 꾸밈없는 문체로 쓰이긴 했지만, 그럼에도 불구하고 (아니 어쩌면 그래서 더욱) 마음속에 깊은 여운을 남긴다. 그 책을 읽으면서 곰곰이 생각해 보면 최고의 영국인을 만드는 자질이 무엇인지에 대한 분명을 시각을 얻을 수 있는 것 같다. 모든 나라가 용감한 남자들을 배출한다. 모든 나라마다 활력이 넘치는 남자들이 있다. 하지만 부드러운 겸양과 사내아이 같은 쾌활함을 갖추면서도 용기와 활력이 뒤섞인 어떤 유형이 있기 마련이며, 이 유형이 바로 최고의 유형이다. 이 책의 탐험대원은 모두 탐험대장의 기상에 고취되어 있었던 것 같다. 주춤거리지도 않고 투덜거리지도 않는다. 온갖 불편사항을 농담 삼아 넘겨 버리며, 이기적인 생각 없이 각자 오롯이 모험의 성공만을 위해 움직인다. 생활필수품을 비롯 여러 궁핍함을 그토록 꾹 참고 견디며 기록한 글을 읽고 나면 우리는 일상생활에서 사소한 일에 분개하는 감정을 드러내는 게 부끄러워

*Robert Falcon Scott(1868~1912). 영국의 군인, 남극 탐험가. 1901년부터 1904년까지 디스커버리호를 타고 남극 탐험을 지휘하였다. 이때 "킹 에드워드 7세 랜드"를 발견하여 남위 82도 17분까지 도달, 당시 가장 남쪽에 당도한 기록을 세웠다. 1910년 테라노바호를 이끌고 제2차 남극 탐험에 나서서 1912년 1월 18일 남극점에 도달하였으나 귀로에 악천후로 조난, 전원 최후를 맞이했다.

진다. 일행에게 괴혈병이 덮친 와중에도 맹목적으로 목표를 향해 비틀거리며 간 스콧의 글을 읽고 난 뒤에도 할 수만 있다면 북쪽의 태양의 열기나 시골길의 먼지에 대해 불평하라.

이것은 현대를 사는 우리들의 단점 중 하나이다. 우리는 너무 많이 불평한다. 우리는 불평하는 것을 부끄러워하지 않는다. 그렇지 않았던 시대가 있었다. 불평하는 것이 사내답지 못한 것이라고 생각되던 시대였다. 신사는 언제나 극기심이 강해야 하며, 삶의 사소한 문제들에는 영향을 받지 않을 정도로 고귀한 영혼을 갖추고 있어야 했다. "추위 보이는군요." 한 영국인이 동정심 어린 마음에 망명한 프랑스 왕당원에게 말했다. 군데군데 해어진 외투를 입은 몰락한 귀족은 몸가짐을 바로 하더니 결연히 서서 이렇게 말했다. "신사는 절대 추위를 타지 않습니다." 자기 자신에 대한 자존감만이 아니라 타인의 자존감을 배려할 때는 불편사항을 살펴야 한다. 이렇듯 스스로 억제하고 고통을 숨기는 것은 이제는 전통에 지나지 않는 옛날 귀족 계급의 의무와도 같았던 두 가지 특징이다. 이 문제에 대해 대중들의 시각은 더욱 확고해야 한다. 한 발로 깡충깡충 뛰어야만 하는 남자는 칼에 정강이를 찔렸기 때문이라거나, 손을 꽉 움켜쥔 남자는 손가락 마디에 타박상을 입었기 때문이라고 하는 것은 그가 동정의 대상이 아니라 경멸의 대상이라는 느낌을 받도록 만들어졌기 때문이다.

북극 탐험의 전통은 우리 영국인들뿐만 아니라 미국인들 사이에서도 숭고한 것이다. 다음 책이 그러한 사례에 딱 들어맞는다. 그릴리*의 『3년간의 북극 복무』이다. 스콧의 『남극 탐험 항해기』와 같이 꽂아 놓으면 어울릴 만한 책이다. 이 책에는 절대 잊을 수 없는 사건들이 나온다. 20여 명의 병사들이 무시무시한 벼랑에서 하루에 한 명씩 추위와 굶주림과 괴혈병으로 죽어가는 일화로, 우리의 보잘것없는 역사적 모험담을 모조리 초라하게 만든다. 그리고 그 용맹한 대장은 굶주리는 와중에도 죽어가는 병사들의 고통을 덜어주려는 생각에 순수 과학에 관해 강연한다. 정말 대단한 장면이지 않은가! 추위와 굶주림에 시달리는 것은 끔찍하다. 또 암흑 속에 사는 것도 끔찍하다. 그러나 병사들은 그 모든 일을 6개월 동안 지속할 수 있었으며, 게다가 그중 일부는 이 이야기를 전하려고 살아냈다는 것은 실로 경이로운 일이다. 가련하게 죽어가는 대위의 절규에는 얼마나 무수한 감정이 실려 있었을까. "이런, 빌어먹을……." 그는 신음하며 얼굴을 벽 쪽으로 돌렸다.

---

*Adolphus Washington Greely(1844~1935). 미국의 군인이자 북극 탐험가. 북극에 기상 관측소 설립을 위해 탐험대를 이끌고 그린란드 해안을 따라갔다. 1883년 남쪽으로 퇴각하기로 하고, 보급선을 통해 식량과 장비를 보급받으려는 계획을 세웠지만 여러 사정으로 보급선이 오지 못했다. 결국 25명 중 19명이 기아와 익사, 저체온증으로 죽고 나서야 구조대가 도착했다. 살아 돌아온 생존자들은 영웅으로 대접받았으나 후에 시신을 먹었다는 흉흉한 소문이 나돌았다. 그릴리 본인은 살아남아 1935년 워싱턴에서 사망했다.

앵글로-켈트족은 항상 개인주의로 흐르긴 했지만 그래도 어쨌거나 그들보다 더 이상적인 규범을 꿈꾸고 수행할 수 있는 종족은 없다. 로마인들이나 고대 그리스인들의 사료에서는 찾아볼 수 없는 것이며, 심지어 폼페이에서 용암이 흘러내려 굳은 보초병에게도 없는 것이다. 버큰헤드호에서 열 지어 가라앉은 젊은 영국군 신병들의 책무보다 더욱 확고하고도 훌륭한 사례를 제공하는 것은 없다.* 또한 그릴리의 탐험대는 내게는 거의 비슷할 정도로 주목할 만한 또 다른 사례를 떠올리게 한다. 여러분이 만약 책을 읽었다면, 겨우 여덟 명쯤 되는 불운한 병사들만 남아있었을 때조차도 굶주림과 병약함 때문에 거의 움직일 수도 없는 상황에서 일곱 병사가 혼자만 튀는 행위를 한 병사를 빙판 위에서 규율위반으로 총으로 쏘아 죽인 사실을 기억할 것이다. 그 모든 엄숙한 절차는 마치 워싱턴의 국회의사당에서 서류에 서명하는 방식과 마찬가지로 집행되었다. 내가 기억할 수 있는 한, 그의 위법행위는 썰매를 동여매는 가죽끈을 훔쳐 먹은 것이었다. 그에게

---

*1852년 사병들과 그 가족들 630여 명을 태운 군 수송함 버큰헤드호가 암초에 부딪혀 두 동강이 났다. 당시 사병들은 대체적으로 젊은 신병들이었고, 남아 있는 구조선 역시 60인승 3척뿐이었다. 당시 선장인 시드니 세튼 대령은 모든 병사들을 집합시켜 "여성들과 어린아이들부터" 구명정에 태우게 했다. 구명정에 조금의 여유가 있어 뛰어내리라는 부녀자들의 외침에도 불구하고 구명정의 전복을 염려한 병사들은 뛰어들지 않고 오히려 의연한 모습으로 부동자세를 취했다. 결국 470여 명의 병사들은 버큰헤드호와 함께 물속에 잠겼다. 이후 영국에서는 이른바 "버큰헤드 정신"을 대표적인 사회적 규범임과 동시에 직업윤리를 강조하는 말로 사용하고 있다.

는 신발끈도 맛있어 보였으리라. 그렇지만 지휘관이 "그것은 속출하는 좀도둑질 중 하나였으며 게다가 썰매의 끈은 전 대원에게 생사를 의미하는 것이었다"고 말한 것으로 보아 그리 한 것은 공정한 일이었다.

개인적으로 나는 북극해와 관련된 것은 어떤 것이든 항상 깊은 관심이 있다는 것을 고백해야겠다. 지상에서 가장 아름다우면서도 가장 접근하기 어려울 수 있는 그 신비로운 지역의 경계선 안에 한 번이라도 있었던 사람은 언제나 북극해의 마력 같은 것을 계속해서 간직하는 법이다. 많은 사람들에게 알려진 지형의 경계에 서서 나는 남쪽으로 날아가는 오리들을 쏘고는 오리의 모래주머니 속에 든 자갈을 가져왔었다. 인간의 발길이 닿지 않은 어떤 지대의 자갈을 삼킨 것이었다. 이루 말로 표현할 수 없는 대기, 깊고 푸른 거대한 해수호, 수평선에서 연한 녹색으로 물들어가다가 차가운 황색으로 그늘져 가는 구름 한 점 없는 하늘, 요란하게 지저귀는 새들, 반질반질한 등을 가진 거대한 수생동물들, 민달팽이 같은 물개들, 눈부신 순백의 빙원과 대비되는 놀랍도록 선명한 암흑. 이 모든 것들이 꿈속에서 되살아날 것이다. 그리고 그 꿈은 삶의 본류와는 너무 동떨어져서 마치 그 자체가 어떤 환상적인 꿈이나 마찬가지로 보일 것이다. 그런 다음 2천 파운드의 가치가 있는 100톤 무게의 물고기와 노닐 것이다. 그런데 도대체

이 모든 것이 내 책장과 무슨 관련이 있단 말인가?

　아직 내 사고의 중심 선상에 북극해가 자리 잡고 있기 때문이다. 나는 바로 옆에 있는 책꽂이로 곧장 이끌려 간다. 거기엔 불런*의 『향유고래의 여행』이 있다. 이 책은 향유고래를 잡는 사람들의 잔인한 행위만 흠이 될 뿐 바다의 신비와 매력으로 가득 차 있다. 공해公海에서 벌어지는 향유고래 낚시는 내가 7개월간 견습 선원으로 복무한 그린란드에서 빙원을 손으로 더듬는 것과는 확연히 다르다. 둘 다 꼭 옛날의 일인 것만 같다. 북극해에서의 낚시는 확실히 그렇다. 이제는 기름을 얻으려면 땅에 파이프를 박기만 하면 되는데 왜 굳이 목숨을 걸어야 하는가. 선원의 삶을 그려 왔던 가장 남성미 넘치는 작가 중 한 명이 이 이야기를 다루었다는 건 정말 복 받은 일이다. 불런의 영어는 더없이 훌륭하다. 얼마나 훌륭한지 여러분에게 꼭 보여주고 싶다. 『향유고래의 여행』 옆에 있는 『바다의 목가』를 꺼내 보자.

　예를 들어, 산문의 악보를 볼 줄 안다면 이건 어떤가? 열대 지방의 기나긴 고요함을 근사하게 묘사하는 간결한 단락이다.

　병색이 완연한 예사롭지 않은 변화가 청명한 푸른 바다를 가로

---

*Frank T. Bullen(1857~1915). 영국의 소설가. 열두 살 때부터 선원이 되어 세계 곳곳을 여행했다. 『향유고래의 여행』은 선원의 관점에서 고래 탐험을 묘사한 반자서전적인 여행기이다. 불런은 바다와 관련된 수십 편의 작품을 남겼다.

지르며 밀려왔다. 바다는 이제 찬란한 태양도, 은빛으로 감미롭게 빛나는 달도, 셀 수 없이 무리 지어 빛나는 별들도 맑은 거울로 비추지 않았다. 죽어가는 사람의 낯빛처럼 흐린 잿빛의 반들반들한 엷은 막이 해수면의 아름다움을 온통 뒤덮는 것 같았다. 바다는 병들고, 고여 있고, 썩어가는 숨을 쉬는 것처럼 탁한 물에서 더러운 수증기를 뿜어내며 악취를 풍겼으며, 입천장에 끈적끈적하게 매달려 모든 감각을 무디게 하는 것 같았다. 깊이를 알 수 없는 저 아래의 어떤 기이한 힘에 이끌려 기묘한 형체들이 수면으로 향했다. 유리처럼 반짝이며 빛나는 기이한 얼음 표면에서 그 형체들은 본래의 어둠을 서로 맞바꾸었다. 미지의 생물들은 그들 주위에 넘실거리는 무성한 수초처럼 길이를 알 수 없는 기다란 촉수로 가장자리가 장식되어 있었으며 투명한 물질 곳곳에 색색의 반점이 무리 지어 있는 해파리의 눈처럼 꿈틀거리는 벌레 같은 형태의 잡히지 않는 물질은 태양에 조금만 노출되어도 녹아 없어져 버린 듯했다. 더욱 깊은 곳에서는 다행히도 아직까지는 분간할 수 없지만 우리 주위에 맴도는 그 낯설고도 희미한 냄새에 조금은 낯익은 정취를 더하면서 거대한 옅은 그림자들이 느릿느릿 살금살금 움직이고 있었다.

열대 지방의 평온함을 묘사하는 그 산문 전체나 또는『돛대 꼭대기에서 본 해돋이』를 보면 우리 시대의 영어로 이보다 더 묘사를 잘한 작품이 보기 드물다는 사실을 인정할 수밖에 없다. 만약 해양소설 책장에 10여 권의 책만을 골라 넣어야 한다면 나는 필시 불런에게 두 자리를 내줄 것이다. 나머지 자리는? 글쎄, 그건 대단히 개인적인 취향의 문제이다. 『톰 크링글의 항해일지』*도 분명 한 자리를 차지해야 한다. 나는 아이들이 한때 상어나 해적, 개척 이민자들에 감응했던 것처럼 요즘 아이들이 이 근사한 책이 주는 온갖 흥겨운 진취적 기상에 감응하기를 바란다. 다음으로, 데이나**의 『선원으로서의 2년간』도 한 자리를 차지해야 한다. 로버트 루이스 스티븐슨***의 『난파선 약탈자』와 『썰물』을 위한 여분의 자리도 마련해 놓아야 한다. 클라크 러셀은 그만을 위한 책장을 통째로 가질 만하지만, 어쨌든 『그로스베너호의 난파』****는 놓쳐선 안 된다. 당연히 메리어트*****의 『해군 장교 후보생 이

*Michael Scott(1789~1835)가 쓴 책. 원래 1829년 「블랙우드 매거진」에 연재되었으나 1834년에 총 2권으로 출간되어 미국뿐 아니라 유럽에서도 널리 읽혔다. 열대 지방의 특성을 매우 충실하게 기록했으며, 해안가에서의 삶과 풍습, 해적, 반란군, 전쟁, 폭풍, 난파선 등에 관해 상세히 묘사했다.
**Richard Henry Dana(1815~1882)의 자전적 소설. 1834년 선원이 되어 보스턴에서 케이프혼을 돌아 캘리포니아로 향하는 항해를 떠났다. 이때의 항해일지를 바탕으로 선원 생활의 실정을 자세하게 알린 책이 『선원으로서의 2년간』이다.
***『보물섬』과 『지킬 박사와 하이드 씨』를 쓴 영국 소설가 겸 시인.
****빅토리아 시대 중반기 바다를 소재로 한 가장 인기 있는 영웅주의 모험담 중 하나다. 이 소설은 실제 그로스베너호가 난파(1782)된 지 한 세기 후인 1877년에 출간되었지만 이름만 같을 뿐 아무런 관련이 없다.
*****Frederick Marryat(1792~1848). 영국의 군인, 소설가. 1830년 대령으로 제대한 뒤, 바다에서의 다양한 경험을 풍부하고 재미있게 되살린 작품들을 썼다.

지』와 『피터 심플』도 대표작으로 꼽을만하다. 이제는 완전히 잊혀진 책이 되긴 했지만 허먼 멜빌이 타히티섬에서의 경험을 살려서 쓴 『타이피족』이나 『오무』도 포함시키자. 또 상당히 요즘 취향인 러디어드 키플링의 『용감한 선장들』, 잭 런던의 『바다늑대』, 조지프 콘래드의 『나시서스호의 흑인』도 포함시키자. 그러면 여러분의 서재는 선체로 바뀌며 출렁거리는 파도가 밀어닥쳐 여러분의 객실에 굽이칠 것이다. 글로 쓰여진 말들이 할 수만 있다면 말이다. 아, 우리는 삶이 점점 너무 인위적으로 되면서 때때로 그 옛날 바이킹의 피가 요동치기를 얼마나 열망하는가! 바이킹의 피는 분명 우리 모두에게서 여간해서 사라지지 않는다. 섬에 사는 사람치고 바이킹선이나 쪽배를 타지 않았던 조상이 없기 때문이다. 더욱이 그 광활한 아메리카 대륙에 5,000킬로미터에 이르는 바다를 건너지 않은 선조는 아무도 없다는 사실을 비추어볼 때 미국인의 피 역시도 소금 방울로 인해 따끔거려야 마땅하다. 그렇긴 하지만 어쨌든 아메리카 대륙 중부에는 바다를 한 번도 본 적이 없는 수백만의 후손들이 있다.

나는 선원 허먼 멜빌이 타히티섬 주민들 사이에서 지낼 때의 삶을 그린 『타이피족』이나 『오무』 같은 책들이 아주 급격하게 어둠 속으로 가라앉았다고 말한 바 있다. 폭넓은 취향과 호의적인 견식을 지닌 비평가들이 유실된 책들 사이에서 구조 임무를 떠맡아 인양으로 보답하는 것은 얼마나 매력적이고 흥미진진한 일인가! 한 권의 작은 책을 통해 그들의 이름을 알리고 그들에게 주의를 환기시키는 것은 그 자체로도 흥미로울 터이지만, 더욱 흥미로운 것은 입문서로 사용되도록 하는 것이다. 나는 일시에 세차게 휩쓸려 내려갔던 책들 중에서 좋은 책이 다수 있으며, 아주 훌륭한 책들도 여럿 있을 거라 확신한다. 예를 들어, 무명의 작가가 쓴 책이 국가적으로 크게 동요하는 순간 출간되어 공적인 위기가 민심을 사로잡았다면 그 책에 어떤 가능성이 있겠는가? 수도 없이 많은 책들이 이런 식으로 사산되어 왔으며, 그 사이에서 살아있을 수 있는 책은 정녕 하나도 없는 것 아닐까?

자, 저기 요즘 책이 한 권 있다. 서른 살도 안 된 청년이 쓴 책이다. 바로 스나이드*의 『코벤던의 브로크』로 재판도 못 찍었다. 나는 그 책이 명작이라고 말하는 것이 아니다―나는 그 책이 명작이 아니라고 확신하고 싶지 않다―그러나 그 책을 쓴 저자는 속으로 명작의 가능성을 갖고 있었을 거라고 전적으로 확신한다. 여기 또 한 편의 소설이 있다. 포레스트**의 『8일간』이다. 이 책은 살 수가 없다. 도서관에서라도 찾을 수 있다면 운이 좋은 것이다. 그렇

---

*John Collis Snaith(1876~1936). 코미디, 스포츠, 역사물, 범죄 스릴러 등에 걸쳐 선구적인 작품들과 소재들을 써서 처음에는 독자들과 평론가들로부터 너무 난해하다는 평을 받았으나, 후에 몇몇 비평가들에 의해 빛을 보았다.
**Robert Edward Forrest(1835?~1914). 인도에서 25년간을 살았다. 『8일간』은 인도에서 벌어진 세포이 항쟁을 다룬 책이다.

지만 지금까지 쓰여진 어떤 책도 이 책보다 인도의 폭동에 대해 여러분에게 절실히 느끼게 해주지는 못할 것이다. 여기 있는 또 한 권의 책은 장담하건대 여러분이 듣도 보도 못했을 것이다. 파월*의 『동물 이야기와 감각에 관한 연구』이다. 아니, 이 책은 개와 고양이의 일화를 묶은 모음집이 아니라, 인간의 동물적 측면을 다룬 아주 독창적인 이야기들을 묶은 것이다. 여러분이 만약 맛을 분간해 내는 미각을 갖고 있다면 완전히 새로운 맛을 느끼게 될 것이다. 책은 10년 전에 나왔으나 전혀 알려지지 않았다. 내가 한 작은 책꽂이에서 세 권까지만 지목할 수 있다면, 얼마나 많은 책들이 빛을 잃고 바깥의 어둠 속으로 훌쩍 사라져버리겠는가?

시작했던 주제로 잠깐 되돌아와 보자. 여행의 모험담과 근대적인 삶에 빈번하게 나오는 영웅주의이다. 내가 알기로는 이 두 가지 특성 모두를 과학적으로 탐사해 강력하게 보여주는 책 두 권이 여기 있다. 먼저, 곱고도 고결한 마음을 단단히 다지기를 바라고, 또 다음으로 자연과 관련된 모든 것에 커다란 애정과 관심을 두기를 바란다면, 이 두 권이 젊은이의 손에 쥐여줄 수 있는 가장 좋은 책이다. 하나는 다윈의 『비글호 항해기』이다. 안목이 있는 사람이라면 이 책이 『종의 기원』보다 훨씬 앞서 쓰여졌다는 사실을 감지했을 것이다. 여러 보기 드문 특성들이 결합한 이 여행기

*G. H. Powell(1856~1924). 영국의 시인, 작가.

의 힘 덕에 일급 지성인 『종의 기원』이 생겨날 수 있었다. 이보다 더 포용력 있는 정신은 없었다. 주의 깊게 관찰하는 데 있어 극히 하찮은 것도, 또 극히 훌륭한 것도 아무것도 없었다. 미세한 거미줄의 특이성에 관한 분석에 한 페이지를 할애하면 다음 페이지는 대륙의 침강과 무수한 동물들의 멸종에 관한 증거를 다루고 있다. 그의 지식의 범위는 식물학, 지질학, 동물학에 이를 정도로 방대했으며, 각 분야는 서로를 뒷받침하는 데 도움을 주었다. 다윈은 어떻게 그토록 젊은 나이에 그토록 경이로움으로 가득 찬 방대한 양의 정보를 얻을 수 있었을까? 1831년 해군 측량선인 비글호에 탑승해 세계 일주를 시작했을 때 그의 나이는 불과 스물셋이었다. 아마도 지휘자의 손짓에 따라 본능적으로 드러나는 젊은 음악가의 본성 같은 것이리라. 사람들이 대과학자인 다윈에게서 별로 보고 싶어 하지 않는 또 다른 특질은 위험성을 아주 하찮게 보는 것으로, 이는 겸손함 속에 가려져 있기에 이를 감지하려면 행간을 잘 읽어야 한다. 다윈이 아르헨티나에 있었을 때 정착촌 바깥의 지역은 말을 타고 유랑하는 인디언투성이였는데, 그들은 백인들을 가차 없이 공격했다. 그런데도 다윈은 650킬로미터에 이르는 바이아와 부에노스아이레스 사이의 거리를 말을 타고 다녔다. 배짱 좋은 가우초들조차도 동행하기를 거부했는데 말이다. 사적인 위험과 섬뜩한 죽음은 새로이 발견한 딱정벌레나 기록되지 않은 날벌레와 비교하면 그에게는 하찮은 것일 뿐이었다.

두 번째 책은 월리스*의 『말레이제도』이다. 두 사람의 내면에는 기묘한 유사점이 있다. 도덕적, 육체적인 면에서 둘은 똑같이 용감했으며, 끈기를 가지고 느긋하게 버티는 것도 똑같았으며, 폭넓은 지식을 갖춘 데다 사고의 범위가 넓은 것도 똑같았다. 또한 자연을 관찰하는 열정도 똑같았다. 월리스는 다윈에게 종의 기원에 대한 원인을 설명하고 이해하는 직관에 번득이는 편지를 썼다. 다윈이 동일한 이론을 증명하려고 20년간의 노동 끝에 만들어낸 책을 출간하고 있던 바로 그때였다. 그 편지를 읽을 때 다윈의 감정은 어땠을까? 그래도 그는 두려울 게 없었다. 그의 책은 자신이 고대하던 이상의 열렬한 숭배자를 찾을 수 없을 정도였기 때문이다. 여기서 우리는 과학도 종교나 다를 바 없이 영웅시되는 인물들을 가지고 있다는 사실을 알 수 있다. 파푸아뉴기니에서 월리스의 임무 중 하나는 자연과 극락조과** 새들의 종을

---

*Alfred Russell Wallace(1823~1913). 영국의 자연주의자, 탐험가. 1854년에서 1862년 사이에 말레이제도와 동인도를 여행하고 판매를 위한 표본수집과 자연 연구를 한다. 이 지역에서 특정 해협을 사이에 두고 동물학적인 차이가 크게 나는 것을 발견하였는데 이후 월리스선이라고 알려지게 되었다. 이때 12만 5천 종의 표본을 수집하였고(8만 종의 딱정벌레류 포함) 이 중 1,000여 종은 학계에 보고되지 않은 새로운 종이었다. 그는 이 탐사를 통해 자연선택과 진화에 대한 생각을 정리할 수 있었으며, 1869년에 『말레이제도』라는 책으로 펴냈다. 이 책은 19세기의 과학적 탐험을 다룬 책 중 가장 유명하다.
**주로 뉴기니에서 발견되는 깃털의 색깔이 아주 선명한 새.

조사하는 것이었다. 그러나 그 섬을 헤매다니는 몇 년 동안 그는 동물군 전체를 완벽하게 조사했다. 각주 어딘가를 보면 극락조의 본고장에 살았던 파푸아뉴기니 사람들이 식인종이었다는 사실을 확인시켜 준다. 그러한 이웃들과 수년 동안 더불어 살거나 가까이 산다고 상상해보라! 젊은 친구들에게 이 두 권의 책을 읽게 하자. 그러면 독서로 인해 마음과 정신이 더욱 튼튼해질 것이다.

12장

이제 마지막 자리에 이르렀다. 나의 인내심 많은 동무여, 마지막으로 저 낡은 녹색 소파에 편안하게 앉아 참나무로 만든 책장을 올려다보며 이야기를 전하는 동안 최대한 인내심을 발휘해 주기를 부탁드린다. 정말 마지막이다! 그런데도 책들이 줄지어 있는 모습을 바라보고 있자니 아직 신세 진 것에 대해 10분의 1도 전하지 않은 데다 머릿속에 흐르는 상념 중 100분의 1도 언급하지 않았다는 생각이 든다. 어쩌면 잘된 일인지도 모른다. 해야 할 말을 모두 한 사람은 예외 없이 너무 많은 말을 했기 때문이다.

잠시만 교훈적인 이야기를 좀 해보자! 아, 학자연한다고 하지 마시길! 내가 이렇듯 근엄한 태도를 취하는 이유는 규모는 작지만 엄선한 과학서적 분야에 시선이 가 있기 때문이다. 인생을 시작하는 젊은이에게 조언하고 싶은 말이 있다면 일주일에 하룻밤은 과학책을 읽는 데 바치라는 것이다. 단호한 결의를 고수할 끈기 있는 젊은이가 스무 살에 과학책을 읽기 시작했다면, 서른 살에는 분명 단단히 내공이 다져진 자신을 발견할 것이며, 이는 앞으로 어떤 삶의 행로를 걷게 되더라도 크게 도움이 될 것이다. 과학책을 읽을 때 조언하자면, 지나치게 세세한 사항에 얽매여서 인시목鱗翅目*을 세분화한다든지 쌍떡잎식물을 분류하는 것 등에 몰두해서는 안 된다는 것이다. 지루하고도 시시콜콜한 항목들은 과학이라는 마법의 정원에서 가시로 뒤덮인 덤불일 뿐, 그 안으로 머리를 비집고 들어가 거닐기 시작하는 것은 참으로 어리석은 일이다. 탁 트인 화단을 탐색하고 평탄한 길을 두루 거닐 때까지는 시시콜콜한 항목들을 멀리하라. 학습서를 피해야 하는 이유다. 학습서를 밀어내고 흥미를 끌어당기는 대중적인 과학 공부에 연마하라. 모든 다양한 주제들에 관해 전문가가 되기를 바랄 수는 없다. 보편적인 결과에 대한 폭넓은 아이디어를 얻고 그 결과물 사이의 관계를 이해하는 것이 훨씬 좋다. 아주 조금만 읽어도 우리는 지질학에 관한 무수한 지식을 얻을 수 있다. 예를 들어, 모든 채석장과 언덕을 깎아낸 철로가 관심의 대상이 될 수 있는 것이다. 동물학을 아주 조금만 읽어도 바로 지금 램프 주위에서 윙윙거리는 누런 바탕에 검은 반점이 있는 나방류가 무엇인지, 또 정확한 이름이 무엇인지에 관한 호기심을 충족시킬 수 있다. 식물학

*나비나 나방류를 포함하는 곤충강綱의 한 목.

을 아주 조금만 읽어도 집 바깥에서 산보할 때 접하게 되는 온갖 꽃들을 분간할 수 있으며, 그간 알지 못했던 꽃들을 우연히 발견했을 때 아주 자그마한 설렘을 줄 것이다. 고고학을 아주 조금만 읽어도 저 너머에 있는 영국의 고분에 관한 모든 것을 알려주거나, 구릉지대에 있는 고대 로마인들의 부서진 성곽에 관한 윤곽을 채워주는 데 도움을 줄 것이다. 천문학을 아주 조금만 읽어도 하늘을 한층 더 골똘히 바라보도록 할 것이며, 우리 주위를 맴도는 미지의 별들 사이에서 우리의 형제 행성들을 분간하도록 할 것이며, 영적인 힘의 외적인 신호인 물질계의 질서와 아름다움, 장엄함을 확실히 음미하게 해줄 것이다. 어떻게 과학자가 유물론자가 될 수 있는지는 내게는 어떻게 교파가 창조주의 가능성을 제한할 수 있는지 만큼이나 놀랍다. 내게 화가가 없는 그림을 보여주고, 조각가가 없는 흉상을 보여주고, 음악가가 없는 음악을 보여준 다음에라야 여러분은 내게 조물주가 없는 우주에 관한 이야기를 시작할 수 있을 것이다. 그분의 이름을 무엇이라 부르든 말이다.

여기 플라마리옹*의 『대기—대중을 위한 기상학』은 비바람을 맞아 주황색 바탕에 금박의 표지가 색이 바래긴 했지만 여전히 아주 멋지다. 이 책은 대단치는 않지만 나름의 역사를 갖고 있는

*Camille Flammarion(1842~1925). 프랑스의 천문학자, 작가. 천문학에 관한 대중적인 작품들을 포함, 초창기의 과학소설과 심령 연구 및 그와 관련된 주제에 관한 작품을 비롯하여 50편 이상의 작품을 썼다.

데, 나는 그 역사를 소중히 여긴다. 한 프랑스 젊은이가 아프리카 서해안에서 열병으로 죽어가면서 내게 진료비로 준 것이기 때문이다. 이 책을 보고 있노라면 나는 조그만 배의 침상에 누워 그 커다란 슬픈 눈으로 나를 쳐다보고 있던 병색이 완연한 누런 얼굴이 떠오른다. 가엾은 젊은이, 그가 다시는 정든 마르세유를 보지 못했을까 봐 마음이 쓰인다!

대중적인 과학에 관해 이야기할 때면 나는 새뮤얼 랭*의 책들보다 제일가는 흥미를 불러일으키면서도 전반적으로 폭넓은 시각을 주는 책을 본 적이 없다. 그 박식한 석학이자 온화한 몽상가가 대영제국 철도공사의 혈기 넘치는 관리자라는 사실을 누가 상상이나 할 수 있겠는가? 과학 분야에서 가장 두각을 나타냈던 인재들 중 많은 이들이 평범한 삶의 행로로 시작했다. 허버트 스펜서**는 철도 기술자였다. 월리스는 토지 측량사였다. 그러나 랭과 같은 뛰어난 과학적 두뇌를 가진 사람이 평생토록 지루한 일과에 온통 시간을 쏟아가며 마음은 온갖 새로운 생각에 열어둔 채 두뇌는 새로이 구체화된 지식을 습득하면서 최고령에 이를 때까지도 계속해서 일을 한 것은 실로 놀랄 만한 사실이다. 그러한

*Samuel Laing(1812~1897). 스코틀랜드 출신의 철도국 비서관, 정치인으로 과학 및 종교에 관한 글들을 썼다.
**Herbert Spencer(1820~1903). 영국 사회학의 창시자이자 철학자. 성운星雲의 생성에서부터 인간사회의 도덕원리 전개에 이르기까지 모든 것을 진화의 원리에 따라 조직적으로 서술하였다. 또 철학과 과학과 종교를 융합하려고 하였다.

책들을 읽으면 여러분은 보다 충만한 사람이 될 것이다.

최근에 읽은 것에 관해 이야기하는 것은 아주 훌륭한 방법이다. 할 수만 있다면 듣는 이들에게 열의를 다하여 이야기하라. 그러나 사사로운 이야기는 하지 말라. 나는 그게 평소에 나누는 잡담보다 훨씬 재미있을 거라 장담한다. 당연히 이야기는 재치 있고 신중을 기해야 한다. 이러한 발언을 하는 이유는 일련의 사고를 일깨운 랭의 작품을 거론하기 위함이다. 나는 어떤 식사 자리에서였던가 솜므강* 계곡의 선사시대 유적에 관해 언급하는 어떤 사람을 만난 적이 있다. 나는 그 유적에 관한 것을 모두 알고 있었으며, 내가 알고 있다는 것을 그에게 드러냈다. 그런 다음 내가 유카탄**의 암석 사원에 관해 암시하는 말을 던지자 그는 즉각 알아채더니 상세하게 설명했다. 그는 고대 페루 문명에 관해 이야기했으며 그에 질세라 나도 이야기를 이어갔다. 나는 티티카카호***의 이미지를 환기시켰으며 그는 그 모든 것을 알고 있었다. 그는 제4기시대****의 사람에 관해 이야기했으며 나는 내내 그와 이야기를 나누었다. 서로 상대방의 정보의 정확성과 충실함에 점점 더

*Somme. 프랑스 북부를 서북으로 흘러 영국 해협으로 들어가는 강.
**Yucatan. 멕시코에 위치한 주요 고고학적 유적지.
***페루와 볼리비아 국경에 있는 세계 최고지最高地의 호수.
****지질시대의 마지막 기로서 신생대 플라이스토세Pleistocene부터 홀로세Holocene까지를 말한다. 전자를 충적세 또는 빙하시대, 후자를 충적세라고도 한다. 이와는 별도로 1829년 프랑스 지질학자인 쥘 드노예즈는 제4기가 대략 빙하시대에 해당하며 인류가 출현한 시대라고도 한다.

놀라워했다. 이윽고 내 마음속에 섬광처럼 어떤 연유인지가 떠올랐다. "새뮤얼 랭의 『인간의 기원』을 읽으셨군요!" 나는 외쳤다. 그도 읽었던 것이었다. 우연의 일치였다. 우리는 서로에게 물을 붓고 있었으나 그것은 모두 샘에서 새로 길어온 물이었다.

과학서적 책장 끝에 상하권으로 된 커다란 책이 있다. 이 책은 지금도 일부 학자연하는 이들이 과학적 논쟁을 불러일으켜야 마땅하다. 마이어스*의 『인간의 인격』이다. 개인적 견해로는 진가 여부를 떠나서 이 책은 백 년 후에 완전히 새로운 과학 분야가 출현하도록 뿌리내린 책으로 인정받아야 할 것이다.

인내심, 근면성, 사유, 분별력, 그리고 수도 없이 많은 별개의 사실을 취합해 하나의 일관된 체계적인 망에서 묶을 수 있는 내면의 범위를 지금 언급한 이 네 권의 책들보다 더 잘 보여주는 책을 어디에서 찾을 수 있을까? 다윈이 동물학에서 열성적으로 수집한 것 훨씬 이상으로 마이어스는 당시 앞날이 캄캄한 심령 분야에서 열성적으로 연구했다. 그의 모든 가설은 정말로 새로운 것이었기에 그것을 표현할 새로운 명명법과 용어를 만들어내어야 했다. "텔레파시"와 "잠재의식", 또 그 외에도 세심한 문체로 표현되고 입증된 사실에 근거해 만들어낸 용어들은 언제나 예리한 논거의 기념비가 될 것이다.

*F. W. H. Myers(1843~1901). 영국의 시인, 문헌학자. 영국심령연구학회 창시자 중 한 사람으로 "텔레파시"라는 용어를 만들었다.

과학적 사유나 과학적 방법에 대한 순전한 의구심은 실제 연구와 아무리 동떨어져 있다 할지라도 어떤 문학 분야에서든지 크나큰 매력을 갖고 있다. 예를 들어 에드거 앨런 포의 이야기는 순전히 환상에서 나온 것이긴 하지만 이러한 영향에 신세졌다고 할 수 있다. 쥘 베른 또한 상당한 양의 자연에 대한 진짜 지식을 능숙하게 이용하여 도무지 믿을 수 없는 것들을 대단히 신뢰할 수 있도록 하는 결과를 만들어냈다. 그러나 무엇보다도 뛰어난 점은 보다 가벼운 수필 형태 속에서 미려하게 빛을 발한다는 점이다. 기지 넘치는 사유가 실제 사실에서 예증과 유사점을 끌어내는가 하면, 각 사유가 서로의 사유를 드러내 보이며, 그 사유의 조합은 독자에게 특유의 짜릿한 흥분을 선사한다.

웬델 홈스의 불후의 연작물인 『아침 식탁의 독재자』, 『아침 식탁의 시인』, 『아침 식탁의 교수』, 저 세 권의 작은 책보다 내가 말하고자 하는 바에 대한 더 좋은 실례를 어디서 구할 수 있을까? 여기서 미묘하고 섬세하고 세밀한 사유는 암시나 유추에 의해 지속적으로 강화되는데 이는 사유 뒤에 있는 지식이 얼마나 폭넓고 정확한지를 보여준다. 참으로 대단한 작품이다! 그는 얼마나 지적이고 재기 넘치며, 얼마나 도량이 크고 이해심이 많은지 모른다! 옛날 아테네에서처럼 엘리시움 평야*에서 스스로 자신의 철학자를 고를 수 있다면, 나는 기꺼이 "보스턴의 현자"인 웬델 홈스의 인간미 넘치는 다정한 말을 경청하며 미소 짓는 일원에 합류할 것이다. 아마 내게 지속적으로 과학의 기운이—특히 의학에서—감돌고 있는 것은, 어린 학창시절에 이러한 책들이 내게 몹시 강렬한 매력을 주었기 때문이리라. 나는 한 번도 만난 적이 없는 사람을 그토록 잘 알게 되고 좋아한 적이 없다. 내 평생 그의 얼굴을 보는 것이 야심 중 하나였지만, 무슨 운명의 장난인지 그의 고향인 보스턴에 도착했을 때는 이제 막 파헤쳐진 그이의 무덤 위에 화환을 놓을 때였다. 다시 한번 그의 책들을 읽고, 특히 최근 선보인 글들에 감명을 받지 않는지 보라. 테니슨**의 「A. H. H.를 추모하며」와 마찬가지로, 내가 보기에는 아직 50년이나 이른 시기에 활짝 핀 꽃과도 같은 작품이다. 아무 페이지나 펼쳐도 폭넓은 시각, 절묘한 구句, 재기 넘치지만 매우 함축적으로 유추하는 남다른 힘을 확실히 보여주는 구절들을 발견할 수 있다. 예를 들어, 여기 한 단락이 있다.*** 수많은 다른 단락들도 그렇지만, 보기 드문 특성을 다 갖춘 단락이다.

*고대 그리스인들이 극서쪽에 존재한다고 믿었던 낙원. 축복받은 사자死者들의 거주지. 죽은 영웅, 시인, 철학자, 성직자 등의 영혼들이 나무, 풀밭, 미풍에 둘러싸이고 장밋빛의 영원한 빛으로 휩싸여 불멸하는 곳이라고 믿어진 곳.
**Alfred Lord Tennyson(1809~1892). 영국의 계관시인. 1832년에 친구 아서 헨리 핼럼과 유럽을 여행하였지만, 그 이듬해 핼럼이 뇌출혈로 급사하자 충격을 받고 쓰기 시작하여 1849년 완성했다. 「A. H. H.를 추모하며」는 친구의 죽음과 진화론에 흔들리는 믿음을 담은 시이다.
***웬델 홈스가 1857년 12월에 쓴 「종교」 중 한 구절이다.

정신이상은 흔히 정밀한 정신적 논리가 혹사당한 것이다. 훌륭한 정신적 기계는 자신의 바퀴들과 지렛대들을 부수어야 마땅하다. 그 무엇이 끼어들어 갑작스럽게 멈추게 하거나 역행하게 하더라도 말이다. 유약한 정신은 그 자체를 다치게 할 정도로 힘을 축적하지 못하며, 어리석음은 곧잘 사람을 미쳐가는 것으로부터 구해준다. 우리는 종교적인 정신적 장애라 불리는 것으로 말미암아 정신병원에 있는 사람들을 흔히 본다. 나는 정신병원 바깥에서 정신을 바짝 차린 채 자신의 삶을 즐기며 똑같은 관념을 부여잡고 사는 많은 사람들보다 그들이 더 낫다고 생각한다는 점을 고백하는 바이다. 품위 있는 사람이라면 누구라도 이러이러한 견해를 견지해야 마땅하지 않겠는가라는 말을 듣는다면 미치는 게 당연하다. …… 대부분의 인류, 아니 어쩌면 전 인류의 삶을 절망적으로 만드는 잔혹하고 무자비하고 야만적인 것은 어떤 것이든, 본능은 통제되어야 한다며 본능 근절의 필요성을 가정하는 것은 어떤 것이든, 그 이름을 무엇이라 부르든, 고행자든 수도사든 부제副祭든 믿는지 여부에 상관없이. 만약 받아들인다면, 모든 것이 통제된 마음에서는 정신이상이 발생하는 게 당연하다.

따분한 1850년대에 경쾌한 격론의 바람이 한 줄기 불었다. 위험을 무릅쓰고 대학교수가 한 줌의 도덕적 용기를 낸 것이었다.

나는 수필가로서 웬델 홈스를 램*보다 더 높이 평가한다. 살면서 부딪치는 여러 문제들에 대해 작고 여린 런던내기인 램에게는 부족한 실제적인 지식과 현실적인 이치를 아는 맛이 있기 때문이다. 램의 자질이 더 떨어진다고 말하는 게 아니다. 저기에 『엘리아의 수필』이 있으며, 보다시피 하도 많이 읽어 손때가 묻어 있다. 그러니 내가 램에게 애착이 덜하다는 뜻이 아니라 홈스에게 더 애착이 간다는 뜻이다. 둘 다 절창이지만 내 마음속에서 전율로 화답하는 감정을 불러일으키며 언제까지고 감동을 주는 것은 웬델 홈스이다.

수필은 아주 가벼우면서도 능숙한 솜씨로 다루어지지 않는 한 언제나 다소 혐오감을 주는 형태의 문학임이 틀림없다. 어린 시절 작문 수업이 생각난다. 제목부터 먼저 써놓고 그 제목에 적합한 글을 뒷받침하는 식이었다. 내가 마음속 깊이 찬사를 바치는 스티븐슨조차도 독창적인 사유와 기발한 구절들로 꾸며진 일련의 글들을 독자가 헤쳐 나가도록 하는 게 어렵다는 것을 알았다. 그렇지만 『사람과 책』과 『게으른 자를 위한 변명』은 고유의 피할 수 없는 어려운 임무임에도 불구하고 그것을 해낸 훌륭한 본보기이다.

*Charles Lamb(1775~1834). 영국의 시인, 수필가. 1796년 누이인 메리가 정신병이 발작해 어머니를 살해하자 자신에게도 이러한 유전遺傳이 있음을 알고, 평생 독신으로 누이를 간호하며 생활하였다. 이후 메리와 함께 셰익스피어 희곡을 산문으로 번안한 『셰익스피어의 이야기들』 등을 출간했으며, 엘리아Elia라는 필명으로 기고했던 글을 모아 『엘리아의 수필』과 『마지막 엘리아의 수필』을 출간했다. 자전적 소재에 절묘한 유머와 페이소스를 섞어 우아한 문체로 써 내려간 이 에세이들은 영국 산문문학의 전범으로 평가받고 있다.

하지만 문체는! 아, 만약 스티븐슨이 자신의 문체가 신이 내린 타고난 문체로 얼마나 아름답고 간결한지를 깨달았더라면 또 다른 것을 얻으려고 그리 노심초사하지 않았을 텐데! 최고의 문체를 찾아 넣고 빼고 하기를 반복하면서 이런저런 저자의 극찬 받은 글을 흉내 냈다는 일화를 읽는 것은 슬픈 일이다.* 최고는 언제나 제일 자연스러운 것이다. 스티븐슨이 자신의 문체를 의식하는 문장가가 되어 여러 비평가들에게 박수갈채를 받았을 때 내게는 그가 아주 자연스러운 곱슬머리를 여전히 가발 속에 감추고 있는 사람인 것처럼 보였다. 지나치게 다듬는 순간 잡은 것을 놓치게 된다. 그러나 그가 진정한 스코틀랜드 저지대 색슨족 고유의 직설적인 말과 짧고 통렬한 문장을 고수할 때, 나는 최근 몇 년 동안 그에 필적하는 작가를 찾을 수 없었다. 이 강력하고도 꾸밈없는 배경 속에서 특별한 경우를 위하여 쓴 적절한 말은 깎고 다듬은 보석처럼 빛난다. 진정 훌륭한 문장가는 보 브럼멜**이 "멋쟁이 신사"에 대해 한 묘사처럼 "아주 잘 차려입어서 아무도 주시하지 않는다." 우리가 한 사람의 문체를 언급하기 시작하는 순간 문체에 문제가 생길 공산이 크다. 그것은 독자의 마음을 사안

*대학 시절 그는 작가가 되기 위하여 『원탁』, 『시대정신』 등을 쓴 수필가 윌리엄 해즐릿과 『로빈슨크루소』를 쓴 대니얼 디포의 문체를 흉내 내며 훈련했다고 밝힌 바 있다.
**Beau Brummell(1778~1840). 영국을 "신사의 나라"로 불리게 만든 일등공신으로, 댄디즘을 대표하는 상징적인 인물. 근대 남성 정장 스타일의 선구자라고 할 수 있다.

에서 태도로, 저자의 주제에서 저자 자신으로 돌려 논점을 흐리게 하는 흐릿한 수정구슬이나 마찬가지다. 아니, 나는 에든버러 판형*을 갖고 있지 않다. 혹시 선물용 같은 것을 생각한다면 나는 절대 추천하고 싶지 않다. 아마 내가 대체로 전질보다는 낱권으로 소장하는 것을 선호하기 때문이리라. 전질의 절반만 해도 대부분 저자들의 전체 이상이며, 하나같이 중요한 작품이다. 아마 그의 명성을 숭배했던 친구들이 정당한 이유를 대며 전질을 출간하라고 훈수두었을 게 뻔하며, 그에 대한 애도가 끝나기도 전에 준비되었을 가능성이 아주 높다. 그렇긴 해도, 일반적으로 말하면, 나는 세월의 비바람에 노출되기 전에 세심하게 가지를 치는 것이 저자에게 크게 도움이 된다고 말할 것이다. 허약한 가지, 자라다만 싹은 모조리 잘라내고 오로지 강하고 튼튼하며 잘 마른 가지들만 남겨두라고 말이다. 그리하면 나무는 다가오는 세월에도 온전히 굳건하게 서 있으리라. 우리의 비판적인 후손이 이 여섯 권의 책들 중에서 한 권이라도 고르게 된다면 스티븐슨의 진가에 대해 얼마나 그릇된 인상을 받을 것인가! 그의 손이 그 줄을 벗어나는 것을 지켜보면서, 제발 우리가 찬미하는 작품들인 『신 아라비안나이트』나 『썰물』, 『난파선 약탈자』, 『유괴』, 『보물섬』을 우연히 발견하기를 어떻게 간절히 바랄 수 있을 것인가. 절대 식상

*스티븐슨이 잡지에 기고한 글에서부터 유명하지 않은 작품에 이르기까지 주석을 달고 비평가들이 해설을 다는 등 온갖 작품을 망라했다.

해질 수 없는 이 책들을.

그중에서도 보다시피 책장 하단에서 빛을 발하는 마지막 두 권인 『유괴』와 『보물섬』은 특히 훌륭하다! 이야기 면에서는 『보물섬』이 더 낫지만, 『유괴』는 자코바이트*의 최후의 반란 이후 스코틀랜드 산악지방에 대한 탁월하고도 생생한 스케치로서 더욱 영구적인 가치가 있다고 생각한다. 두 책은 각기 독창적이고도 감탄할 만한 인물이 나오는데, 『유괴』에선 앨런 브렉, 『보물섬』에선 외다리 존 실버가 그들이다. 외다리 존 실버의 얼굴은 돼지 넓적다리만큼이나 컸으며, 그 한가운데에서 번득이는 찢어진 두 눈은 유리 조각 같다. 어김없이 그는 뱃일을 업으로 하는 모든 무법자들의 왕이다. 그의 경우를 통해 얼마나 강력한 효과를 만들어내는지 눈여겨보라. 즉, 화자의 입장에서 직접적으로 언명하는 것은 좀처럼 드물고 대신 보통 비교와 풍자, 또는 간접적으로 언급한다. 거칠고 퉁명스러운 빌리 본즈는 "외다리 뱃사람"에 대한 두려움에 사로잡혀 있다. 플린트 선장은 용감한 사내였다고 한다. "그에겐 두려운 자가 없었어. 오직 실버만이 예외였지. 실버는 그만큼 기품이 있었어." 어딘가에서 존은 이렇게 독백한다. "퓨를 무

---

*Jacobite. 1688년 명예혁명으로 스코틀랜드 혈통인 제임스 2세가 퇴위되고, 그 아들 제임스 3세와 찰스 에드워드 스튜어트가 복위를 요구하면서 벌인 반란. 이들은 통일된 군복 대신 챙 없는 푸른 모자와 흰 꽃 모양의 리본 장식을 달아 자신이 자코바이트 군임을 나타냈다.

서워하던 놈들도 있었고, 플린트를 무서워하던 놈들도 있었지. 하지만 정작 플린트 본인은 나를 무서워했어. 나를 무서워하면서도 자랑스러워했지. 플린트 일당은 바다에서 몹시 난폭했어. 악마라 할지라도 놈들과 함께 배를 타는 걸 무서워했을 거야. 흠, 또, 저기 말이야. 난 잘난 척 거들먹거리는 사람이 아니야. 게다가 내가 얼마나 사람들하고 쉽게 친해지는지 자네도 직접 봤잖아. 하지만 내가 키잡이였던 시절, 플린트의 해적들이 순한 양이라는 말은 맞지 않았어." 이렇듯 여기저기서 암시하는 식의 이야기를 통해 우리는 언변이 좋고 무자비하며 사람을 휘어잡는 데 능수능란한 외다리 악마의 특성을 점점 알게 된다. 그는 우리에게 소설 속 창조물이 아니라 우리가 접하는 현실 속 살아있는 생물체이다. 그러한 것이 스티븐슨의 함축성 있는 필력이 그려낸 효과이다. 또한 얼마나 단순하면서도 효과적인 필치로 해적들의 사고방식과 행동양식을 보여주는지 모른다. "난 저 선실에 들어가고 싶어. 놈들이 먹는 피클, 와인 뭐 그런 걸 먹고 싶다고.", "자, 만약 네가 빌과 같이 항해를 했는데 빌에게 같은 말을 두 번 하게 했다, 그러면 너는 끝장나는 거야. 빌은 항해할 때 그런 꼴은 절대 못 보거든." 『해적』에서 스콧의 해적들은 감탄할 만은 하지만 『보물섬』의 해적들에서 찾을 수 있는 인간미 같은 게 부족하다. 존 실버가 해양소설 속에서 자신의 자리를 잃으려면 시간이 아주 오래 걸릴 것이 "틀림없다."

스티븐슨은 조지 메러디스에게 크게 영향을 받았는데 이 책들에서도 그 거장에게서 받은 영향이 분명히 드러난다. 이따금씩 고어체나 흔치 않은 말을 적절히 구사하는가 하면 짧고 강렬한 묘사, 빼어난 은유, 각 음절마다 똑똑 끊어서 말하는 식의 화법을 구사한다. 그렇지만 이런 정취에도 불구하고 고유의 양식을 구성하기에 충분한 개성을 갖고 있다. 그들의 결점, 아니 어쩌면 한계는 기법에 있는 게 아니라 전적으로 독창적인 개념에 있다. 그들은 오로지 삶의 한 단면만을 그리는데, 그 단면이라는 것이 아주 낯설고도 예외적인 것이다. 여성적인 것에 관한 관심은 없다. 우리는 이것이 소년 소설의 극치라고 느낀다. 어린 시절 주머니 속을 탈탈 털어 최대한으로 갖고 있던 1페니로 살 수 있었던 정기 간행물 1회분 말이다. 그러나 아무리 범위가 제한적일지라도 모두 무척이나 훌륭하고 참신하며 생생해서 문학에서 여전히 확고하고도 확실한 자리를 차지하고 있다. 『로빈슨 크루소』가 19세기의 젊은 세대들에 해왔던 것을 『보물섬』이 21세기의 젊은 세대들에게 하지 말란 법은 없다. 개연성의 저울이 모두 그쪽 방향으로 기울어져 있다.

삶의 단면을 주관적이라기보다는 객관적으로 거의 오로지 더욱 거칠고 더욱 자극적으로 다루는 요즘의 남성 소설은 소설 속에서 사랑의 남용에 대한 반발심을 보인다. 정통적인 측면에서 삶의 이 한 국면은 관습적인 결혼으로 끝을 맺으며 그 과정은 몹시도 상투적이고 볼품없는 것이라 가끔 정반대로 급선회하는 경향이 있어도 놀라운 일도 아니며 남성들의 인생사에 별 가치를 부여하지도 않는다. 영국 소설 열 권 중 아홉 권은 사랑과 결혼을 인생의 모든 것이자 궁극적인 것으로 제시해왔다. 그렇지만 실제로는 그렇지 않다는 것을 우리는 알고 있다. 평균적인 남성들의 생애에서 결혼은 하나의 사건이며, 또한 중대한 사건이다. 그러나 여러 중대한 사건들 중 하나일 뿐이다. 남성들은 지혜와 용기를 떠맡는 일, 야망, 우정, 되풀이되는 여러 위험과 애로사항과의 고투와 같은 여러 격한 감정들에 휘둘린다. 사랑은 남성의 인생에서 종종 부차적인 역할을 한다. 얼마나 많은 남성들이 사랑 따위 없이도 세상을 헤쳐 나가고 있는가? 사랑은 우리의 감정을 자극하면서 인생에서 압도적으로 중요한 사실로 계속해서 거론되어 왔다. 따라서 스티븐슨이 대표격인 어떤 특정한 부류들 사이에서 심하게 오용되고 과도하게 이용되어 왔던 흥미의 원천을 철저히 피하려는 경향이 있는 것도 무리는 아니다. 만약 모든 사랑의 행위가 리처드 페버럴과 루시 데즈버러 사이 같기만 하다면 정말로 사랑을 다룬 책들이 아무리 많아도 지나치지 않을 것이다. 그러나 재차 매력적으로 만들어지려면 관습을 깨부술 용기와 예술적 영감을 위해 실제 삶으로 곧장 뛰어들 용기를 가진 위대한 거장이 열정적으로 다루어야 한다.

참신하고 통렬한 형태의 화법을 구사하는 것은 스티븐슨의 여러 장치 중에서도 가장 두드러진다. 그보다 형용사를 더 훌륭하게 분별해내고 더 멋지게 차별화해 다룬 작가는 없다. 그의 작품 어느 한 페이지에서도 참신하고 기발한 느낌을 주는 단어와 표현을 접하지 않는 페이지가 없는 데다 그 의미를 경탄할 정도로 간결하게 표현하지 않는 페이지가 없다. "이따금 그의 두 눈동자가 미끄러지듯 내게 다가왔다." 이러한 예들은 지겨울 정도로 끝없이 계속되고 또한 하나를 떠올리면 또 다른 것이 연상되므로 인용을 시작하는 것은 위험하다. 간혹 빗나간 경우도 있었지만 그런 예는 아주 드물다. 예를 들어보자면, "힐끗" 대신 "언뜻"이라는 표현은 별로 마음을 끌지 않으며, "히히"는 "킬킬"보다 좀 귀에 거슬린다. 비록 제프리 초서의 글에서 그 표현들을 가져왔을지라도 말이다.

다음으로, 간결하지만 함축적으로 직유를 구사하는 비범한 능력을 들 수 있다. 이는 시선을 끌고 상상력을 자극한다. "사내의 목소리는 녹슨 자물쇠 소리처럼 거칠고 영 껄끄럽게 들렸다.", "나는 그녀가 바람에 시달리는 것처럼 흔들리는 것을 보았다.", "그의 웃음소리는 금이 간 종처럼 공허하게 들렸다.", "그의 목소리는 팽팽히 당겨진 밧줄처럼 떨렸다.", "내 마음은 베틀의 북처럼 재빨리 날아갔다.", "그가 주먹으로 내리치는 소리는 흐느껴 우는 소리만큼이나 짙게 무덤 위로 울려 퍼졌다.", "이렇듯 은밀하게, 죄책감을 느끼며, 나는 언덕에서 토끼가 고개를 빼꼼히 내밀고 훔쳐보듯 남자가 이야기하는 모습을 계속해서 힐끔거렸다." 이렇게 직접적이고 담백한 비유보다 더 효과적인 것은 있을 수 없다.

하지만 결국 스티븐슨의 주된 특징은 최대한 짧은 지면에 단 몇 마디 말로 독자의 마음에 깊은 인상을 새기는 기이한 본능이라 할 수 있다. 그는 여러분의 눈이 실제로 본 것보다 사물을 더욱 선명하게 보게 해준다. 여기 말로 묘사한 문장이 몇 구절 있다. 동일한 장점을 가진 수많은 문장들 중에서 마구잡이로 뽑아낸 것이다.

"매코노치는 그리 멀지 않은 곳에서 혓바닥을 입 밖으로 내밀고 손은 뺨에 갖다 댄 채 골똘히 생각하는 멍청이처럼 서 있었다."

"스튜어트는 우리를 2킬로미터 이상 쫓아왔다. 그러다 마침내 언덕에서 뒤돌아보았을 때 나는 웃음이 터져 나오지 않을 수 없었다. 그는 거의 배꼽이 빠져라 웃으며 달리고 있었다."

"발란트래이는 양미간을 잔뜩 찌푸린 채 나를 향해 돌아서서는 이를 훤히 드러내 보였다. …… 그는 한 마디도 하지 않았지만 전체적인 모양새가 꼭 무시무시한 질문을 던지는 것 같았다."

"잘 모르겠으면 저 자를 봐. 저 자를 보라고. 이를 악물고 침을 꼴깍꼴깍 삼키고 있어. 꼭 들킨 도둑처럼 말이야."

"그는 호전적인 눈빛으로 나를 위아래로 훑어보았으며, 나는 그의 입술이 결투를 신청하는 것을 보았다."

이런 문장들이 만들어내는 효과보다 더 생생한 게 무엇이 있을 수 있을까?

스티븐슨의 소설 속 특이하고도 독창적인 방식에 관해 말하자면 할 말이 더더욱 많다. 소소한 문제로, 그는 소위 "불구자 악당"의 창조자라고 말할 수 있다. 윌키 콜린스 씨*가 하체를 모두 잘린 데다 "불행아 덱스터"**라는 지긋지긋한 이름에 시달리는 신사를 그려냈다는 것은 사실이다. 그렇지만 스티븐슨이 그러한 효과를 훨씬 자주 구사했으며, 그 결과가 말해주듯, 그 자신의 것으로 만들었다고 말할 수 있다. 기형의 화신이었던 『지킬 박사와 하이드 씨』의 하이드는 말할 것도 없고, 징글맞은 장님 퓨, 손가락 두 개가 없는 블랙 독[검둥개], 외다리 존 실버, 장님이지만 귀로 듣고 총을 쏘며 지팡이를 휘두르는 사악한 교리문답 교사 등이 있다. 『검은 화살』에도 역시 막대기를 가볍게 휘두르는 무시무시한 인물이 나온다. 그는 그러한 장치를 곧잘 사용했는데 아주 능수능

---

*William Wilkie Collins(1824~1889). 영국 탐정소설의 선구적인 작가라고 불린다. 찰스 디킨스와 오랫동안 문학 동료로서 절친한 교분을 나누며 합작품을 만들기도 했다.
**콜린스의 탐정소설 『법과 숙녀』(1875)에 나오는 인물. 태어날 때부터 다리가 없어 휠체어를 타고 다니는 불안정한 천재.

란하게 다루기 때문에 반드시 효과를 낸다.

　스티븐슨의 작품은 고전인가? 음, 고전이란 것은 그만큼 광범위한 말이다. 여러분이 의미하는 고전은 그 나라의 영구적인 문학이 되는 작품을 말한다. 대개 여러분은 무덤 속에 있는 고전밖에는 모른다. 에드거 앨런 포나 조지 보로의 작품이 고전이 될 거라고 누가 짐작이나 했겠는가? 로마 가톨릭교도들은 사후 1세기가 지나서야 자신들의 성인들을 성자의 반열에 올린다. 우리의 고전 작품들도 마찬가지다. 선택은 우리의 자손들에게 달려 있다. 그러나 나는 몸과 마음이 건강한 소년들이 스티븐슨의 모험소설들을 사라지게 내버려 둘 거라고는 도저히 생각할 수 없다. 또한 『흐르는 모래 위 저택』과 같은 단편소설이나 『지킬 박사와 하이드 씨』와 같은 탁월한 우화도 호평이 그치지 않을 거라고 본다. 그가 1870년대 말에서 1880년대 초반까지 「콘힐」지에 실렸던 초창기 이야기들을 유쾌하게 탐독했던 기억이 얼마나 생생한지 모른다. 그 이야기들은 옛날 불공정한 방식에 따라 본명을 싣지는 않았으나 문체에 대한 감각을 가진 사람이라면 누구라도 모두 같은 작가가 쓴 작품이라는 사실을 알 수 있었다. 나는 그 작가가 누구인지를 몇 년 지난 뒤에서야 알 수 있었다.

　나는 스티븐슨의 시집을 저기 작은 진열장 안에 가지고 있다. 그가 시를 더 많이 썼으면 좋았으련만! 그중 대부분은 참으로 별난 사람의 유쾌한 기지가 솟구친다. 그러나 정말로 고전이 되어야 마땅하다. 내 판단으로는 모든 면에서 지난 세기의 서사시 중 최고이기 때문이다. 「늙은 뱃사람의 노래」*가 18세기 후반에 등장했다는 점을 감안한다면 내 생각이 맞다. 나는 콜리지의 섬뜩한 상상력이 빚어낸 역작을 우선순위로 꼽을 테지만, 스티븐슨의 「타이콘데로가」와 비교할 수 있을 정도로 매력적이고 간결하고 유려한 필치로 쓰여진 시는 알지 못한다. 또 그의 불멸의 묘비명**도 탁월하다. 우리의 시문학에서 이 두 작품만이 그에 꼭 맞는 자리를 준다. 우리의 애정 속에서 그의 등장인물이 그에게 꼭 맞는 자리를 주듯 말이다. 아니, 나는 그를 만난 적이 없다. 그러나 내가 애지중지하는 소지품들 중에는 사모아***에서 받은 편지가 여러 통

*1789년에 영국의 시인 새뮤얼 콜리지(1772~1834)가 쓴 시. 어떤 늙은 뱃사람이 젊은 시절에 선원들과 함께 항해를 하다가 모진 풍랑을 만나 표류하면서 겪은 기이한 모험담이다.

**스티븐슨의 묘비에는 그가 쓴 『진혼곡』이 새겨져 있다. "별이 빛나는 드넓은 하늘 아래 무덤을 파고 나를 눕혀 주오. 살기도 즐거웠으니 즐거이 죽으리. 기꺼이 누우리. 나를 위해 새긴 묘비명은 이러하리. 여기 그가 간절히 바라던 곳에 누워있노라. 바다에서 돌아온 뱃사람의 집, 언덕배기에서 돌아온 사냥꾼의 집에."

***1889년 스티븐슨은 아내와 함께 남태평양 사모아에 정착하여 1894년 마흔넷의 나이에 눈을 감았다. 사모아에 있으면서 그는 여러 문인들과 서신 교환을 하였으며, 당시 독일, 미국, 영국이 사모아에서 저지른 약탈 및 차별 대우, 부족끼리 이간질시켜 내전을 일으키는 등의 모든 만행을 목격하고 분노하여 『역사에 붙이는 각주—사모아의 8년간의 분쟁』이라는 글로 고발했다. 그러나 열심히 식민지를 만들어간 조국 영국에선 스티븐슨의 고발을 무시했고, 그는 영국 어디에서도 글을 연재하지 못했다. 이에 친구에게 보낸 편지에서 이 세상은 부조리하며 하이드와 같은 게 바로 내 나라, 그리도 문명국이라 자부하는 나라들의 실체라며 한탄했다.

있다. 그 머나먼 은둔 장소에서도 그는 문인들 사이에 벌어지는 일에 놀랍도록 촉각을 곤두세웠으며, 글을 쓰느라 분투하는 이에게 가장 먼저 손을 내민 사람들 중 하나이기도 했다. 그는 다른 사람의 작품을 접할 때면 이해력이 빨랐고 열렬하게 공감했으며 그것을 자신의 마음으로부터 우러나온 아름다움으로 직조했다.

자, 인내심 많은 동무여, 이제 헤어져야 할 시간이 왔다. 내 잔소리가 여러분을 너무 지루하게 않았기를 바란다. 만약 내가 여러분에게 전에는 알지 못했던 것을 추적하도록 했다면 내가 말한 것이 진실인지 확인하고 판정해 보시길. 말을 아끼지 않아서 여러분의 시간만 허비하게 한 건 아닌지 모르겠지만 해를 끼치진 않을 테니 걱정 마시라. 내가 말한 것 중에는 오류도 꽤 있을 것이다. 그건 아마도 이야기하기 좋아하는 사람이 잘못 인용할 수도 있는 특권 아닐까? 내 판단은 여러분의 판단과 크게 다를 수 있으며, 내 취향이 여러분에게는 혐오스러울 수도 있다. 그러나 결과가 어떻든 간에 책 자체에 관해 이야기하고 생각하는 것만으로도 좋은 것이다.

당분간 마법의 문은 여전히 닫혀 있다. 여러분은 여전히 환상의 나라에 있다. 그러나, 아아 슬프게도, 여러분은 문을 닫을 수는 있을지언정 잠글 수는 없다. 여전히 초인종의 벨은 울릴 것이며, 전화가 걸려올 것이며, 날마다 사람들과 일에 치이는 추악한 세상으로 다시 호출될 것이다. 자, 결국 그것이 진짜 삶이다. 이것은 모방에 불과하다. 그럼에도 불구하고 활짝 열려 있는 대문으로 우리는 함께 성큼성큼 걸어 나아가 마법의 문 뒤에서 찾아낸 모든 휴식과 평온함과 우정을 통하여 더욱 용감해진 마음으로 우리의 운명을 마주할 수 있지 않겠는가?

왓슨 박사가 셜록 홈스의 캐릭터를 처음 묘사할 때, 그는 머지않아 친구가 될 그를 문학이나 철학에는 문외한인 교양 없는 인물로 제시한다. 그러나 탐정은 전혀 무지하지 않았다. 자신만의 폭넓고도 고유하며 비밀스러운 지적 세계가 있었기 때문이다. 그러나 그의 지식의 섬은 대륙이 아니라 군도의 형태였다. 문학과 철학, 천문학 등에 관해서는 아는 바가 전혀 없었으나 정치와 식물학에 대해서는 편협하게 알고 있었으며 화학과 범죄학에 관해서는 따라올 자가 없는 전문가였다.

실제 인물이 아닌 그 위대한 탐정의 창시자 아서 코난 도일은 열렬한 권투 애호가이자 대담한 모험가이기도 했다. 이 책에서 그는 당시 맨주먹으로 싸우던 권투선수들을 "투사"라 부르며 애정어린 찬사를 바치고 있으며, 1900년에는 보어전쟁에 참가하려고 남아프리카공화국에 가기도 했다. 이렇듯 그에게선 위대한 문필가에게선 좀체 볼 수 없는 인간적인 면이 곧잘 보인다. 그러나 위대한 이야기꾼은 거저 되는 게 아니다. 의사이자 작가인 코난 도일은 젊어서부터 온갖 책을 두루 섭렵한 책벌레였다.

마법의 문은 벽을 책으로 가득 채운 그의 서재로 가는 문이다. 1907년, 나이 마흔여덟에 그는 이 책을 출간했다. 우리에게는 셜록 홈스의 이야기로 잘 알려져 있지만 생전에 242편이나 되는 소설을 출간할 정도로 왕성하게 활동한 소설가였으며, 104편이나 되는 시를 발표한 시인이자, 동시에 기민하고 독설적이며 유쾌한 평론가이기도 했다. 이 책은 1907년에 출간되었으므로 그가 즐겨 읽었던 책들은 대부분 그보다 100년 전에 나온 것들이다. 단편소설에서부터 나폴레옹 회고록에 이르기까지, 또 과학에서 남극 탐험기에 이르기까지 그는 자신의 서재에 목록별로 깔끔하게 정렬되어 있는 책들을 보면서 감명 깊게 읽었던 책들과 저자들에 대해 매력적으로 안내하고 있을 뿐 아니라 그때까지 수집한 문학에 대한 자신의 생각을 설득력 있게 펼치고 있다. 또한 요즘처럼 비평이 주례사비평으로 그치는 시대에 그는 독설에 가까울 만큼 과감하게 작가와 작품을 비판하기도 한다. 작가의 유명세라든가 작품의 인기도를 떠나 깊은 인상을 남긴 작품에 대해서는 극진한 찬사를 바치는 것은 물론이다. 과학 및 문학 분야를 넘나드는 심오한 지적 독서에 대한 중요성을 강조하고 있지만 또한 대중 소설에 있어 재미는 필수적이며 사실성을 엄격히 지키느라 독창성이 제한되어서는 안 된다는 점도 확고히 믿는다. 작가란 모름지기 풍부한 상상력과 현실감 사이를 오가야 한다는 것이다.

그는 에든버러에서 의과 대학을 다니던 시절, "3펜스는 점심 샌드위치와 맥주 한 잔 값에 해당하는 용돈이었다. 하지만 공교롭게도 수업을 들으러 가는 길에 세상에서 가장 매혹적인 서점을 지나가게 되었다. 서점 문 바깥에는 낡을 대로 낡은 책들이 시시각각 무더기로 어지러이 쌓이고 있었는데, 그 책더미 위에는 거기에 있는 어떤 책이라도 내 호주머니에 들어 있는 돈과 동일한 금액으로 살 수 있는 가격표가 붙어 있었다. 책더미 가까이 다가가자 혈기왕성한 육체의 허기와 청춘 특유의 닥치는 대로 읽고 싶다는 호기심 어린 마음 사이에 맹렬한 전투가 벌어졌다. 여섯 번 중 다섯 번은 동물성이 이겼다. 하지만 정신성이 팽배했을 때에는 살만한 가치가 있는 책을 발견해낼 때까지 케케묵은 연감과 스코틀랜드의 신학책, 대수對數표 책들 사이에서 5분씩 넋을 잃은 채 미친 듯이 파고들었다"고 고백한다. 이때 샀던 책들이 토머스 고든, 조지프 애디슨, 조너선 스위프트, 에드워드 클라렌든 등의 작품들이다.

그가 이렇듯 책을 "소장해야만" 하는 일에 몰두하는 이유는 무엇일까? "값싼 무선제본과 무료 도서관이 있기 때문에 요즘은 책을 읽는 것이 아주 쉬워졌다. 사람은 별다른 노력을 기울이지 않고서 자신에게 오는 것들의 진가를 알아보지 못한다. 에드워드 기번의 여섯 권짜리 『로마제국 쇠망사』를 팔에 끼고 집으로 서둘러 돌아오던 토머스 칼라일이 느꼈던 전율을 누가 지금 느낄 수 있을 것인가? 그때 그의 마음은 먹을 게 없어 굶주리는 사람처럼 하루 만에 다 먹어치울 기세였을 것이다. 책은 그 맛을 음미할 수 있기에 앞서 바로 여러분 자신의 것이어야 한다. 책을 소장하려는 노력을 해오지 않았다면 속으로 진정 소유했다는 자긍심을 갖지 못할 것"이라는 게 그 이유가 될 터이다.

그가 인용한 저자라든가 책들 중 상당수는 위키피디아나 인터넷 검색에서도 쉽게 찾을 수 없는 것들도 있으며, 『전쟁과 평화』를 쓴 톨스토이Tolstoy를 Tolstoi라고 쓰는 것처럼 일부는 우리가 익히 알고 있는 것과 철자를 틀리게 쓰기도 했으며, 인용문의 경우 원문과 다른 경우도 보인다. 본인 스스로 말했듯 "오류도 꽤" 있다. 책이 옆에 없을 때는 오로지 기억력에만 의존했기 때문이다. 아날로그 시대의 정겨움이 느껴지기도 하면서 동시에 대가만이 할 수 있는 자신에 찬 말이 아닌가 싶다.

총 12개의 장 중에서 코난 도일이 특히 좋아했던 책이나 저자들을 언급해보겠다.

1장. 매콜리의 『역사 비평집』.

2장. 월터 스콧 경. 도일은 『아이반호』를 월터 스콧 최고의 책으로 꼽을 뿐 아니라 영어로 된 역사소설 중에서 두 번째로 자리매김할 만하다고 평한다. 그는 "앵글로-색슨"이라는 용어 대신 "앵글로-켈틱"이라는 용어를 쓴다. 스코틀랜드, 아일랜드. 웨일스, 브리튼을 의미하는 데 보다 적확한 용어라고 생각하기 때문이다.

3장. 새뮤얼 존슨과 보즈웰의 『존슨전』.

4장. 새뮤얼 피프스의 일기와 에드워드 기번의 역사서. 여기서 코난 도일은 1년 동안 딱 한 권의 책만 가지고 외딴 섬에 머물러야 한다면 기번의 『로마제국 쇠망사』를 가지고 갈 거라 한다.

5장. 조지 보로의 여행기. 『스페인에서의 성경』과 『라벵그로』. 그런 뒤 그는 잉글랜드에서 맨주먹으로 싸우는 권투선수들에 대한 이야기로 자연스럽게 넘어간다. 전3권의 『권투 시리즈』를 언급하면서 여러 선수들에 대한 몇 가지 일화를 소개한다. 그리고는 이른 나이에 사망한 선수들에 대해 사색한 뒤 뜻하지 않게 제2의 직업을 갖게 된 선수들을 짧게 기록한다. 여기서 권투 소설인 『로드니 스톤—링의 추억』에 대한 일화가 잠시 나오는데, 그는 일부러 자신이 썼다는 말은 쏙 빼놓는다.

6장. 찰스 리드. 최고의 작가로 꼽는 에드거 앨런 포와 기 드 모파상. 불워 리턴의 『유령 저택』을 최고의 유령 이야기로 꼽는다.

7장. 18세기 가장 중요한 소설이라고 여기는 것은 새뮤얼 리처드슨, 헨리 필딩, 토비아스 스몰릿의 소설들이다.

8장. 그는 방대한 양의 나폴레옹 시대의 회고록들을 가지고 있다. 1815년 워털루전투에서 나폴레옹을 물리친 영국의 명장 웰링턴과 워털루전투에서 부상당한 나폴레옹의 장군 중 한 명인 마르보의 회고록을 명작으로 꼽는다.

9장. 나폴레옹에 대해 각별하게 언급한 뒤, 태양왕 루이 14세로 넘어간다. 궁정에 있던 사람들이 주로 쓴 것이라 그만큼 역사의 뒤안길을 볼 수 있다. 또한 코난 도일이 가장 위대한 역사가들 중 한 명이라고 생각하는 프랜시스 파크먼의 책들을 언급한다.

10장. 윌리엄 어니스트 헨리. 그는 후기 빅토리아 시대의 시인이었다. 「인빅터스(Invictus, 굴하지 않으리)」라고 불리는 유명한 시는 결핵 합병증으로 인해 다리가 절단되었을 때 쓰였다. 또한 자신이 좋아하는 프랑스의 세 역사가로 프루아사르, 몽스트렐레, 코미느를 언급한다. 그는 프루아사르의 『연대기』를 두 가지 영어 번역본으로 읽었는데, 하나는 중세시대에 번역한 버너스 경의 것이고, 하나는 근대에 번역한 존스의 것이다.

11장. 탐험기와 여행기 모음. 로버트 스콧 경의 『남극 탐험 항해기』, 리처드 헨리 다나의 『선원으로서의 2년간』, 로버트 루이스 스티븐슨의 『난파선 약탈자』와 『썰물』, 허먼 멜빌의 『타이피족』

과 『오무』, 이 외에도 러디어드 키플링, 잭 런던, 조지프 콘래드 등의 책들이 나온다. 또, 다윈의 『비글호 항해기』와 『종의 기원』, 알프레드 러셀 월리스의 『말레이제도』를 언급한다.

12장. 과학서적. 빅토리아 시대의 철도공사 관리자이자 과학 저자였던 새뮤얼 랭의 『인간의 기원』, 심령연구학회 창시자인 프레더릭 헨리 마이어스의 『인간의 인격』, 올리버 웬델 홈스의 『아침 식탁의 독재자』, 『아침 식탁의 시인』, 『아침 식탁의 교수』 시리즈, 로버트 루이스 스티븐슨의 『유괴』, 『보물섬』, 『지킬 박사와 하이드 씨』 등을 거론한다. 코난 도일은 스티븐슨과 서신 교환을 하며 우정을 나눈 사이였으며, 소말리아로 함께 여행을 가기로 계획했으나 스티븐슨의 갑작스러운 죽음으로 인해 포기해야 했다. 본문에서도 짧게 언급되지만 이 목록들을 훑어보면 도일이 심령 연구에 크게 흥미를 보였다는 점이 분명해진다.

그는 독자들에게 다음과 같은 조언을 준다.

1. 몇 번이고 다시 읽을 수 있도록 좋아하는 책들을 가까이 두어라.

2. 비영어권 책에 관심을 가져라. 원본을 다 읽기엔 인생이 너무 짧다. 단, 훌륭한 번역본이 있는 한!

3. "값싼 무선제본과 무료 도서관이 있기 때문에 요즘은 책을 읽는 것이 아주 쉬워졌다. 사람은 별다른 노력을 기울이지 않고서 자신에게 오는 것들의 진가를 알아보지 못한다"고 말한다.

4. 독서 입문자의 경우. "정말 좋은 책을 몇 권 소장하고 삶을 시작하는 것은 대단히 훌륭한 일이다."

5. 책 판형을 선택할 때. "어떻든 장애를 겪고 싶지는 않을 것이다. 읽기 쉬운 활자, 깨끗한 종이, 가벼운 책"을 골라라.

6. 일주일에 하룻밤은 과학책을 읽는 데 바쳐라. 스무 살에 과학책을 읽기 시작했다면, 서른 살에는 분명 단단히 내공이 다져진 자신을 발견할 것이다.

이 책은 좀 과장해서 말하자면 당시 나온 책을 모조리 읽은 책벌레 아서 코난 도일의 독서 예찬론이면서 동시에 내면에서 우러나온 한 편의 기나긴 독백이다. 우리는 그저 마법의 문 뒤에서 그가 평생 바쳐온 열정을 즐기기만 하면 된다. 다만 연필과 종이를 옆에 두고 읽으면 더욱 좋을 것 같다. 그의 서재에 놓인 책들과 그가 말한 저자들에 대해 더욱 알고 싶어질 것이기 때문이다.

_옮긴이 지은현

마법의 문을 지나
아서 코난 도일의 청춘독서

아서 코난 도일
자은현 옮김

초판 1쇄 발행 _ 2018년 7월 20일
펴낸이 강경미 **| 펴낸곳** 꾸리에북스 **| 디자인** 앨리스
출판등록 2008년 8월 1일 제313-2008-000125호
주소 121-840 서울 마포구 합정동 성지길 36, 3층
전화 02-336-5032 **| 팩스** 02-336-5034
전자우편 courrierbook@naver.com

ISBN 9788994682310 03800

이 도서의 국립중앙도서관 출판예정도서목록(CIP)은 서지정보유통지원시스템 홈페이지(http://seoji.
nl.go.kr)와 국가자료공동목록시스템(http://www.nl.go.kr/kolisnet)에서 이용하실 수 있습니다.(CIP
제어번호: CIP2018018764)